O Código de Feitiçaria

O Código de Feitiçaria: Volume 1

Dima Zales

♠ Mozaika Publications ♠

Publicado por Mozaika Publications, uma impressão de LLC.
www.mozaikallc.com

Tradução do inglês (Estados Unidos) por Eliane Rio Branco

e-ISBN: 978-1-63142-056-6
ISBN: 978-1-63142-057-3

DEDICATÓRIA

Eu gostaria de dedicar *O Código de Feitiçaria* a minha esposa. Sem Anna, este livro não teria sido possível. Eu sou o marido de maior sorte do mundo. Eu também sou agradecido a nossas famílias e amigos, em Nova York e na Flórida, por terem dado tanto apoio a esse nosso sonho.

Quero agradecer especialmente as nossas leitoras beta (Tanya, Erika, Fern e Kelly) e a todos os blogueiros que analisaram o livro. E por último, porém não menos importante, a nossos leitores!

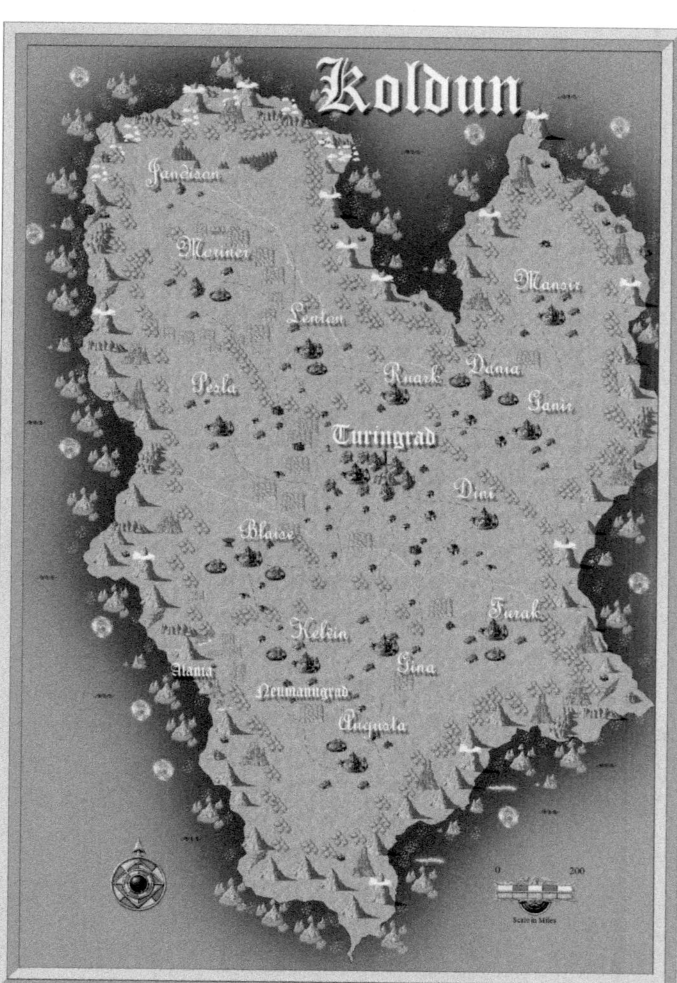

Koldun
Jandisan
Menner
Penlan
Mansir
Pezla
Rnark
Dunia
Ganir
Turingrad
Dini
Blaise
Furak
Kelvin
Gina
Atania
Neumanngrad
Augusta
0
200
Scale in Miles

PRÓLOGO

Na vastidão de seu reino, uma centelha de pensamento tentou se grudar na consciência. Um novo ser, sem saber direito o que significava consciência, desejava aquele estado. Ele queria pensar, ponderar sua existência. Quem era? Por que estava ali?

O ser sabia que tinha um tempo limitado para lidar com essas questões. As visões estavam para recomeçar — as visões que o haviam formado e, ao mesmo tempo, que o frustraram. Essas visões nunca deram um só alívio ao ser. Nunca lhe deram a chance de contemplar sua estranha realidade.

Nas visões, tudo era simples. O ser conhecia coisas. Era geralmente *ela* — embora, em certas ocasiões, tenha vivenciado ser *ele*, também. Ele sabia quem era, embora fosse sempre alguém diferente. Compreensível. Mas era apenas uma ilusão. Do lado de fora dessas visões, havia a realidade do ser. A realidade do não saber, não entender. O mundo, fora das visões, era incisivamente diferente do mundo interior.

E agora, outra visão parecia estar se aproximando.

O ser se preparou, sabendo que perderia novamente a consciência.

* * *

— Somente algumas gotas de sangue por toda essa comida? — a garota perguntou, olhando desconfiada para as duas mulheres mais velhas.

Elas haviam lhe pedido para furar o dedo e tocar com seu sangue em uma esfera estranha e brilhante. Levou menos de dois segundos e, mesmo assim, lhe deram pão e queijo como pagamento — mais comida do que a menina havia visto nos últimos meses. Tinha que haver alguma cilada. Esse tipo de banquete podia salvar dez vidas no território de Kelvin.

— Sim, uma das mulheres mais velhas confirmou. Era a mais simples das duas, a chamada Esther.

— Apenas algumas gotas de sangue.

— E não preciso fazer mais nada?

A experiência havia ensinado à menina a ser desconfiada. Ninguém dava comida com tanta facilidade naqueles dias — não depois do começo da seca. Ela tinha aprendido isso da maneira mais dura. A memória daquilo pelo que teve que passar naquela noite, quando a fome que a fez implorar Davish para comer, era insuportável. Ela preferia morrer a ter que passar por aquilo novamente.

— *Não, apenas desfrute da comida, conte-nos sobre a vida em sua terra e toque na esfera depois. Apenas isso* — *afirmou a que se dizia chamar Maya.*

— *Está bem* — *disse a menina, encolhendo os ombros de forma fatalista.*

Ela tinha ouvido rumores de que a essência das pessoas poderia ter sido roubada por objetos encantados chamados Capturas de Vida, mas ela não sabia se era verdade — *ou se a esfera incomum diante dela era aquele objeto. De qualquer maneira, ela não estava com medo. Se não comesse iria morrer, e ela preferia manter sua vida à sua essência, o que quer que isso significasse.*

A menina pegou o queijo com dedos trêmulos de ansiedade e o levou à boca. O sabor delicioso explodiu em sua língua. Era tão gorduroso, tão delicioso que quase gemeu alto. As vacas, no território Blaise, deviam ter sido incrivelmente bem alimentadas para produzir um queijo tão repleto de gordura.

— *Vá com calma, menina, Esther disse com doçura* — *ou então vai adoecer.*

A menina considerou seu conselho por não querer vomitar uma comida tão gostosa. Mesmo que a fome a roesse por dentro, ela tentou se forçar a mastigar o mais lentamente que podia, saboreando cada mordida. Quando começou a se sentir saciada, contou para as duas mulheres mais velhas histórias sobre sua vida no território de Kelvin, evitando as partes mais aterrorizantes.

As mulheres a ouviam caladas, com seus rostos envelhecidos repletos de piedade.

* * *

A consciência voltou e o ser tentou voltar a seus pensamentos anteriores. O que era? Onde era? Ainda havia tanto que ele não sabia. Em cada visão, o ser sentia que conseguia alguma aparência de compreensão, mas era um processo lento e tortuoso. Mesmo assim, sabia que estava pronto para tomar algumas decisões.

A primeira decisão que o ser tomou foi escolher seu gênero. Era *ela*, o ser tinha decidido, lembrando-se da maioria das mentes nessas visões. E como sabia pensar como aquelas mentes, decidiu que *era* como elas — uma pessoa, um ser pensante.

Isso ajudou a esclarecer as coisas para ela. Mas o ser ainda estava confuso sobre sua realidade e o mundo, dentro daquelas visões. O que era fome? O que era piedade? Antes que ela pudesse encaixar as respostas, uma nova visão se aproximou . . .

CAPÍTULO UM

※ BLAISE ※

Havia um mulher nua no chão do estúdio de Blaise.

Uma linda mulher nua.

Aturdido, Blaise olhava para a criatura maravilhosa que tinha acabado de surgir do nada. Ela olhava em volta com uma expressão perplexa no rosto, aparentemente tão chocada em estar ali quanto ele estava por vê-la. Seu cabelo loiro ondulado caía por suas costas, cobrindo parcialmente um corpo que parecia ser a perfeição personificada. Blaise tentou não pensar no corpo e, em vez disso, se concentrar na situação.

Uma mulher. Uma *Ela*, e não um *Isso*. Blaise mal podia acreditar. Poderia ser? Seria esta garota o objeto?

Ela estava sentada em cima de suas pernas dobradas, se sustentando em um braço esguio. Havia algo esquisito naquela pose, como se ela não soubesse o que fazer com seus membros. No geral, apesar das curvas que moldavam uma mulher adulta, havia uma inocência infantil na forma como se sentava, que aparentava uma completa falta de constrangimento e parecendo totalmente ignorante de seu próprio encanto.

Limpando a garganta, Blaise tentou pensar no que dizer. Em seus sonhos mais ousados, ele não teria imaginado esse tipo de resultado para o projeto que havia consumido sua vida nos últimos meses.

Ouvindo aquele som, ela virou a cabeça para olhá-lo e Blaise se deparou olhando para um par de olhos azuis de uma limpidez incomum.

Ela piscou e inclinou a cabeça para o lado, estudando-o com visível curiosidade. Blaise imaginava o que ela estaria vendo. Ele não havia visto a luz do dia há semanas e não se surpreenderia se, a essa altura, estivesse parecendo um feiticeiro louco. Provavelmente havia uma semana de pelo de barba cobrindo seu rosto, e ele sabia que seu cabelo castanho estava despenteado e arrepiado em todas as direções. Se ele soubesse que se defrontaria com uma linda mulher hoje, teria se arrumado todo pela manhã.

— Quem sou eu? — perguntou ela, surpreendendo Blaise. Sua voz era suave e feminina, tão sedutora quanto o resto.

— Que lugar é este?

— Você não sabe? — Blaise ficou contente em finalmente ter conseguido juntar uma frase semicoerente.

— Você não sabe quem é nem onde está? — perguntou.

Ela balançou a cabeça.

— Não.

Blaise engoliu em seco.

— Entendi.

— O que eu sou? — ela perguntou de novo, olhando para ele com aqueles olhos incríveis.

— Bem — Blaise disse lentamente, — se você não é uma brincadeira de mau gosto ou um produto da minha imaginação, então é meio difícil de explicar . . .

Ela observava sua boca enquanto ele falava e, quando ele parou, olhou para cima novamente, indo de encontro a seu olhar fixo. — É estranho — disse ela — ouvir palavras dessa forma. São as primeiras palavras de verdade que ouço.

Blaise sentiu um arrepio na espinha. Levantando da sua cadeira começou a andar, tentando desviar os olhos daquele corpo nu. Ele esperava que *algo* aparecesse. Um objeto mágico, uma coisa. Ele não sabia que forma aquela coisa tomaria. Um espelho, talvez, ou um abajur. Talvez algo tão incomum quanto a Esfera de Captura de Vida que estava em sua mesa como um grande diamante redondo.

Mas logo uma pessoa? Uma pessoa do gênero feminino ainda por cima?

Na verdade, ele *estava* tentando tornar o objeto inteligente, assegurando que teria a capacidade de entender a linguagem humana e convertê-la em um código. Talvez não devesse estar tão surpreso em relação à inteligência que invocou e que tomou uma forma humana.

Uma forma linda, feminina e sensual.

Olha o foco, Blaise, olha o foco.

— Por que está falando assim?.

Ela lentamente se levantou, com movimentos incertos e estranhamente desajeitados.

— É para eu andar também? É assim que as pessoas falam umas com as outras?

Blaise parou diante dela, fazendo o possível para manter o olhar acima de seu pescoço.

— Desculpe. não estou acostumado a mulheres nuas em meu estúdio.

Ela passou as mãos pelo corpo, como tentando senti-lo pela primeira vez. Seja qual fosse sua intenção, Blaise achou aquele gesto extremamente erótico.

— Tem algo errado com minha aparência? perguntou ela. Era uma preocupação tão tipicamente feminina que Blaise teve que conter um sorriso.

— Pelo contrário — assegurou.

— Você está incrivelmente bem. Tão bem que, na verdade, ele tinha dificuldades em se concentrar em nada que não fosse aquelas curvas delicadas. Ela tinha estatura média e tão proporcionalmente perfeita que poderia ser usada como modelo de um escultor.

— Por que eu sou assim?

Ela franziu levemente sua testa lisa.

— O que sou?

Aquela parte parecia ser a mais intrigante para ela.

Blaise respirou fundo, tentando acalmar sua pulsação acelerada.

— Acho que posso me aventurar a dar um palpite, mas antes de fazer isso, quero lhe dar algumas roupas. Por favor, espere aqui, eu já volto.

E sem esperar por sua resposta, ele saiu apressadamente do ambiente.

* * *

Saindo do estúdio, Blaise caminhou apressado até o outro lado da casa para o 'quarto dela', como ele ainda pensava acerca do quarto meio vazio. Era lá que Augusta guardava suas coisas quando estavam juntos — uma época que, agora, parecia ser há séculos. Apesar disso, entrar no quarto empoeirado era tão doloroso no presente como havia sido há dois anos. Separar-se da mulher com quem ele estivera por oito anos — a mulher com quem ia se casar — não tinha sido fácil.

Tentando manter a mente na tarefa que tinha pela frente, Blaise se aproximou do armário e vasculhou seu conteúdo. Como ele esperava, havia algumas dúzias de vestidos de seda e veludo, os tecidos favoritos de Augusta. Somente feiticeiras — a casta superior da sociedade — podiam se dar ao luxo disso. As pessoas comuns eram pobres demais para vestir algo que não fosse feito de tecidos ásperos produzidos em casa. Blaise se sentia mal ao pensar na terrível desigualdade que ainda permeava cada aspecto da vida em Koldun.

Ao mesmo tempo, se lembrava de que ele e Augusta sempre discutiram por causa disso. Ela jamais partilhara da preocupação dele com os plebeus. Ao invés disso, desfrutava do status quo e de todos os privilégios decorrentes de ser uma feiticeira respeitada. Se Blaise se lembrava corretamente, ela usava um vestido diferente a cada dia de sua vida, exibindo sua riqueza sem se envergonhar disso.

Bem, pelo menos os vestidos que ela deixou na casa dele seriam úteis agora. Pegando um deles — uma criação de seda azul que indubitavelmente havia custado uma fortuna — e um par de chinelas finas de veludo preto, Blaise saiu do quarto, deixando para trás camadas de pó e de memórias amargas.

Ao voltar, ele se deparou com o ser nu. Ela estava de pé perto da entrada de seu estúdio, olhando para um quadro pintado por seu irmão, Louie. Era de uma pequena cidade no território de Blaise e a cena retratada era idílica — um festival após uma grande colheita. Camponeses sorridentes, de faces coradas, dançavam uns com os outros e alguém tocando harpa ao fundo. Blaise gostava de olhar para aquele quadro. Ele o lembrava de que seus súditos também tinham tido bons momentos, que sua vida não era somente de trabalho.

A garota também parecia gostar de olhar para ele — e de tocá-lo. Seus dedos batiam na moldura como tentando captar sua textura. Seu corpo nu parecia tão esplendoroso de costas quanto era de frente e Blaise, novamente, pegou seus pensamentos se desviando para direções impróprias.

— Toma — disse de forma irritada, entrando no estúdio e colocando o vestido e os sapatos no sofá empoeirado.

— Por favor, vista isso.

Pela primeira vez desde a morte de Louie, ele se tornou ciente do estado de sua casa — e se envergonhou disso. O quarto de Augusta não era o único coberto de pó. Ali mesmo, onde passava a maior parte de seu tempo, o ar parecia bolorento e com mau odor.

Esther e Maya haviam se oferecido várias vezes para vir e limpar, mas ele havia recusado, por não querer ver ninguém. Nem mesmo as duas camponesas que tinham sido como mães para ele. Após o fracasso com Louie, queria apenas ficar só, se esconder do resto do mundo. Com relação aos outros feiticeiros, ele era um pária, um banido, e isso não incomodava Blaise. Ele os odiava também. Às vezes, achava que a amargura o consumiria — e provavelmente teria feito isso, se não fosse por seu trabalho.

E, agora, o resultado desse trabalho estava pegando o vestido e estudando-o com curiosidade, ainda nua como um bebê recém-nascido.

— Como é que eu coloco isso? — ela perguntou, olhando para ele.

Blaise piscou. Ele tinha prática em tirar vestidos de mulheres, mas vesti-los? Mesmo assim, ele sabia mais sobre roupas do que o ser misterioso que estava de pé diante dele. Pegando o vestido de suas mãos, ele desatou as costas e o entregou.

— Toma. Vista colocando os pés e depois puxe para cima, certificando-se de colocar os braços nas mangas.

E então, ele se virou, fazendo o possível para controlar sua reação em virtude da beleza dela.

Ele ouviu alguns movimentos atrapalhados.

— Acho que preciso de ajuda — disse ela.

Voltando-se, Blaise ficou aliviado ao ver que ela só precisava de ajuda em amarrar o laço nas costas. Ela tinha entendido como colocar os sapatos. O vestido cabia incrivelmente bem nela. Ela e Augusta vestiam o mesmo número, embora essa garota parecesse de alguma forma mais delicada.

— Levante seu cabelo — disse ele, e ela o fez, segurando seu cabelo longo e loiro com uma graça inconsciente. Ele rapidamente fechou o vestido e se afastou, precisando criar uma pequena distância entre ambos.

Ela se virou para olhá-lo e seus olhos se encontraram. Blaise não pôde deixar de notar a fria inteligência refletida em seu olhar. Ela podia não saber de nada ainda, mas estava aprendendo rapidamente — e se saindo muito bem, se sua suspeita sobre sua origem fosse verdade.

Por poucos instantes eles se olharam, compartilhando um silêncio confortável. Ela não parecia apressada em falar. Em vez disso, ela o estudava, seus olhos percorrendo seu rosto, seu corpo. Ela parecia achá-lo tão fascinante quanto ele a achara. E não era de se estranhar — Blaise era provavelmente o primeiro humano que ela já vira.

Finalmente, ela quebrou o silêncio.

— Podemos conversar agora?

— Sim — Blaise sorriu — podemos e devemos.

Indo para a área do sofá, ele se sentou em uma das poltronas perto da pequena mesa redonda. A mulher o imitou, sentando-se na cadeira oposta a ele.

— Eu acho que vamos ter que descobrir as respostas para muitas de suas perguntas juntos — Blaise lhe disse, e ela fez que sim com a cabeça.

— Eu quero entender — disse ela. — O que eu sou?

Blaise respirou fundo.

— Vou começar pelo início — disse ele, se esforçando para encontrar a melhor forma de falar sobre o assunto.

— Acontece que há muito eu venho procurando uma maneira de tornar a magia mais acessível aos plebeus — completou.

— Ela não é acessível atualmente? — perguntou ela, olhando atentamente para Blaise. Ele percebia que ela era extremamente curiosa a respeito de cada coisa e sobre tudo, absorvendo o que a cercava e cada palavra que ele dizia como uma esponja.

— Não, não é. Atualmente, a magia só é possível para alguns poucos escolhidos — os que têm a predisposição certa em termos da inclinação analítica e matemática de suas mentes. Mesmo aqueles poucos com sorte têm que estudar muito para poder realizar feitiços de alguma complexidade.

Ela concordou como se aquilo fizesse sentido para ela.

— Tudo bem. Mas o que isso tem a ver comigo?

— Tudo — disse Blaise, acrescentando — Acontece que tudo começou com Lenard, o Grande. Ele foi o primeiro a aprender como entrar no Reino do Feitiço.

— O Reino do Feitiço?

— É. O Reino do Feitiço é como chamamos o lugar onde os feitiços se formam — o lugar que nos permite criar a magia. Não sabemos muito a respeito dele porque vivemos no Reino Físico — ou como consideramos o mundo real.

Blaise fez uma pausa para ver se a mulher tinha alguma pergunta. Ele imaginou que aquilo deveria ser impressionante para ela.

Ela inclinou a cabeça para o lado.

— Tudo bem. Por favor, continue.

— Há uns duzentos e setenta anos atrás, Lenard, O Grande, inventou os primeiros feitiços orais — uma forma de interagirmos com o Reino do Feitiço e modificar a realidade do Reino Físico. Era muito difícil acertar esses feitiços porque eles envolviam uma linguagem secreta especializada. Era preciso que fossem ditos e planejados com extrema exatidão para se obter o resultado desejado. Somente recentemente é que foi inventada uma linguagem mais fácil para a magia e uma forma mais fácil de fazer feitiços.

— Quem inventou? — perguntou a mulher, parecendo intrigada.

— Bem, Augusta. Eu, na verdade — admitiu Blaise — Ela foi minha noiva. Somos o que se chama de feiticeiros — os que têm a aptidão para o estudo da magia. Augusta criou um objeto mágico chamado a Pedra Interpretadora e eu criei uma linguagem de magia mais simples para ser usada com ele. E, agora, em vez de recitar um feitiço verbal difícil, um feiticeiro pode usar uma linguagem mais simples para escrever seus feitiços em cartões e colocá-los na pedra.

Ela piscou.

— Entendo.

— Nosso trabalho deveria tornar a sociedade melhor — Blaise continuou, tentando retirar a amargura de sua voz. — Ou, pelo menos, era o que eu esperava. Eu achei que uma maneira mais fácil de fazer magia permitiria que mais pessoas a fizessem, mas não aconteceu assim. A classe poderosa dos feiticeiros ficou ainda mais forte — e ainda mais avessa a compartilhar seu conhecimento com as pessoas comuns.

— Isso é ruim? — perguntou ela, olhando-o com seus olhos claros e azuis.

— Depende de para quem pergunta — disse Blaise, pensando no descaso casual de Augusta pelos camponeses. — Eu acho horrível, mas sou a minoria.

A maioria dos feiticeiros gosta do status quo. Eles têm riqueza e poder, não se importam se seus súditos vivem em uma pobreza abjeta.

— Mas você se importa — disse ela de forma observadora.

— Eu me importo — Blaise confirmou — E quando saí do Conselho de Feiticeiros, há um ano, decidi fazer algo a respeito. Veja bem, quis criar um objeto mágico que entendesse nossa linguagem falada corrente — um objeto que qualquer um pudesse usar. Dessa forma, uma pessoa comum poderia fazer magia. Era só dizer o que queria e o objeto faria com que isso acontecesse.

Seus olhos se arregalaram e Blaise viu que seu rosto expressava compreensão.

— Está dizendo que . . .

— Sim — disse ele, olhando para ela. — Eu acho que consegui criar esse objeto. Eu acho que você é o resultado de meu trabalho.

Eles ficaram ali sentados, em silêncio, por alguns momentos.

— Eu acho que tenho a noção errada da palavra 'objeto' — finalmente ela falou.

— Provavelmente não. A cadeira em que está sentada é um objeto comum. Se você olhar pela janela, verá uma cadeira no jardim. É um objeto mágico. Ela voa. Objetos são inanimados. Eu esperava que você fosse algo como um espelho falante, mas você é inteiramente outra coisa.

Ela franziu um pouco as sobrancelhas.

— Se você me criou, isso significa que você é meu pai?

— Não — Blaise negou imediatamente, tudo em seu interior rejeitando aquela ideia.

— Eu com certeza não sou seu pai.

De alguma forma era importante se certificar de que ela não o considerasse daquela forma. *Olha para onde minha mente está indo de novo,* ele se reprovou.

Ela continuava a parecer confusa. Então, Blaise tentou explicar melhor.

— Eu acho que faria mais sentido dizer que eu criei o projeto básico de uma inteligência — e deixar claro que havia que adquirir algum conhecimento — mas a partir daí, você deve ter se criado.

Ele via uma centelha de reconhecimento no olhar dela. Algo naquela revelação ressoou nela, então, ela teria que saber mais do que parecia inicialmente.

— Pode me contar alguma coisa sobre você? — Blaise perguntou, estudando a linda criatura diante — para começar, como você se chama?

— Eu não me chamo de nada — disse ela. — Como *você* se chama?

— Sou Blaise, filho de Dasbraw. Pode me chamar de Blaise.

— Blaise — disse ela devagar, como que saboreando o nome dele.

Sua voz era suave e sensual, inocentemente sedutora. Fazia com que Blaise ficasse dolorosamente ciente de que fazia dois anos que ele tinha estado tão próximo assim de uma mulher. — É, isso — ele conseguiu dizer com calma — E vamos lhe arranjar um nome também.

— Tem alguma ideia? — ela perguntou com curiosidade.

— Bem, o nome de minha avó era Galina. Gostaria de homenagear minha família aceitando o nome dela? Você pode ser Galina, filha do Reino do Feitiço. Eu a chamaria de 'Gala' para abreviar.

A indômita senhora não tinha sido nada parecida com a garota sentada à sua frente, embora algo da inteligência brilhante no rosto dessa mulher o lembrasse dela. Ele sorriu afetuosamente pelas recordações.

— Gala — ela tentou dizer. Dava para ver que ela havia gostado, porque sorriu de volta para ele, mostrando seus dentes alvos e alinhados. O sorriso iluminou todo o rosto, fazendo com que ela resplandecesse.

— É.

Blaise não conseguia afastar seus olhos de sua beleza luminosa.

— Gala. Fica bem em você.

— Gala — repetiu ela, suavemente — Gala. Sim, eu concordo. Combina comigo. Mas você disse que eu sou filha do Reino do Feitiço. Seria minha mãe ou meu pai?

Ela lhe deu um olhar esperançoso.

Blaise balançou a cabeça.

— Não da forma tradicional. O Reino do Feitiço foi onde você se desenvolveu para ser o que é agora. Você sabe alguma coisa sobre o local? — disse ele dando uma pausa, olhando para sua criação inesperada.

— De maneira geral, de quanto lembra até aparecer aqui, no chão de meu estúdio? — completou.

CAPÍTULO DOIS

※ AUGUSTA ※

Augusta deslizou para fora da cama e sorriu sedutoramente para o amante, deleitando-se com o brilho aquecido do olhar dele enquanto ela se inclinava para pegar seu vestido de cor púrpura do chão. O traje muito bem feito tinha apenas um pequeno rasgo — nada que ela não fosse capaz de consertar através de um simples feitiço verbal. Suas roupas raramente sobreviviam intactas a suas visitas à casa de Barson. Se havia algo que ela apreciava no líder da Guarda do Feiticeiro era o apetite rude e premente com o qual ele sempre saudava a chegada dela.

— Já é hora de ir? — perguntou ele, se apoiando em um cotovelo, para vê-la se vestir.

— Seus homens não esperam por você? — Augusta se insinuou para dentro do vestido e pegou seu longo cabelo castanho, fazendo nele um suave nó atrás do pescoço.

— Que esperem — disse ele com seu ar arrogante, como sempre.

Augusta gostava disso em Barson — a confiança inabalável que permeava tudo que ele fazia. Ela podia não ser um feiticeiro, mas detinha bastante poder como líder da força militar de elite que mantinha a lei e a ordem na sociedade deles.

— Porém, os rebeldes não esperam — Augusta lembrou a ele.

— Nós precisamos interceptá-los antes que se aproximem mais de Turingrad.

— Nós? — suas sobrancelhas grossas se arquearam com surpresa. De cabelo curto e escuro e pelo cor de oliva, ele era um dos homens mais atraentes que conhecia — com a possível exceção de seu ex-noivo.

Não, não pense em Blaise agora.

— Ah, sim — Augusta falou com indiferença.

— Eu me esqueci de dizer que eu ia com você? — disse ela.

Barson se sentou na cama, os músculos de sua grande estrutura se contraindo e ondulando a cada movimento.

— Você sabe que sim — resmungou ele, mas Augusta notou que o fato o agradou.

Ele tentava que ela passasse mais tempo com ele, fazendo com que o relacionamento deles fosse do conhecimento público e Augusta achou que era hora de começar a ceder um pouquinho.

Após sua dolorosa separação de Blaise há dois anos, ela desejava apenas viver um caso descomplicado — uma combinação de desejo mútuo e nada mais. Seu relacionamento de oito anos com Blaise havia acabado seis meses antes da data do casamento e, naquele momento, ela não sabia se poderia confiar novamente em um homem. Ela achava que só precisava de um parceiro na cama, um corpo quente para fazer com que esquecesse do vazio interior — e ela havia escolhido o Capitão da Guarda para esse papel.

Para sua surpresa, o que havia começado com um simples flerte havia crescido e evoluído. Com o tempo, Augusta se pegou tanto gostando quanto admirando seu novo amante. Ele não era um intelectual, como Blaise, mas era bem inteligente a seu próprio modo — e ela descobriu que também gostava de sua companhia fora da cama. Como resultado disso, quando soube da rebelião ao norte, ela decidiu que era a oportunidade perfeita para ver Barson em ação, fazendo o que ele fazia melhor — protegendo seu estilo de vida e mantendo os camponeses sob controle.

Levantando-se, ele colocou a armadura e se voltou para ela, perguntando:

— O Conselho lhe pediu para ir conosco?

— Não — Augusta o tranquilizou — Estou indo por vontade própria.

Seria um insulto à Guarda se o Conselho a considerasse incapaz de sufocar uma revolta menor e lhe pedisse para ajudá-la. Ela iria somente porque queria passar mais tempo com Barson — e porque queria ver os rebeldes esmagados como os vermes que eram.

— Nesse caso — disse ele, com seus olhos escuros brilhando pela expectativa — vamos.

* * *

Augusta cavalgava ao lado de Barson, sentindo os movimentos rítmicos do cavalo sob ela. Ela notava os olhares curiosos vindos dos outros soldados, mas não se importava. Como feiticeira do Conselho, ela estava acostumada a ser observada com atenção. Ela até ansiava por isso, de alguma forma.

Era estranho andar em cima de um cavalo. Ela estava acostumada à cadeira voadora — sua recente invenção que havia revolucionado as viagens dos feiticeiros — e não se lembrava da última vez que tinha ido a alguma parte, assim, da forma antiga. O único motivo pelo qual ela fazia aquilo era porque Barson se recusara a andar na cadeira com ela, quando estivesse de serviço, e ela não queria flutuar no ar sozinha, acima dos guardas.

— Quantos são os rebeldes? — ela perguntou a Barson, surpresa de que apenas cerca de cinquenta homens os acompanhassem.

— Ganir disse que havia cerca de trezentos — Barson respondeu, fazendo com que Augusta franzisse o nariz diante da menção do nome do Líder do Conselho. Ganir parecia ter seus espiões por toda parte atualmente. Sob o pretexto de proteger o

Conselho, o velho feiticeiro parecia ficar cada vez mais poderoso, fato que incomodava Augusta. Ela sempre teve a impressão de que o velho não gostava dela, e ela não queria pensar no que poderia acontecer se ele decidisse se voltar contra ela, por qualquer motivo.

Voltando sua atenção novamente para o assunto em pauta, ela deu a Barson um olhar interrogador.

— E você leva apenas cinquenta guardas?

Ele sorriu.

— Somente cinquenta? São vinte a mais do que deveria levar. Qualquer um de meus homens vale pelo menos dez desses camponeses — E acrescentou, mais sério — Além do mais, devido à intranquilidade por toda parte, eu achei melhor não deixar Turingrad e a Torre desprotegidas sem bom motivo — e creia, trezentos camponeses não são um bom motivo.

Augusta sorriu para ele, mais uma vez encantada com sua arrogância.

— Certo, é claro. E além disso, você tem a mim.

As feiticeiras raramente usavam sua magia contra a população comum, mas certamente poderiam fazer isso, principalmente se estivesse em perigo. Augusta não tinha dúvidas de que poderia subjugar todos os rebeldes sozinha, mas aquilo não era o seu trabalho. Os soldados serviam para isso.

Esta pequena revolta, como muitas outras nos últimos anos, sem dúvida alguma era motivada pela seca. Era um evento desafortunado e Augusta entendia a insatisfação dos camponeses pelas plantações destruídas e pelo alto preço dos alimentos — mas, por isso, não era aceitável que eles avançassem para Turingrad, como Ganir disse que estavam fazendo.

O norte de Koldun — de onde vinham esses rebeldes — tinha sido severamente atingido. O território de procedência de Augusta ficava mais ao sul, mas até mesmo seus súditos reclamavam da falta de comida. Eles não ousavam se rebelar, é claro, mas Augusta não ignorava o fato de que estavam infelizes. Por quase dois anos, a chuva havia sido esparsa e obter cereais se tornava cada vez mais difícil. Augusta fez o possível para comprar os cereais disponíveis e enviá-los para seu povo, mas os infelizes mal-agradecidos ainda reclamavam.

— Quem governa o território dos rebeldes? Jandison ou Moriner? — ela perguntou, pensando qual feiticeiro não conseguia controlar seus próprios camponeses.

— Jandison.

Jandison. Bem, estava explicado, Augusta pensou. Apesar de sua idade avançada e sua posição no Conselho, Jandison era considerado um tanto fraco. Ele era bom em teletransporte (reconhecidamente, uma habilidade útil) e em quase mais nada. Como ele tinha ido parar no Conselho — um órgão governante formado pelos mais poderosos feiticeiros — Augusta jamais entendera.

— Alguns dos camponeses dele fugiram para as montanhas — disse Barson, parecendo desgostoso com a situação — E alguns decidiram se revoltar. Está uma confusão por lá.

— Para as montanhas? — Augusta não pôde conter seu choque. As montanhas cercavam a terra de Koldun, servindo de barreira natural contra as terríveis tempestades que devastariam tudo além delas. Somente os mais intrépidos exploradores se aventuravam a ir lá, devido ao clima imprevisível e à proximidade perigosa do oceano.

— E esses camponeses realmente foram para lá? — ela quis saber.

— Sim — Barson confirmou — Pelo menos vinte deles fugiram para lá, vindos da vila mais ao norte de Jandison.

— Eles devem ser suicidas — Augusta disse, balançando a cabeça.

— Quem, de sã consciência, faria uma coisa dessas?

— Alguém desesperado e faminto, eu imagino.

O amante lhe deu um olhar irônico.

— Você não conhece a fome, conhece?

— Não — Augusta admitiu.

A maioria dos feiticeiros comia por prazer. Os feitiços para manter a energia do corpo eram simples de fazer — e uma das primeiras coisas que os pais ensinavam a seus filhos. Augusta dominava esses feitiços já aos três anos de idade e jamais sentiu fome desde então.

Barson sorriu em resposta e se aproximou para apertar seu joelho com sua mão grande e cheia de calos.

CAPÍTULO TRÊS

✳ GALA ✳

Gala olhou para o homem alto, espadaúdo que era seu criador, tentando encontrar a melhor maneira de responder à pergunta. Ela teve dificuldade em se concentrar, com seus sentidos assoberbados por estar ali, naquele locar que Blaise chamava de Reino Físico. Seu corpo reagia aos diferentes estímulos de formas estranhas e imprevisíveis, sua mente tentando processar todas as imagens, sons e odores para que ela pudesse entender tudo.

Uma distração especialmente forte era o próprio Blaise. Ela não conseguia parar de olhar para ele simplesmente porque era diferente de tudo que havia visto antes. Algo a respeito da simetria angular de seu rosto a atraía, repercutindo nela de uma forma que não entendia completamente. Ela gostava de tudo nele, da cor de seus olhos até o escuro pelo eriçado que sombreava seu maxilar firme. Ela se questionava se seria aceitável chegar e tocar no cabelo dele — naqueles cachos curtos e quase negros que pareciam tão diferentes de suas próprias mechas pálidas.

No entanto, primeiro, ela queria responder à pergunta dele. Concentrando-se, ela pensou no *antes*, no que havia acontecido antes de ela experimentar a realidade pela primeira vez.

— Eu me lembro de perceber que eu existo — disse ela lentamente, tentando colocar nas palavras as sensações estranhas do começo.

— Quer dizer que existiu por um tempo sem se dar conta disso? — ele perguntou, com as sobrancelhas escuras unindo-se ligeiramente. Gala achou que aquela expressão provavelmente significava confusão, já que suas próprias sobrancelhas faziam o mesmo quando ela não entendia alguma coisa.

— É como se houvesse duas maneiras de eu existir — ela tentou explicar — Uma maneira somente acontecia. Isso continuou por mais tempo. Quando digo que percebi que eu existo — foi quando essa outra parte de mim percebeu primeiro que eu sou *eu*. Essas partes não são separadas. Na verdade, são a mesma coisa. Há uma estranha formação de um elo entre as duas partes, que não entendo totalmente e não sei como explicar em palavras.

— Eu acho que eu entendo — disse ele, se inclinando para frente e olhando atentamente para ela.

— Você se tornou consciente de si. Primeiro, você existia em um nível subconsciente e, então, em algum limiar crítico, você obteve um estado consciente de ser.

Ele parecia empolgado, Gala pensou, encontrando de alguma forma a palavra certa para descrever o estado emocional de seu criador.

— Qual é a diferença entre um estado subconsciente e consciente? — ela perguntou, ansiando por mais informações.

— Em um ser humano, as partes subconscientes da mente estão encarregadas de coisas como respirar ou do batimento cardíaco — disse ele, com os olhos brilhando — Quando eu corro, meu subconsciente calcula as trajetórias complexas de como minhas pernas se movem. Alguns feiticeiros também acham que os sonhos fazem parte de nossas mentes.

— Eu não sou um ser humano — Gala disse, olhando para ele. Isso ela sabia agora. Ela era alguma coisa diferente e precisava saber o que era essa coisa.

Ele sorriu — uma expressão que fez com que a face dele fosse ainda mais fascinante para ela.

— Não — disse ele suavemente — você não é. Mas definitivamente, para mim, você parece ser.

— Mas esta não era a sua intenção, era?

— Correto — ele confirmou — No entanto, as partes que projetei se baseiam na teoria que desenvolvi de como a mente humana deve funcionar. Lenard, o Grande, foi quem primeiro descobriu a dinâmica consciente-subconsciente e o trabalho dele sempre me fascinou. Eu já fiz feitiços em pessoas que me deram uma compreensão de seus estados mentais, e esta foi a estrutura usada por mim em você. Além disso, tive ajuda dos escritos de Lenard. O feitiço que criou você devia fazer uma estrutura interligada de nodos — nodos capazes de aprender. Bilhões e bilhões de nodos no Reino do Feitiço, todos ligados magicamente.

— Que interessante — Gala pensou, observando a maneira como o rosto dele se tornava mais animado à medida que falava.

— E então, quando fiz o feitiço — continuou ele — mandei dezenas de Capturas de Vida para o Reino do Feitiço, quantas Capturas de Vida eu pude arrebanhar.

— Capturas de Vida?.

O termo não fazia sentido para Gala.

Blaise fez que sim com a cabeça, sua expressão estava obscurecida por alguma razão.

— É. As Capturas de Vida são um exemplo de um objeto mágico. Um feiticeiro chamado Ganir inventou, recentemente, essas coisas. É meio difícil explicar o que são. Basicamente, quando você pega uma Captura de Vida vê o que outra pessoa viu, sente o cheiro que ela sentiu e pensa ser essa pessoa durante o tempo em que o feitiço durar. Você tem que vivenciar isso para entender verdadeiramente.

— Eu acho que entendo, Gala disse, relembrando as estranhas experiências que havia tido antes de estar ali — Isso provavelmente explica minhas visões.

— Suas visões?

— Eu acho que vislumbrei o Reino Físico — Gala disse a ele — e era como se eu estivesse nele.

As recordações não eram agradáveis. Na maior parte do tempo ela se sentira perdida, sem saber que vivia a vida de outras pessoas.

— É claro.

Seus olhos se abriram mais pela compreensão.

— Eu devia ter percebido que, quando sua mente estivesse suficientemente desenvolvida, você simplesmente vivenciaria as Capturas de Vida como nós — só que você nunca tinha estado no mundo real e, provavelmente, não fazia ideia do que estava acontecendo. Sinto muito por isso. Deve ter sido terrivelmente perturbador para você.

Gala encolheu os ombros, um gesto que ela tinha visto uma ou duas vezes em suas visões. Ela tinha deduzido que indicava incerteza. Ela não tinha certeza de como se sentia com relação às Capturas de Vida. Ver o mundo através delas definitivamente havia sido perturbador, mas ela *havia* obtido muito conhecimento sobre o Reino Físico daquele jeito. Ainda havia muito que ela não sabia, é claro, mas ela não estava tão perdida agora como, de outra forma, estaria.

Blaise sorriu para ela, que novamente pensou no quanto gostava do sorriso dele. Uma coisa tão simples, apenas lábios que se curvam para cima e um lampejo de dentes brancos, e, apesar disso, ele causava um efeito nela, aquecendo-a por dentro e fazendo com que quisesse lhe sorrir de volta. E ela o fez, imitando a expressão dele. Os olhos dele brilharam ainda mais, e Gala sentiu que tinha feito a coisa certa. Que ela o tinha agradado de alguma forma.

— E como era o Reino do Feitiço em si? — ele perguntou, ainda olhando para ela com aquele sorriso — Eu nem consigo imaginar como deve ser por lá . . .

Sua voz diminuía e Gala entendeu que ele esperava que lhe contasse a respeito.

Ela pensou, tentando encontrar uma forma de explicar.

— É muito . . .diferente — disse ela, finalmente — Eu realmente não sei como descrever para você. Não havia muito tempo entre as visões, e quando eu não estava tendo as visões, eu não podia usar os sentidos humanos. É como quando há lampejos de luz, de som, de gosto e de cheiro, mas eles me chegam de outra forma. Eu nunca fui capaz de processá-los plenamente antes de ser absorvida por outra visão. E então eu fui atraída para cá.

— Atraída para cá?

— É, foi o que pareceu — Gala disse — Era como se alguma coisa me atraísse para cá, para esse lugar que você chama de Reino Físico.

Ela fez uma pausa por um instante.

— Atraída até você.

CAPÍTULO QUATRO

※ BLAISE ※

Atraída para ele. Ela havia sido atraída para ele.

Deve ter sido aquele último feitiço que fez que trouxe Gala para seu estúdio, pensou Blaise. Ele estava tentando realizar uma manifestação física do objeto mágico e, em vez disso, ele acabou trazendo Gala para ali, para o Reino Físico.

Ela olhava para ele com seus grandes olhos azuis, estudando-o com aquela estranha mistura de curiosidade infantil e inteligência aguçada. Blaise tentou imaginar o que ela estaria pensando. Teria ela as mesmas emoções de um ser humano comum? Será que entendia a ideia de emoção? Suas reações pareciam indicar que entendia. Ela havia sorrido em resposta ao sorriso dele então, pelo menos, conhecia as expressões faciais.

— Eu quero vê-lo — disse ela repentinamente, inclinando-se para frente — Blaise, eu quero vivenciar mais esse mundo. Quero conhecer esse lugar. Pode me mostrar, por favor?

— Claro — disse Blaise, erguendo-se.

Ele tinha mais um milhão de perguntas a fazer mas ela, provavelmente, estava mais ávida por conhecimento do que ele.

— Vou começar lhe mostrando minha casa.

Ele começou o tour na parte de cima, onde ficavam o estúdio e os quartos. Gala seguia atrás dele, ouvindo atentamente enquanto ele explicava a finalidade de cada aposento. Tudo parecia fasciná-la, desde o armário repleto com os vestidos de Augusta às janelas envidraçadas no quarto de Blaise.

Ao se aproximar de uma janela especialmente grande, ela subiu no peitoril e olhou para fora, pressionando seu nariz contra o vidro. Blaise não pôde deixar de sorrir com isso, encantado com a cena criada por ela.

— O que tem lá fora? — ela perguntou, voltando a cabeça para olhar para ele.

— Eu quero ir até lá.

— São os meus jardins — Blaise explicou, se aproximando para ajudá-la a descer do peitoril — Podemos ir lá agora.

Ele a alcançou, pegando sua mão e, cuidadosamente, a guiou para baixo. A mão dela era pequena e quente ao seu toque e Blaise, novamente, maravilhou-se com a beleza surpreendente de sua criação... e com a força de sua própria reação a ela.

Ele não se sentia atraído assim por uma mulher há muito tempo, desde Augusta.

Não, não pense nela, ele disse a si mesmo, sentindo aquela dor familiar no peito. O fato de que sua ex-noiva ainda ocupasse tanto seus pensamentos o deixava furioso. Depois da forma como ela o traíra, ele havia feito o que podia para apagá-la da memória. Mas não era tão fácil assim.

Ele conhecera Augusta há mais de uma década, desde a Academia, quando eram apenas mero acólitos. Ele sempre a achou linda, com sua aparência misteriosa e atraente, mas só depois que começaram a trabalhar juntos na Pedra Interpretadora notou sua queda por ela. Jovens e ambiciosos, pareciam o par perfeito, mesmo que não concordassem em relação a certas questões. Durante anos, a paixão por duas coisas — pelo trabalho e um pelo outro — havia sido o suficiente para unir suas diferenças, e foi somente durante o julgamento de Louie que Blaise percebeu o quão profunda era a diferença entre eles.

— Vem, vem comigo — disse ele, forçando-se a soltar a mão de Gala — Vamos descer.

Eles desceram a escada, seguindo pelo longo corredor. Gala tocava em tudo pelo caminho, passando os dedos em cada nova superfície que encontrava.

Finalmente, estavam do lado de fora.

— Estes são os meus jardins — Blaise disse, apontando para a vasta extensão verde diante deles — Estão um pouco mal cuidados agora.

— Eles são lindos — Gala disse lentamente, fazendo um círculo com o corpo. A expressão de seu rosto era quase extasiada.

— Oh, o seu Reino Físico é tão lindo, Blaise . . .

— É sim — Blaise murmurou, hipnotizado por ela.

— Tem razão, é sim.

Piscando, ele se forçou a desviar o olhar para algo que não fosse a silhueta deslumbrante dela.

Ela riu alegremente, atraindo o olhar dele de volta para ela. Blaise viu que ela se aproximava de uma borboleta de cor brilhante pousada em uma flor branca. Ela sentia as emoções dele, que percebeu o rosto dela brilhando de felicidade e entusiasmo.

Ele tentou olhar o ambiente familiar da forma como Gala deveria estar vendo-o e teve que admitir que os jardins possuíam certa beleza selvagem em si. Sua mãe era excelente com as plantas, usando os feitiços judiciosamente para o crescimento de flores e árvores frutíferas, e Blaise ainda via os vestígios da magia dela por toda parte.

— Você gostaria de ver algo interessante? — ele perguntou impulsivamente, querendo ver mais daquela alegria radiante no rosto de Gala.

— Sim, disse ela imediatamente — Por favor.

— Então, observe — disse, iniciando um simples feitiço oral.

Estendendo a mão, ele se concentrou em manipular as partículas de luz, direcionando-as para se juntarem acima de sua palma voltada para cima. Cada palavra, cada frase que ele pronunciava fazia parte do intrincado código que o capacitava a realizar feitiços. Quando ele se certificou de que a lógica e as instruções do feitiço estavam corretas, usou o Feitiço Interpretador — uma ladainha complexa necessária ao final de todos os feitiços — para transmitir tudo ao Reino dos Feitiços. E então aguardou.

Alguns segundos mais tarde, o ar acima da palma estendida começou a cintilar e uma forma luminosa e brilhante começou a aparecer. Não demorou muito e havia uma rosa totalmente feita de luz pairando a poucos centímetros da mão dele.

— É tão lindo — Gala sussurrou, observando a demonstração feita por ele com um olhar de espanto em seu rosto perfeito. Estendendo a mão, ela tocou na rosa, seus dedos passando pelo ajuntamento de luz.

Blaise deu um sorriso, feliz em ter podido impressioná-la com algo tão simples. Devido à origem dela, ela provavelmente seria capaz de fazer o mesmo e até mais.

Muito, muito mais, pensou ele, tentando imaginar quão poderoso alguém nascido no Reino do Feitiço poderia ser. Era um pouco cedo demais para começar a explorar as habilidades de Gala, mas Blaise tinha a intuição de que seriam algo que o mundo jamais vira antes.

* * *

Após Gala se fartar de ver os jardins, Blaise a levou de volta para dentro da casa.

— Eu quero aprender mais — disse ela ao entrarem no corredor — Blaise, eu quero aprender tudo. Pode me ajudar?

Ele avaliou o pedido dela. Ele poderia lhe dar mais Capturas de Vida e deixar que ela vivenciasse o mundo daquela forma, ou ele poderia tentar mostrar livros para ela. Havia a possibilidade de que ela entendesse a linguagem escrita, assim como a falada, já que algumas das Capturas de Vida que ele enviara para o Reino do Feitiço — as Capturas de Vida que ajudaram a criar sua base de conhecimento existente — eram de professores de leitura.

Ele decidiu optar pela segunda opção por ora, deixar que ela aprendesse da forma antiga, primeiro. Por mais interessante que fosse entrar na vida de outras pessoas, não havia ainda um substituto para a estrutura de um bom livro.

— Por que não vamos até a minha biblioteca? — sugeriu ele — Quero ver se você é capaz de ler.

Gala assentiu avidamente, e ele a levou até o aposento antiquado que abrigava seus livros. Entremeado com pesados tomos antigos, ele via alguns livros de Augusta, inclusive alguns romances de que sua ex-amante havia gostado e lido em seu tempo livre.

— Toma — disse ele, pegando um deles e entregando-o para Gala — tente ler este.

O que ela fez em seguida lhe pareceu bastante estranho. Ela lentamente olhou para a primeira página. Depois ela rapidamente deu uma olha na próxima. E então, ela começou a virar as páginas cada vez mais rápido, até que ela as virava tão rapidamente que parecia que estava apenas folheando o livro.

Quando ela terminou, Blaise olhou atônito para ela.

— Você já leu e entendeu aquele livro inteiro?

— Sim.

Incapaz de acreditar no que ouvira, Blaise pegou o livro e o abriu em uma página ao acaso, olhando para baixo para ler às pressas uns dois parágrafos.

— Qual era o nome do herói principal?

— Ludvig.

— E o que aconteceu quando ele contou à esposa sobre Lura?

— Jurila gritou, indo para cima do marido com seu chicote de montaria. Seus olhos escuros cintilavam como fogo e com fúria, e seus traços se distorceram pelo ódio. Ludvig tentou acalmá-la, temendo pelo que ela poderia fazer.

— Espere um pouco, Blaise disse com incredulidade, ao ouvi-la recitar o parágrafo que ele acabara de ler — Você decorou o livro inteiro?

Gala deu de ombros.

— Acho que sim. Foi interessante, mas eu quero mais. Muito mais.

Balançando a cabeça, espantado, Blaise pegou outro livro, desta vez um tomo grosso que discorria sobre a história dos avanços científicos desde o tempo do Iluminismo dos Feitiços até a Era

Moderna. Denso e abrangente, era a leitura obrigatória dos alunos da Academia de Feitiçaria. Entregando-o a Gala, ele disse:

— Experimente este. Pode ser um pouco mais desafiador.

Ela pegou o livro e começou a virar as páginas. Em dois minutos, ela havia acabado.

Ao levantar os olhos e olhar para ele, seu rosto resplandecia

— Blaise, isto é tão interessante — ela exclamou.

— Eu não posso crer que tão pouco era conhecido antes da chegada de Lenard, o Grande. Ele descobriu tantas coisas sobre a natureza e como a mente funciona, sem falar no Reino do Feitiço.

Blaise aquiesceu, sorrindo, apesar de seu choque.

— Sim, ele era um gênio. E seus alunos continuaram seu trabalho. O Iluminismo foi isso. Lenard e os feiticeiros que seguiram seus passos iluminaram nosso mundo, com relação à natureza e a matemática da realidade, a psicologia humana e a física.

— Oh, eu adoraria tê-lo conhecido — Gala murmurou, os olhos arregalados pela empolgação — Ele me faz lembrar você . . .

— A mim?

Blaise não pôde deixar de rir disso.

— Fico muito lisonjeado, mas eu jamais estaria à altura dos feitos de Lenard.

Gala inclinou a cabeça para o lado, parecendo pensativa.

— Eu não sei não — disse ela — Afinal, você me criou.

— É verdade — Blaise tinha que concordar com aquele fato — Tenho certeza de que Lenard também adoraria ter conhecido você. É uma pena que ele tenha desaparecido há mais de dois séculos. Seus feitos, no entanto, estão vivos, em todos esses livros — ele gesticulou mostrando todo o aposento.

Blaise voltou a olhar para as estantes e se encaminhou até uma delas, passando suavemente seus dedos no costado empoeirado dos livros.

— Se quiser ler mais, toda a minha biblioteca é sua — ofereceu Blaise, notando como ela parecia atraída por livros — Não é tão abrangente quanto a que encontraria na Torre, mas deve ocupar você por algum tempo.

— Vou começar por romances, eu acho — disse ela, girando a cabeça para lhe lançar um sorriso estonteante — Aquele primeiro livro foi mais difícil para mim.

— Achou o romance mais difícil?

— É claro — disse ela com seriedade — O segundo livro fazia bem mais sentido e fluía facilmente, mas o romance era mais desafiador. Eu não entendi totalmente todos os aspectos das ações daquelas pessoas.

Blaise a olhou.

— Entendo. Bem, leia o que você quiser. Minha biblioteca está à sua disposição.

Gala sorriu para ele, ávida como uma criança, e mergulhou em outro livro, virando suas páginas com a mesma velocidade não humana.

Respirando calma e profundamente, Blaise decidiu deixá-la entretida ali e saiu silenciosamente da biblioteca.

Ele precisava de mais tempo para si, para descobrir o que havia acontecido e pensar no que fazer em seguida.

* * *

Ao entrar em seu estúdio, Blaise sentou-se em sua mesa e furou seu dedo, iniciando uma sessão de Captura de Vida fora do normal. Ultimamente, ele sempre se gravava enquanto trabalhava, caso tivesse algum tipo de revelação e precisasse revivê-la posteriormente.

É claro que ele não esperava ter qualquer tipo de revelação sobre Gala agora. O que acontecera hoje era tão incrível que ele mal conseguia começar a digerir.

Ele havia criado um ser mágico. Um ser mágico super inteligente com potencial de poderes inimagináveis.

Um ser que era também a mulher mais linda que Blaise já havia visto.

Em retrospecto, o fato de Gala ter assumido uma forma humana fazia total sentido. Blaise vinha tentando criar uma mente que fosse similar a dos humanos — uma mente que pudesse entender a linguagem falada comum e convertê-la diretamente ao código de feitiçaria, sem ter que usar quaisquer tipos de objetos mágicos ou feitiços. Ele devia ter pensado na possibilidade que uma mente assim assumisse uma aparência humana.

Mas ele não pensou e em vez disso, se concentrou apenas na ideia de que um objeto inteligente criado no Reino do Feitiço poderia ser usado por qualquer um, não obstante sua aptidão para a feitiçaria. Um objeto assim — especialmente se feito em grandes quantidades — criaria uma grande mudança, modificando para sempre a dinâmica de classes na sociedade e finalizando o processo iniciado pelo Iluminismo.

Gala não era o objeto que ele queria criar, mas não importava. Ela era outra coisa — algo bem mais maravilhoso.

Seu irmão Louie ficaria orgulhoso, Blaise pensou, pegando seu jornal.

CAPÍTULO CINCO

※ AUGUSTA ※

O sol começava a se por e Barson deu ordem de pararem durante a noite. Augusta, com satisfação, apeou e se alongou, seu corpo doído por não estar acostumado àquele exercício. Ela teria que fazer um feitiço de cura em si mesma mais tarde, senão poderia ficar doída no dia seguinte.

— É a hora do jantar de seus homens? — ela perguntou, seguindo Barson para uma tenda que os soldados já armavam para ele.

— Primeiro o treino, depois o jantar — disse ele, erguendo de forma cortês a aba da tenda para ela — Você pode descansar, se quiser. Eu estarei com você daqui a uma hora, por aí.

— Descansar em uma tenda enquanto seus rapazes brincam com espadas? — Augusta ergueu as sobrancelhas para ele — Está brincando, não está? Eu não perderia isso por nada no mundo.

Ele deu um sorriso. Então, venha assistir.

Foram juntos para uma pequena clareira onde a maioria dos outros guardas estava reunida. À medida que se aproximaram, os homens de Barson respeitosamente se afastaram, abrindo caminho para eles.

— Por que não sobe em sua cadeira?, Barson sugeriu, voltando-se para ela. — Ela lhe dará uma boa visão e manterá você segura e sem atrapalhar.

Augusta sorriu, encantada com a preocupação dele com ela.

— Claro, vou pegá-la. Embora tivesse vindo a cavalo, ela fizera com que a cadeira espreguiçadeira os acompanhasse à distância, caso fosse necessária.

Augusta pegou sua Pedra Interpretadora — uma rocha brilhante negra parecida com um grande pedaço de carvão polido com um orifício no meio — e a carregou com um feitiço previamente escrito para invocar sua cadeira e aguardou. Dois minutos depois, a cadeira chegou, aterrissando suavemente na relva. De cor vermelho bem profundo, tinha a forma do móvel do qual recebeu o nome. No entanto, era feita de um material cristalino que parecia vidro, mas era cálido e macio ao toque, como uma poltrona forrada de pelúcia. Augusta havia inventado esse objeto mágico especial recentemente e ele imediatamente se tornara popular na comunidade de feiticeiros. O objeto parecia bastante incongruente ali, entre as árvores. Augusta quase riu da expressão dos homens olhando para ela.

Subindo na cadeira, Augusta fez um rápido feitiço oral para que ela pairasse no ar, um pouco acima, à direita da clareira. E então, colocando os pés confortavelmente embaixo de si, ela se inclinou para um dos lados e se preparou para assistir ao espetáculo prestes a se desvelar.

* * *

O treino com arco e flecha seria o primeiro.

Augusta obervava fascinada enquanto um homem soltava uma flecha com aparência estranha. Grande e coberta por penas, ela parecia voar um pouco mais lenta do que o usual, facilitando vê-la em seu voo.

Antes que se indagasse sobre sua finalidade, ela viu a flecha cheia de penas ser atingida por outra — dessa vez uma flecha comum. Aparentemente, a flecha maior era o alvo — um alvo que algum soldado tinha conseguido atingir com inacreditável precisão.

Olhando para o solo abaixo, ela notou que os homens estavam divididos em pares, com um guarda enviando aquelas flechas e seu parceiro as abatendo. Sempre que o alvo era atingido havia saudações dos outros soldados. Se Augusta não tivesse visto pessoalmente, ela jamais acreditaria que fosse possível realizar esse feito até mesmo uma só vez — no entanto, cada um dos homens de Barson conseguia fazer isso. A matemática envolvida era surpreendente e Augusta se maravilhava com a capacidade da mente humana em fazer algo tão complicado sem quaisquer cálculos conscientes.

Finalmente, chegou a vez de Barson. Olhando para cima, ele piscou para ela e foi ao encontro de seus soldados. Para espanto de Augusta, não apenas um, mas dois homens arremessaram as flechas especiais cheias de penas — e a flecha de seu amante atingiu as duas com uma flechada. Os outros soldados saudaram, mas não mais alto do que para qualquer outro. Aparentemente, não era a primeira vez que seu Capitão tinha feito algo tão impossível.

Após o treino com o arco, os guardas lutaram com espadas. Augusta os observou, com a respiração presa, enquanto o metal se chocava com o metal, fazendo com que ela se retraísse cada vez que alguém, por pouco, evitasse ser ferido. Embora fosse apenas um treino, as espadas usadas pelos homens eram de verdade — e potencialmente fatais.

Todos os soldados pareciam ser altamente hábeis e ninguém se machucava, o que fazia com que Augusta relaxasse um pouco. Observando outros lutadores, ela não pôde deixar de sentir prazer pela visão de seus corpos fortes e aptos girando e se voltando enquanto se envolviam em uma espécie de dança macabra. Havia beleza na guerra, pensou ela, observando enquanto eles investiam e desviavam com incrível graça.

Barson caminhava em torno da clareira, fornecendo indicações e instruções a seus soldados. Ela imaginou se ele também lutaria — e, caso lutasse, se ele seria tão hábil com a espada quanto era com o arco e flecha.

Como em resposta à sua pergunta silenciosa, Barson se encaminhou para o meio da clareira, parando a luta entre os homens que lá estavam.

— Vocês quatro — disse ele, apontando para eles — eu preciso de um aquecimento.

Aquecimento? Augusta sorriu, percebendo que seu amante provavelmente tentava impressioná-la.

Quatro homens grandes se aproximaram de Barson cautelosamente. Será que estavam realmente temerosos de uma luta de quatro contra um? Augusta sabia que o Capitão da Guarda do Feiticeiro era bom naquilo que fazia, mas nunca o havia visto em ação.

Os quatro soldados assumiram suas posições, cercando o líder. O que aconteceu em seguida foi tão impressionante que Augusta foi obrigada a dar um suspiro.

Barson começou a se mover lentamente, de forma estranha mantendo, de alguma forma, os quatro homens à vista o tempo todo. Depois, ele se lançou com a velocidade de um raio, aparentemente vislumbrando uma abertura, e Augusta viu uma gota vermelha brotando de um arranhão no pulso de um dos soldados.

O primeiro sangue, ela pensou, hipnotizada pelo que acontecia.

O sangue parecia ser algum tipo de sinal, e todos os quatro guardas atacaram ao mesmo tempo. Ao olhar não treinado de Augusta, houve apenas um tumulto de movimento. A lâmina de Barson parecia estar por toda parte, bloqueando cada movimento que seus oponentes faziam, com uma habilidade e velocidade que pareciam sobre-humanas. Havia algo hipnótico na forma como Barson se movia. Cada gesto, cada movimento era perfeitamente calibrado. Ele evitava os ataques, usando o mesmo movimento para realizar um ataque. Sua eficiência fatal era de tirar o fôlego.

— Mais — gritou ele após alguns minutos — Preciso de mais.

Outros quatro lutadores entraram. Augusta manejou a cadeira para voar mais perto, porque tudo que via agora era uma fila de corpos cercando a figura poderosa de Barson.

De repente, um grito.

O coração de Augusta pareceu parar de bater, mas então ela viu que um dos outros soldados — e não Barson — estava no solo, agarrando sua coxa. Os outros pararam de lutar, formando um círculo em volta do homem ferido.

Aterrissando sua cadeira, Augusta rapidamente pulou dela e correu até eles. Barson estava ajoelhado ao lado do homem, com um olhar consternado no rosto. Os soldados se afastaram, deixando que ela passasse, e sua respiração quase a sufocou ao ver o ferimento sangrando na perna do homem. Para sua surpresa, Augusta viu que o homem era muito jovem — mal deixara de ser um menino.

Barson rasgou um pedaço de pano de sua camisa e o amarrou em torno da coxa do soldado.

— Isto deve estancar o sangue. Sinto muito, Kiam — disse ele, melancólico.

— Estas coisas acontecem nos treinos — disse Kiam, claramente tentando não transparecer dor na sua voz.

— Não, foi culpa minha — Barson disse —Eu não devia ter enfrentado tantos de vocês. Como um novato, eu não controlei para onde mirei minha investida.

Naquele momento, ele pareceu notar a presença de Augusta e ela sabia o que Barson iria lhe pedir, mesmo antes que ele falasse.

— Pode ajudá-lo? — disse ele, olhando para ela.

Augusta acenou afirmativamente e caminhou até a cadeira, onde havia deixado sua maleta. No sentido exato, usar a feitiçaria em quem não fosse feiticeiro era algo visto com desdém. No entanto, aquelas eram circunstâncias especiais. Agora, não estando mais em pânico, Augusta reconheceu o rapaz. Kiam era o filho de Moriner, um membro do Conselho do Norte. Ela lembrava de o Conselheiro dizer que seu filho mais novo parecia não ter qualquer aptidão para a magia, somente para a luta. Mas mesmo que Kiam fosse qualquer outra pessoa, ela o teria ajudado como um favor para Barson.

Pegando sua Pedra Interpretadora, Augusta cuidadosamente escolheu os cartões dos quais precisava. O garoto tinha sorte de ela e Blaise terem inventado aquilo. Se tivesse que contar com os feitiços verbais, Kiam poderia morrer de hemorragia enquanto ela planejava e recitava algo de tal complexidade. Até mesmo Moriner, considerado o principal especialista em realizar feitiços orais, teria sido incapaz de ajudar seu filho a tempo.

O feitiço escrito era muito mais rápido, principalmente porque Augusta já possuía alguns dos seus componentes em sua maleta. Tudo que ela precisava fazer agora era adaptar esses componentes ao peso corporal, à altura do corpo de Kiam e às características da lesão. Quando se sentiu pronta, ela voltou e colocou a Pedra perto de Kiam, carregando os cartões de papel durante o caminho.

O fluxo de sangue da coxa de Kiam diminuiu até escorrer aos poucos e depois parou. Em um minuto, não restava vestígio do ferimento, e o rosto de Kiam perdeu a palidez, parecendo saudável novamente. O jovem rapaz se ergueu, como se nada tivesse acontecido, e Augusta pôde ver os olhares de respeito e admiração no rosto dos soldados. Ela sorriu, animada pelo orgulho de seu feito.

Sem dizer uma palavra, Barson apertou seu ombro com um carinho áspero e ela sorriu para ele, ansiosa pela noite por vir.

O treino havia terminado por aquele dia.

CAPÍTULO SEIS

✳ BARSON ✳

Barson olhava Augusta enquanto ela se afastava, seus quadris ondulando com uma graça sedutora que fazia parte dela, tanto quando seus olhos castanhos dourado. Ela era uma bela mulher e ele estava feliz por ela tê-lo escolhido para ser seu amante. Ela ainda ansiava por aquele feiticeiro exilado, ele sabia disso, mas não quando estava na cama com Barson. Ele fazia questão disso.

— Aquilo não foi especialmente brando, devo dizer — uma voz arrastada soou a seu lado, interrompendo suas reflexões.

Girando a cabeça, Barson viu seu braço direito e futuro cunhado. — Cala a boca, Larn — disse ele, sem muita veemência — Kiam vai ficar bem. Ele vai aprender a não saltar sob minha espada, da próxima vez.

Larn balançou a cabeça — Eu não sei, Barson. Aquele garoto é esquentado. Eu já avisei você sobre ele antes.

— É, é, olha só quem fala. Acha que não lembro de todos os problemas que causou quando tinha a idade dele?

Larn falou, zangado.

— Oh por favor, olha só quem fala. Quantas vezes Dara teve que defender você? Se não fosse por sua irmã, você ainda estaria de castigo até hoje.

Barson sorriu para o amigo, lembrando de todos os percalços em que se meteram quando crianças.

— Na verdade, ele me lembra um pouco você — Larn disse, olhando na direção de Kiam, que havia pegado sua espada de novo, aparentemente se preparando para treinar sozinho. E então, baixando a voz, ele falou em um tom mais sério,

— Será que *ela* pode nos ouvir?

— Eu acho que não — disse Barson, embora não tivesse plena certeza. Nunca se sabe como são os feiticeiros. Eles eram sorrateiros e tinham feitiços que podiam aumentar sua capacidade de ouvir. No entanto, Augusta não teria motivo para fazer esse feitiço agora — não enquanto se preparava para ir dormir na cama dele.

— De qualquer maneira, é bem mais seguro falar aqui do que em qualquer lugar próximo da Torre.

— Provavelmente é verdade — Larn concordou, ainda mantendo a voz baixa — Por que ela veio, afinal?

Barson encolheu os ombros.

— Ah, o lendário Barson ataca de novo — Larn arqueou suas sobrancelhas lascivamente.

A mão de Barson disparou com a velocidade de um ataque de serpente, pegando o pescoço de Larn.

— Você a respeite — ele ordenou, cheio de súbita raiva.

— Mas claro, sinto muito . . ..

Larn parecia sufocado:

— Eu não sabia.

— É, mas agora sabe — Barson resmungou, soltando o amigo.

— E tomara que ela não tenha ouvido você dizer isso.

Larn empalideceu.

— Você disse que ela não podia.

— E provavelmente não pode — Barson concordou — O fato de que ainda esteja vivo é prova disso.

Como todos os membros do Conselho, Augusta podia ser bem perigosa, se provocada.

Larn andou para trás, esfregando o pescoço. — Deixando sua feiticeira de lado — disse ele, com uma voz baixa e rouca — temos negócios a tratar.

Barson aquiesceu, sentindo uma pequena parcela de culpa por sua falta de controle.

— Diga-me — disse ele bruscamente.

Larn era seu melhor amigo e seu soldado mais confiável. Logo, eles seriam da mesma família. Barson não devia ter reagido tão bruscamente à sua provocação sem más intenções. Que importava o que alguém achasse de sua relação com Augusta? Ele devia estar se sentindo especialmente violento depois do treino, resumiu ele, sem querer analisar muito suas ações.

— Eu fiz uma lista dos candidatos mais prováveis — Larn sacou um pequeno pergaminho e entregou a Barson — Antes, eu juraria que nenhum desses homens poderia fazer isso, mas agora não tenho tanta certeza.

Barson desenrolou o pergaminho e estudou os onze nomes escritos nele, e sua raiva novamente cresceu. Erguendo a cabeça, ele cravou um olhar gelado em Larn.

— Todos eles se enquadram no padrão de comportamento?

— Sim. Todos eles. É claro que sempre pode haver alguma outra razão para suas ações — uma amante ou algo parecido.

— Sim — Barson concordou — Em dez deles provavelmente é algo assim.

Suas mãos agarraram os punhos e ele se forçou a relaxar. Cada um dos onze homens daquela lista era como um irmão para ele, e o pensamento de que um deles poderia tê-lo traído era como um veneno nas veias de Barson.

Respirando fundo, ele olhou para a lista novamente, mentalmente revendo cada um dos nomes. Um nome, em especial, se sobressaiu. — Siur não está aqui —disse ele, lentamente.

— Sim — Larn disse — Eu também notei isso. Ele não veio conosco desta vez. Ele lhe disse o motivo?

— Não. Disse que precisava ficar em Turingrad. Trata-se de Siur, não de um novato qualquer, então eu não o pressionei a dar explicações.

Larn aquiesceu pensativo.

— Está bem. Vou continuar analisando a lista e ficarei de olho nos novos que já estão lá.

— Bom, Barson disse, virando-se para esconder a fúria em seu rosto.

Fosse o que fosse, ele chegaria ao fundo dessa questão — e quando isso acontecesse, o homem que o traiu pagaria.

CAPÍTULO SETE

※ BLAISE ※

Ao terminar a gravação da Captura de Vida, Blaise voltou para a biblioteca para ver Gala. Para sua surpresa, ele a viu deitada no chão, inconsciente, em meio a uma enorme pilha de livros.

Preocupado, ele correu até ela e se abaixou para dar uma olhada mais de perto. Para seu alívio, ele viu que ela parecia bem tranquila, com a respiração lenta e estável. Ela estava simplesmente dormindo.

Sem pensar muito a respeito, Blaise a pegou e a levou para um dos quartos de hóspedes. Ela era leve em seus braços, seu corpo era macio e feminino e ele se viu gostando da experiência. Chegando ao quarto, ele suavemente a colocou na cama, e a cobriu com um cobertor, quando ela abriu os olhos.

Por um momento, ela pareceu confusa, e depois seu olhar se desanuviou.

— Eu acho que adormeci — disse ela, perturbada.

Blaise sorriu.

— Eu imaginei que você não saberia o que era dormir.

— Eu não sabia antes, mas eu aprendi bastante em seus livros.

Ele a estudava fascinado, imaginando se ela havia lido todos os mais de cem livros que estavam no chão da biblioteca.

— Quantos livros você leu? — ele perguntou.

Ela se sentou na cama, retirando algumas madeixas de cabelo loiros do rosto.

—Trezentos e quarenta e nove.

Blaise piscou.

— Isso é muito preciso. Tem certeza de que não foram trezentos e quarenta e oito?

— Sim, tenho certeza — disse ela com seriedade, e depois sorriu — Na verdade foram 138.902 páginas e 32.453.383 palavras.

— São os números exatos?

Ele mal conseguia acreditar no que ouvia.

Gala assentiu, ainda sorrindo. Em um lampejo intuitivo, Blaise percebeu que ela sabia o quanto o havia impressionado — e que ela saboreava incrivelmente a reação dele.

— Muito bem — Blaise disse lentamente —Como sabe disso?

Ela encolheu os ombros.

— Eu apenas sei. Assim que quis lhe dizer, os números surgiram. Eu acho que devo ter contado enquanto lia, porém não lembro de ter feito isso.

— Entendo, Blaise disse, observando-a atentamente.

Por palpite, ele perguntou:

— Quanto é 2.682 vezes 5?

— 13.410, Gala disse, sem hesitar.

Blaise se concentrou, realizando os cálculos mentalmente. Ela estava certa. Ele era uma das poucas pessoas que conseguia fazer esse tipo de multiplicação rapidamente, mas Gala tinha sabido a resposta quase que instantaneamente.

— Como fez isso com tanta rapidez? — ele perguntou, curioso em saber como a mente dela funcionava.

— Eu peguei 2.682, dividi por dois, chegando a 1.341, e então multipliquei por 10.

Blaise pensou por um instante e percebeu que o método dela era a forma mais fácil de resolver o problema. Ele ficou surpreso em não ter descoberto isso por si. Ele definitivamente usaria este atalho da próxima vez que precisasse realizar cálculos rápidos para um feitiço.

Devido à finalidade de sua criação, as habilidades analíticas e matemáticas de Gala não deviam tê-lo surpreendido mas, mesmo assim, Blaise se surpreendeu. Ele mal podia esperar para ver o que mais era capaz de realizar.

— Gala, pode tentar fazer alguma magia para mim? — ele perguntou, olhando fixo para seu belo rosto.

Ela pareceu surpresa pelo pedido dele.

— Quer dizer, como fez antes, nos jardins?

— Sim, como aquilo — Blaise confirmou.

— Mas eu não sei como fez o que fez.

Ela parecia um pouco perplexa.

— Eu não sei todos aqueles feitiços que você usou.

— Você não precisa saber — Blaise explicou — Você deve poder realizar a magia diretamente, sem ter que aprender nossos métodos. A magia deve vir fácil e naturalmente para você como respirar é para mim.

Ela pareceu avaliar por um instante.

— Eu também respiro — disse ela, como que tirando aquela conclusão depois de se examinar.

— Claro que sim.

Com deleite, Blaise sorriu para ela.

— Eu não quis dizer que você não respirava.

Seus lábios suaves se curvaram em um sorriso de resposta.

— Está bem — murmurou ela — vou tentar fazer magia.

Ela fechou os olhos e Blaise pôde ver um sinal de intensa concentração no rosto dela.

Ela segurou a respiração, esperando, mas nada aconteceu. Após um minuto, ela abriu os olhos, olhando com expectativa para Blaise.

Ela balançou a cabeça com pesar.

— Eu acho que não funcionou. O que você tentou fazer?

— Eu quis fazer minha própria versão daquela bela flor que você criou no jardim.

— Entendo. E como tentava fazer isso?

Ela ergueu os ombros como que em um gracioso agradecimento.

— Eu não sei. Eu revi na memória como você vez antes e tentei me colocar no seu lugar, mas não acho que funcione assim.

— Não, você tem razão, provavelmente não é assim que deve funcionar com você. Frustrado, Blaise passou seus dedos pelo cabelo.

— O problema é que não sei exatamente como *seria* para você. Eu esperava que você simplesmente fosse capaz de fazer, como fez com o problema de matemática, antes.

Gala fechou os olhos novamente e o mesmo olhar de concentração apareceu em seu rosto.

Novamente nada ocorreu.

— Eu falhei — disse ela, abrindo os olhos. Ela não parecia particularmente preocupada com aquele fato.

— O que você tentou fazer?

— Eu quis elevar a temperatura do ambiente em uns dois graus, mas eu pude sentir que não funcionou.

Blaise ergueu as sobrancelhas. Deixando de lado a sensibilidade dela quanto à temperatura, parecia que Gala não tinha uma boa intuição para a feitiçaria. Mudar a temperatura de um objeto era um feitiço bastante básico, algo que Blaise podia fazer apenas dizendo algumas frases na antiga linguagem de magia.

Enquanto ele ponderava isso, Gala saltou da cama e foi até a uma das janelas.

— Eu quero ir até lá — disse ela, virando a cabeça para olhar para ele.

— Eu quero ver mais esse mundo.

Blaise tentou esconder sua decepção.

— Você não quer tentar outra magia?

— Não, Gala disse teimosamente — Não quero. Quero ir lá para fora para explorar.

Blaise respirou profundamente.

— Quem sabe tenta só mais uma vez?

A expressão dela se fechou, aparecendo uma ruga em sua testa lisa.

— Blaise — disse ela, calmamente — você está fazendo com que eu me sinta mal.

— O quê? — Blaise não conseguiu evitar mostrar espanto em sua voz — Por quê?

— Porque está fazendo com que eu me sinta usada, como o objeto que pretendia que eu fosse — disse ela, parecendo aborrecida — O que quer de mim? Devo ser uma ferramenta que as pessoas usem para fazer magia? Esta é a minha finalidade na vida?

— Não, claro que não! — Blaise protestou, afastando uma gavinha de culpa. De certa forma, aquilo tinha sido exatamente o que ele pretendia para Gala, mas não era para ela ser uma pessoa, com os sentimentos e emoções de um ser humano. Ele vinha tentando criar uma inteligência sim, mas não era para ter acontecido assim. Era para ser um meio para um fim, uma maneira de cuidar do que havia de pior na desigualdade na sociedade existente. Ele só havia pensado em fazer com que o objeto entendesse a linguagem humana comum, e ele não havia pensado no fato de que qualquer coisa com aquele nível de inteligência pudesse ter seus, e no caso, os dela — próprios pensamentos e opiniões.

E agora ele era vítima de seu próprio sucesso. Gala certamente entendia a linguagem — talvez até melhor do que Blaise, devido a sua perícia na leitura. No entanto, ela não era mais um objeto a ser usado do que ele era. Seu plano original de criar objetos mágicos inteligentes para todos era uma total loucura. Se bem-sucedido, transferiria o ônus da desigualdade de um grupo de seres pensantes para outro — desde que Gala ou outros de seu tipo se dispusessem a algo assim.

Além do mais, parecia que ela nem podia fazer mágica a essa altura. Ou talvez ela apenas não quisesse, Blaise pensou ironicamente. Ele certamente hesitaria em exibir qualquer tipo de habilidade de magia na situação dela.

Ela ainda parecia aborrecida, por isso ele tentou animá-la.

— Gala, ouça, eu não quis fazer com que você se sentisse como um objeto. O que eu lhe disse sobre minhas intenções originais quanto a você obviamente está fora de questão agora. Eu sei que você não é uma coisa para ser usada. Sinto muito. Foi impensado de minha parte. Fui descuidado em não perceber como você se sentia.

Ele esperava que ela visse verdade em suas palavras. A última coisa que ele queria era que Gala tivesse medo dele ou se ressentisse dele.

Ela olhou para o outro lado por um instante e depois se virou ao encontro do olhar dele.

— Bom, agora você sabe — disse ela, suavemente — Tudo que quero fazer agora é aprender mais sobre este mundo. Eu quero experimentar tudo sobre ele. Eu quero ver por mim mesma o que acabei de ler nos seus livros e eu quero testemunhar essas injustiças que você tenta consertar. Quero viver como um ser humano, Blaise. Você consegue entender isso?

CAPÍTULO OITO

✳ GALA ✳

Gala observava o jogo de emoções no rosto expressivo de seu criador. Ele estava decepcionado, ela podia ver isso, e isso a magoava, mas ela precisava que ele entendesse que ela era uma pessoa com suas próprias necessidades e desejos. Ela não era algo a ser usado para melhorar a vida das pessoas que não conhecia e para as quais não ligava.

Ela via a luta interna dele e, depois, ele pareceu chegar a algum tipo de conclusão.

— Gala — disse ele, calmamente, olhando para ela — eu entendo o que você está dizendo, mas você não sabe o que me pede. Se alguém descobrisse sobre você — sobre o que você é — eu não sei o que faria. As pessoas temem o que não compreendem — e até mesmo eu não entendo plenamente o que você é e do que é capaz. Eu não posso deixar que saia por aí, não até que saibamos mais a respeito de você.

Enquanto ele falava, Gala sentiu o início de algo que ela jamais havia sentido. Era uma sensação estranha de agitação que começava na parte baixa de seu ventre e que seguia para cima, fazendo com que seu peito ficasse desagradavelmente apertado. Ela sentia seu sangue correndo mais rápido nas veias, aquecendo seu rosto e ela sentia vontade de gritar, de atacar de alguma maneira. Era a raiva, ela percebeu, a verdadeira raiva. Ela detestava não ser capaz de fazer exatamente o que queria.

— Blaise — ela conseguiu dizer através de dentes fortemente apertados — Eu. Quero. Ir. Para Lá. A voz dela parecia se elevar a cada palavra.

Ele pareceu pego de surpresa pelo gênio dela.

— Gala, é perigoso demais. Você não consegue entender isso?

— Perigoso demais? Por quê? — perguntou ela furiosamente — Eu pareço humana, não pareço? Como alguém saberia que não sou?

Ela conseguiu vê-lo analisando sua explicação.

— Tem razão — disse ele após um instante — Você parece totalmente humana. Mas se sairmos por aí juntos, vamos atrair muita atenção — principalmente por minha causa, não por você.

— Por você? Por quê?

Gala sentia que sua raiva arrefecia agora que Blaise não estava sendo mais tão imoderado.

— Porque eu saí do Conselho de Feiticeiros há dois anos — ele explicou — e tenho sido um pária desde então.

— Um pária? Por quê?

Gala tinha acabado de ler sobre o Conselho de Feiticeiros e o poder detido por aqueles que tinham a aptidão para a magia. Blaise parecia ser um feiticeiro extraordinariamente bom — ele tinha que ser para criar algo como ela — e não fazia sentido que ele fosse um pária em um mundo que valorizava tanto aquele tipo de habilidade.

— É uma longa história — Blaise disse, e ela conseguia ouvir a amargura de sua voz— Basta dizer que eu não compartilho da opinião da maior parte do Conselho — e meu irmão também não.

— Seu irmão?

Ela também havia lido sobre irmãos e ficava fascinada com a ideia de que Blaise tivesse um.

Ele suspirou.

— Tem certeza de que quer saber disso?

— Com certeza.

Gala queria saber de tudo sobre Blaise. Ele a interessava mais do que tudo que ela havia visto até agora, durante sua curta existência.

— Está bem — disse ele, lentamente —Você se lembra do que lhe contei sobre as Capturas de Vida?

Gala assentiu. Claro que ela lembrava. Pelo que sabia, ela tinha uma memória perfeita. As Capturas de Vida eram a maneira pela qual inicialmente tinha sabido sobre o mundo de Blaise.

— Bem, como eu disse antes, as Capturas de Vida foram inventadas por um feiticeiro poderoso, chamado Ganir, há alguns anos. Quando elas surgiram, todos ficaram muito empolgados com elas. Uma única gota de Captura de Vida permitia que uma pessoa ficasse totalmente imersa na vida de outra pessoa, permitindo que ela sentisse o que ela sentia, aprendesse o que ela aprendia. Era também o primeiro objeto mágico que não exigia conhecimento do código de feitiçaria. Para gravar sua vida, a pessoa só precisa dar uma pequena gota de sangue para a Esfera de Captura de Vida. Outra gota de sangue para a gravação, permitindo que a gota da Captura de Vida forme um local especial no topo da Esfera. E então, essas gotas podem ser usadas por qualquer pessoa sem qualquer equipamento especial. Tudo que a pessoa precisa para vivenciar a Captura de Vida é colocar uma gota em sua boca.

Gala assentiu de novo, ouvindo atentamente. Ela queria experimentar essas Capturas de Vida novamente, experimentá-las pela primeira vez no Reino Físico.

— Meu irmão, que era assistente de Ganir na época — prosseguiu Blaise — era um dos poucos feiticeiros que sabia um pouco como a magia da Captura de Vida agia. Ele vislumbrou como ela poderia ser usada como uma ferramenta de aprendizagem, como uma forma de ensinar a magia para aqueles que jamais poderiam ter acesso à Academia de Feitiçaria. Ele também achou que seria uma ótima maneira de que os menos afortunados fugissem da realidade de sua vida diária. Uma pessoa comum poderia vivenciar como era ser um feiticeiro, com tanta facilidade como o contrário.

Ele parou para respirar.

— Meu irmão, evidentemente, era um idealista. Ele não previu as consequências de suas ações — tanto para si quanto para as pessoas às quais queria ajudar.

— O que aconteceu? — Gala perguntou, com o coração batendo mais rápido à medida que ela sentia que a história dele poderia não ter um final feliz.

— Louie conseguiu criar um grande número de Esferas de Capturas de Vida em segredo e as contrabandeou para Turingrad, distribuindo-as através dos territórios. Ele achou que poderiam ajudar a difundir o conhecimento, melhorando nossa sociedade, mas não foi o que terminou por acontecer.

A voz de Blaise ficou mais dura, sem emoção.

— Assim que o Conselho soube das ações de Louie, foi decretada a ilegalidade da posse e distribuição das Capturas de Vida para os que não fossem feiticeiros, criando um mercado negro e uma classe destituída criminosa que se especializou na venda desses objetos — pervertendo assim totalmente sua finalidade original.

— E o que aconteceu com Louie?

— Ele foi punido — Blaise disse, e ela conseguia sentir seu ódio disfarçado — Ele foi julgado e considerado culpado. Por ter dado a Captura de Vida a seres comuns, ele pagou com a vida.

— Eles o mataram? — Gala ofegou, horrorizada com a ideia de que alguém pudesse perder a vida tão facilmente. Ela estava gostando tanto de viver que não podia imaginar deixar de existir. Como as pessoas podiam fazer aquilo? Como negar umas às outras a incrível experiência de viver?

— Sim. Eles o executaram. Eu saí do Conselho pouco depois da morte dele. Eu não podia mais suportar fazer parte dele.

Gala engoliu em seco, com uma sensação dolorosa no peito. Ela sentia a dor, como se a dor de Blaise fosse sua. Ela devia estar vivenciando a empatia, conforme se deu conta, identificando a sensação desconhecida.

— Posso experimentar mais Capturas de Vida, Blaise? — ela perguntou com cautela, esperando que não estivesse lhe causando uma dor adicional ao se estender no assunto — Eu gostaria de vivenciá-las aqui, no Reino Físico.

Para surpresa dela, o rosto dele se iluminou, como se ela tivesse dito algo que o deixou feliz. — É uma ótima ideia — disse ele, com um sorriso cálido — É uma maneira excelente de você vivenciar o mundo.

— Sim — Gala concordou — Eu acho que sim.

Ela também pretendia vivenciar o mundo pessoalmente mas, no momento, as Capturas de Vida bastariam.

CAPÍTULO NOVE

※ AUGUSTA ※

Augusta observava o amante se preparar para a luta vindoura. O couro maleável de sua túnica abraçava sua estrutura larga, e a armadura que ele colocou sobre a túnica parecia suficientemente pesada para fazer um homem menor cair. Para Barson, no entanto, era leve como o ar. Não por causa de sua força, que era efetivamente impressionante — mas porque a armadura da Guarda dos Feiticeiros era especial. Isso significava que era quase sem peso para quem a usava e praticamente impenetrável. Esse era um dos benefícios de ser um soldado de Koldun na época moderna: ter acesso a armas e à armadura com aprimoramento de magia.

Vendo que Barson estava praticamente pronto, Augusta se ergueu e pegou sua maleta, pendurando-a no ombro. Sua espreguiçadeira vermelha estava pronta aguardando do lado de fora. Ela planejava voar acima da batalha, para que pudesse observar tudo de um ponto de vista vantajoso.

— Vamos encontrá-los naquela montanha, Barson lhe disse enquanto saiam da tenda — É um bom local. Nossos arqueiros terão uma boa visão de todos que se aproximarem e há apenas uma estrada que passa por lá. Então, ninguém será capaz de nos surpreender.

Augusta sorriu para ele.

— Parece bom.

Seu amante era tão obcecado por estratégia militar quanto Augusta era por sua magia, devorando antigos livros sobre guerra, em seu tempo livre.

— Eu verei você em algumas horas.

Inclinando-se, ele lhe deu um beijo breve e rígido e se afastou, indo ter com seus soldados.

Augusta observou sua figura poderosa por alguns minutos antes de subir em sua espreguiçadeira. Pegando sua Pedra Interpretadora, ela deu entrada em um feitiço de esconderijo previamente criado, para que ninguém no campo de batalha pudesse vê-la em sua espreguiçadeira. Uma vez feito isso, ela usou outro feitiço, um mais complicado dessa vez. Era uma maneira de ela temporariamente aumentar seus sentidos, permitindo que ela visse e ouvisse tudo com a maior clareza possível. Ela o usara várias vezes antes. Na Torre de Feitiçaria, isso fazia com que ela ouvisse cada sussurro.

Um feitiço verbal rápido e ela começou a voar, sua espreguiçadeira bem mais confortável do que os tapetes e os dragões dos antigos contos de fadas. Elevando-se acima da montanha, ela viu os homens de Barson seguindo para o campo de batalha escolhido e a estreita estrada que se estendia para a distância além. Com visão aprimorada, Augusta podia ver muito melhor do que o normal, e ela se maravilhava com a beleza dessa região norte da terra, com suas árvores altas e robustas, e com o solo escuro e rico. Mesmo a devastação da seca não fora o bastante para diminuir a beleza das florestas locais.

Augusta jamais visitara a região antes, geralmente dividindo seu tempo entre Turingrad e seu próprio território na região sul. A maior cidade era Koldun, sendo o epicentro da arte, da cultura e do comércio. Em contraste com os territórios vizinhos, ocupados por camponeses, a maior parte de Turingrad era habitada por feiticeiros, membros da Guarda e alguns mercadores especialmente prósperos.

Direcionando sua espreguiçadeira para virar para o norte, Augusta espiava a massa escura à distância. Estava tão longe que, até mesmo com sua visão aprimorada, não conseguia distinguir o que era. Curiosa, ela voou em sua direção.

E, quando ela se aproximou o suficiente para ver, mal pôde acreditar em seus olhos.

Em vez de trezentos homens, como os espiões de Ganir haviam dito, havia pelo menos uns dois mil.

Dois mil camponeses... contra cinquenta soldados de Barson.

* * *

Com o coração aos pulos, Augusta olhou para a horda que se aproximava. Ela jamais havia visto um agrupamento tão grande de plebeus na vida.

Eles marchavam pela estrada de terra com seus rostos magros endurecidos pelo ódio e seus corpos sujos cobertos por roupas rasgadas de lã. Além dos forcados usuais, muitos deles carregavam armas. Ela viu bastões, tacos e até mesmo algumas espadas. Ainda estavam longe de Turingrad, mas o próprio fato de terem ousado ir em direção à capital com tal número era, de muitas formas, perturbador. Como alguém que havia crescido com histórias da Revolução, Augusta sabia muito bem o que poderia acontecer quando camponeses achavam que mereciam algo melhor — que tinham o direito de tomar o que não era dado a eles.

Ela precisava avisar Barson.

Voando de volta em direção à montanha, Augusta saltou da cadeira assim que ela aterrissou e correu até Barson, rapidamente contando a ele o que havia visto. Enquanto ela falava, o maxilar dele enrijecia e seus olhos faiscavam de raiva.

— Você vai voltar, não vai? — ela perguntou, embora fosse claramente uma pergunta retórica.

— Não, claro que não.

Ele olhou para ela como se ela tivesse agora duas cabeças.

— Isso não muda nada. Precisamos conter essa revolta e precisamos fazer isso aqui, antes que eles se aproximem mais de Turingrad.

— Mas eles são muito mais em um número praticamente impossível.

Seu amante assentiu de forma inflexível.

— Sim, eles são.

A expressão de seu rosto era tempestuosamente negra enquanto ele pensava. Seria ele suficientemente suicida para tentar enfrentar todos aqueles camponeses? Ela admirava sua dedicação ao dever, mas isso era absolutamente outra coisa.

Lutando para permanecer calma, Augusta tentou pensar em uma solução que pudesse conter os rebeldes e evitar que Barson fosse morto.

— Olha — ela finalmente disse, frustrada —se você está resolvido a fazer isso, então talvez eu possa ajudar de alguma forma.

Barson a estudou, com um olhar sombrio e inescrutável.

— Nos ajudar como? Usando feitiçaria?

— Sim.

Os feiticeiros raramente faziam esse tipo de coisa, mas ela não podia deixar que Barson e seus soldados morressem em batalha com alguns camponeses.

Para alívio dela, ele parecia intrigado.

— Bem — disse ele de forma pensativa —Talvez haja algo que você possa fazer . . . Acha que pode nos teletransportar todos de volta em uma hora previamente marcada?

Augusta pensou no pedido dele. O teletransporte não era um feitiço fácil. Exigia cálculos muito precisos, e mesmo o menor erro poderia ser fatal. O teletransporte de muitas pessoas ao mesmo tempo era um desafio ainda maior. Mesmo assim, ela poderia fazer isso, já que era apenas por uma curta distância e ela seria capaz de ver o destino deles, confirmando assim, visualmente, que tudo estava livre.

— Sim, eu posso fazer isso — disse ela de forma decisiva — Como isso ajudaria?

Barson sorriu.

— Eis o que tenho em mente.

E começou a contar para ela seu plano insano.

CAPÍTULO DEZ

※ GALA ※

De volta ao estúdio de Blaise, Gala examinou a Esfera de Captura de Vida. Parecia um grande diamante redondo e o resto do aposento estava refletido nele, como se fosse um espelho. Gala estava pasma com a matemática elegante que distorcia a imagem do laboratório, com seus vidros e instrumentos misteriosos. Havia apenas uma pequena falha na forma esférica — uma abertura com algumas contas claras dentro dela.

— São as gotículas de Captura de Vida —Blaise explicou, andando até a ela — É a forma física que as Capturas de Vida assumem quando entram neste mundo.

Pegando uma das contas, ele a colocou na mão dela. Ao suave toque de suas mãos, Gala teve uma sensação agradavelmente morna em seu corpo — a mesma sensação estranha que ela havia tido sempre que esteve perto de Blaise. Ela teria que tocá-lo mais quando surgisse um momento oportuno, decidiu Gala, gostando do jeito como seu corpo parecia reagir a ele.

— Elas aparecem quando o ciclo de gravação está completo — disse ele — Para começar o ciclo, eu toquei na Esfera com o sangue do meu dedo e, para pará-la, eu fiz isso de novo. Está vendo aquela agulha ali? Foi o que usei para furar meu dedo. As gotículas surgem logo após.

Gala furou seu dedo. A sensação agora era bastante desagradável, ela percebeu. A substância vermelha — sangue — começou a gotejar lentamente da pequena abertura em seu dedo. Ela sabia que a dor era algo que os humanos evitavam e agora ela entendia o porquê.

Estendendo seu dedo com sangue, ela tocou na Esfera, esperando que algo acontecesse. Quando não houve nada, ela tocou de novo, imaginando se estaria fazendo algo errado.

— Não deu certo para você, não foi? — Blaise perguntou, observando os esforços dela. —Isso não é surpresa.

— Porque não sou humana?

Ele assentiu.

— Pois é. Com o tempo, eu imagino que você possa criar suas próprias gotículas ou fazer qualquer outra coisa que desejar sem o uso da Esfera.

Gala se examinou e não viu provas que apoiassem o que ele havia dito. Se ela podia criar essas gotículas de Captura de Vida, ela não sabia como. Enquanto isso, seu dedo furado já tinha sarado.

— Por que Ganir uniu a dor a isso? — ela perguntou.

— Eu acho que ele queria que um pequeno custo fosse associado a essa parte. Além disso, deve ajudar, funcionalmente, o feitiço. Eu imagino que algo pequeno entre no corpo através do ferimento, indo para o cérebro e capturando algo importante por lá. Quando se toca na Esfera de novo, isso deixa seu corpo. Ganir é muito sigiloso com relação a esse processo, mas foi assim que meu irmão o explicou para mim. É uma hipótese, claro, já que somente Ganir entende plenamente sua invenção.

Gala se concentrou em seu corpo, querendo tentar de novo. Ela furou outro dedo. A dor foi muito menos desagradável dessa vez, já que ela sabia o que esperar. Quando ela tocou na Esfera, agora que sabia o que procurar, ela realmente sentiu algo extremamente pequeno entrando em seu corpo, através do sangue. Ela também podia sentir como seu corpo imediatamente atacara os pequenos invasores, evitando que eles seguissem em sua corrente sanguínea. E seu dedo sarou de novo, tão rapidamente quanto antes.

— Por que você não tenta apenas pegar uma das gotículas? — Blaise falou — Coloque-a embaixo de sua língua e veja o que acontece.

Gala fez conforme ele mandou e sentiu como se estivesse sendo invadida novamente. Era como se algo quisesse tomar conta de seu cérebro. Dessa vez, ela tentou fazer com que seu corpo permitisse a invasão, mas mesmo assim não funcionou. Com um suspiro, ela olhou para Blaise e balançou a cabeça.

— Eu não obtive êxito, mas gostaria de tentar de novo, disse ela como se desculpasse — Sinto muito se estou desperdiçando suas preciosas gotículas.

— Tudo bem. Estas foram feitas por mim para documentar o término de meu feitiço. Não importa que você as utilize — eu ainda me lembro daqueles momentos claramente e vou escrever tudo em meu diário, se necessário. Ele sorriu para ela de modo tranquilizador.

Gala lhe sorriu de volta. Saber que eram as Captura de Vida de Blaise — que elas permitiriam que enxergasse o mundo através dos olhos dele — era um incentivo muito forte. Fechando os olhos, ela desejou que seu corpo não lutasse contra a invasão e se concentrasse em deixar que a substância das gotículas viajasse por suas veias. De repente, algo dentro dela cedeu e ela sentiu que a coisa subiu para sua cabeça e depois para seu cérebro. Para sua contrariedade, no entanto, o que funcionava na mente humana parecia não funcionar na dela. Ela sentiu uma pitada de emoções estranhas, mas sem quaisquer tipos de visões.

Frustrada, ela abriu os olhos.

— Falhou de novo, mas acho que estou perto — disse ela a Blaise — Você tem outras Capturas de Vida menos valiosas?

— Claro. Estão armazenadas — disse ele, saindo do estúdio. Gala o seguiu e eles foram até um dos quartos do qual se lembrava ter visto durante sua visitação anterior pela casa de Blaise. Cada parede do aposento parecia estar coberta de mobiliário de madeira — mobiliário que parecia consistir de dezenas de pequenas portas. Armários, Gala se deu conta. Eram armários — armários em miniatura usados para armazenar.

Curvando-se, Blaise abriu uma das portas dos armários e tirou um vidro cheio de gotículas.

— São Capturas de Vida de meu trabalho menos importante — ele explicou, dando a ela uma das contas claras — Você pode ficar à vontade e usar quantas queira. Eu documento qualquer coisa especialmente importante por escrito.

Ele apontou para outro grupo de portas, indicando onde ele mantinha seu legado escrito.

Tomando uma gota da mão dele, Gala a colocou embaixo da língua. Com todo seu ser ela desejou a capacidade de ver o que estava contido na Captura de Vida. Ela pensou em seu tempo de volta ao Reino do Feitiço e como ela fora capaz de ter visões. E então, ela entrou na parte de sua mente que fora capaz de fazer isso antes. Depois do que pareceu ser horas de concentração, ela sentiu que finalmente algo ocorria e que surgia uma visão . . .

* * *

Blaise estava sentado em seu estúdio para escrever códigos. Em momentos assim, ele não se importava com uma solidão autoimposta. Preparar feitiços requeria concentração e as distrações poderiam resultar em empecilhos significativos. Ainda bem que Maya e Esther sabiam bem que não deviam se aproximar de seu estúdio enquanto ele trabalhava. Elas simplesmente vinham, deixavam as Capturas de Vida que ele precisava e saíam silenciosamente, se ele estivesse ocupado.

Ele gostava de criar códigos porque era algo tão exato, tão preciso . . . O código de feitiçaria fazia o que você lhe pedisse para fazer. Desde que você escrevesse a lógica do feitiço adequadamente, era, então, uma simples dinâmica de: se a variável A estiver estabelecida em tal e tal valor, a ação B ocorre. Havia algo reassegurador a respeito disso. Uma certeza em um mundo incerto. Sua mente gostava da previsibilidade de tudo aquilo. Ele frequentemente reutilizava certos padrões e eles produziam o mesmo resultado, a cada vez.

O feitiço no qual ele estava trabalhando agora era diferente, muito mais desafiador do que o normal. Baseava-se no trabalho de Lenar, o Grande, e Blaise não entendia completamente todos seus componentes — e, portanto, não podia prever os resultados. Tudo que ele sabia era que se tratava de seu portal para o Reino do Feitiço — e isso o permitiria enviar suas Capturas de Vida para lá, formatando o objeto inteligente que ele estava criando.

Parando por um instante, Blaise escreveu algumas coisas em seu diário.

* * *

Gala repentinamente se conscientizou de que era Gala e não Blaise. Há poucos instantes ela o havia visto. Ela havia pensado em enviar as Capturas de Vida para o Reino do Feitiço para alimentar o objeto — o objeto que era ela mesma. A estranheza disso — de ter pensamentos sobre ela mesma antes de sua existência — havia sido dissonante. Abrindo os olhos, Gala olhou para Blaise.

— Já terminou?

Ele parecia surpreso.

— Eu parei, ela explicou — Eu não gostei. Não era eu. Era da forma como teria sido no Reino do Feitiço, antes de eu ter consciência de mim. Eu me senti perdida em minha mente e não gostei da sensação — embora gostasse bastante de sua mente.

Blaise sorriu para ela, sentindo-se satisfeito. — Obrigado. Mas só para que saiba, eu nunca soube de ninguém que fosse capaz de sair de uma Captura de Vida antes que ela terminasse. Eu acho que nem adianta me surpreender com você.

— Eu *sou* diferente — Gala concordou.

— A Captura de Vida tende a ser totalmente absorvente — disse Blaise — É o que a maioria das pessoas gosta a respeito delas. Há aqueles que se viciam com a experiência. Quando sua própria vida é carente, ser outra pessoa fornece um escape poderoso. Eu, como você, não gosto da sensação de me perder, mas eu abraço a chance de aprender mais sobre as pessoas, vendo a vida sob a perspectiva delas.

— É, eu pude ver isso. Devo admitir que tive a chance de ver que você tem uma mente muito bela — disse ela francamente — Tão diferente, e no entanto, tão parecida com a minha.

Havia sido esclarecedor ter testemunhado os processos do pensamento dele e Gala sentiu que, agora, conhecia melhor seu criador.

Ele lhe deu um sorriso cálido, seus olhos azuis enrugados nos cantos.

— Obrigado.

Ela sentiu uma vontade repentina de tocar em seus lábios sorridentes, mas lutou contra esse impulso, tendo aprendido nos livros que toques não solicitados não eram socialmente aceitáveis.

— Eu gostaria de ver outra Captura de Vida — disse ela, ao invés disso — De alguém que não seja você.

Por mais estranha que a experiência fosse, Blaise tinha razão: ela lhe dava a chance de aprender.

Blaise lhe deu um olhar de aprovação.

— Eu ainda tenho algumas que sobraram do conjunto que serviria para que você aprendesse enquanto estivesse no Reino do Feitiço.

Retirando uma gotícula de um armário diferente, ele a deu para Gala.

Ela a colocou debaixo da língua e tentou fazer com que seu corpo se acostumasse a ela, como havia feito da última vez. Só que dessa vez, ela se concentrou em não deixar que isso a consumisse inteiramente, como havia ocorrido antes.

* * *

Ela era uma garota de uma vila, trabalhando em um jardim próximo de um grande campo de relva. O dia estava ensolarado e o campo era lindo, com flores silvestres começando a brotar. Toda essa relva logo se acabaria, dando lugar ao trigo e a outros cereais.

Olhando para baixo, ela dobrou os braços, notando os músculos embaixo de sua pele macia. Ela era uma garota forte, seu corpo era vigoroso por ter trabalhado na fazenda toda a sua vida. Ela gostava daquela parte de sua vida, o inacabável ciclo de plantar e colher. Agora que a primavera havia chegado, sua família logo estaria trabalhando arduamente.

* * *

Gala interrompeu a visão. Era difícil se manter afastada. Por um breve momento, ela *havia sido* aquela garota, e a experiência tinha sido tão desorientadora quanto antes.

— Esta pessoa parece familiar — disse ela a Blaise — Acho que já estive dentro da mente dela antes, no Reino do Feitiço.

Ele sorriu para ela, não mais surpreso por sua saída rápida.

— Sim, eu não estou surpreso que a tenha reconhecido. Eu peguei a maioria de minhas gotículas de Maya e Esther, minhas amigas na vila. Elas têm muitos talentos, inclusive a cura natural e o trabalho de parteira. Em troca de seus serviços, elas solicitam Capturas de Vida das mulheres a quem ajudam. Uma espécie de pagamento, o qual elas passam para mim . . . Sua voz parecia se extinguir e havia um olhar preocupado em seu rosto.

— O que foi? — Gala perguntou, intrigada.

— Acabei de me dar conta porque você deve ter assumido essa forma — disse ele, estudando-a como se a visse pela primeira vez.

— Que forma? — Gala lhe deu um olhar interrogador.

— De uma garota.

— Você não gosta? — ela perguntou, se sentindo inexplicavelmente decepcionada.

— Oh, não— ele a tranquilizou — Eu gosto. Acredite-me, eu gosto demais.

Seus olhos ficaram mais escuros, a cor aparecendo mais em suas bochechas, e Gala sorriu, encantada com que ele gostasse de sua aparência. A aparência é importante para as pessoas. Ela também soube disso através de suas leituras.

Ele pigarreou, ainda parecendo pouco à vontade.

— O que eu quis dizer antes foi que você tem a aparência de uma garota porque muitas das Capturas de Vida que lhe enviei foram de mulheres da vila — na verdade, a maioria delas.

Gala assentiu. Aquilo fazia sentido para ela. Provavelmente, seu inconsciente havia escolhido a forma feminina baseado nas visões que ela teve através da Captura de Vida. E já que maioria das Capturas de Vida era de mulheres, era lógico que sua mente decidisse tomar aquela forma.

— Você gostaria de ver mais uma Captura de Vida? — Blaise perguntou — Eu contrabandeei esta da Torre de Feitiçaria.

— Sim, eu adoraria — Gala lhe disse.

* * *

A jovem feiticeira estava sentada em uma das salas de estudo do Torre de Feitiçaria. Pela primeira vez na vida ela estava escrevendo o código de feitiçaria de seu próprio feitiço. Era um marco incrível em sua educação e ela queria deixar Mestre Kelvin orgulhoso de sua realização.

O feitiço era de uma variedade oral das mais difíceis, já que todos os alunos tinham que aprender da forma antiga antes de ter acesso à linguagem de magia mais simples e à Pedra Interpretadora. Para reduzir a possibilidade de erros, ela repassou a lógica do feitiço e verificou que tudo parecia correto. Obviamente, ela sabia que a única maneira de se certificar era recitar alto o feitiço.

Munindo-se de coragem, ela recitou as frases que havia preparado, seguindo-as das palavras secretas do Feitiço Interpretador. Então, ela observou enquanto uma pequena esfera de fogo flutuante aparecia diante dela, exatamente como ela havia codificado. Ela sorriu de empolgação e de regozijo, sentindo como se tivesse acabado de conquistar o mundo.

De repente, houve um lampejo de luz brilhante no local e a esfera explodiu, com cacos de vidro e madeira em chamas chovendo por toda parte.

A explosão derrubou a jovem, mas ela conseguiu permanecer consciente. O aposento, no entanto, ficou praticamente destruído.

Seu feitiço havia falhado.

* * *

Gala interrompeu a Captura de Vida e decidiu não fazer mais nenhuma por enquanto. Era algo perturbador demais para ela. A mente dessa última moça tinha se enchido de tantas emoções profundas negativas de decepção e medo que Gala ainda sentia os efeitos residuais daquilo.

— Você saiu de novo? — Blaise perguntou, assim que os olhos de Gala se abriram.

— Acho que não quero aprender sobre o mundo desse jeito — disse-lhe ela — Eu quero vivenciar tudo eu mesma, não através dos olhos do outro.

— Gala ... — Blaise parecia descontente de novo, com a sobrancelha arqueada em uma ruga — Não é uma boa ideia. Eu já expliquei. Se você sair pelo mundo, todos vão ficar curiosos a seu respeito. A única coisa que vai experimentar será olhares. Vão querer saber de onde veio e quem é.

— Por causa de você — Gala disse, lembrando-se do que ele lhe dissera antes.

— Porque você é um pária.

— Sim, exatamente.

— Está bem — Gala disse, tomando uma decisão — Então, eu vou sozinha. Eu não quero que me observem somente porque estou com você. Eu quero me misturar, viver como as pessoas comuns.

Aquela última parte era importante para ela. Ela era diferente, mas ela não queria *se sentir* diferente.

— Você quer fingir ser um dos camponeses? — Blaise lhe lançou um olhar incrédulo.

— Sim — Gala disse com firmeza — É o que eu quero.

— Não é uma boa ideia.

Blaise recomeçou, mas Gala ergueu a mão, interrompendo-o no meio da frase.

— Sou sua prisioneira? — ela perguntou calmamente, sentindo que começava a ficar aborrecida de novo.

— Claro que não!

— Sou sua propriedade, um objeto mágico seu?

Blaise balançou a cabeça, parecendo frustrado.

— Não, Gala, claro que você não é. Você é um ser pensante.

— Sim, eu sou — Gala estava feliz que ele aceitasse aquele fato — E eu sei o que quero, Blaise. Eu quero sair e ver o mundo, viver como uma pessoa normal.

Ele suspirou e passou a mão sobre seu cabelo castanho.

— Gala . . .

Ela apenas olhou fixo para ele, sem dizer nada. Ela tinha deixado claro seus desejos. Ela não era um objeto ou um animal de estimação para ser mantida na casa dele — não quando havia tanto para ver e vivenciar ali, no Reino Físico.

— Está bem — finalmente disse ele — Você se lembra de Maya e de Esther, as amigas sobre as quais lhe falei antes? Elas moram na vila, onde eu fui criado. Esther foi minha babá e eu a considero, assim como Maya, como minhas tias, embora não tenhamos parentesco. Eu quero que elas cuidem de você, se não se importa, ajudem orientando você até que esteja mais familiarizada com nosso mundo.

— Acho uma ótima ideia — Gala falou, com todas as emoções negativas desaparecendo em um instante — Eu adoraria conhecer as duas.

Em geral, ela queria conhecer mais pessoas, mas gostou da ideia de conhecer aquelas que eram importantes para Blaise.

— Mas tem uma coisa — Blaise disse, olhando atentamente para ela, — você não pode dizer a ninguém sobre sua origem. Isso pode colocar nós dois em apuros.

Gala assentiu.

— Eu entendo.

Ela faria como Blaise pedira, principalmente já que ela queria que os outros a vissem como um ser humano normal, não como uma curiosidade da natureza.

Seu criador parecia um pouco tranquilizado. — Bom. Então eu a levarei até a vila.

— Aquela vila faz parte de suas propriedades? — Gala perguntou, recordando-se de suas leituras que a maior parte da terra que circundava Turingrad era dividida em territórios — e que cada território pertencia a algum feiticeiro.

— Sim.

Blaise parecia pouco à vontade com esse tópico.

— Faz parte de meu território.

— E as pessoas que moram lá pertencem a você, certo?

Blaise franziu a testa.

— Somente de acordo com a mais estrita lei escrita. É um costume arcaico, um resquício infeliz dos tempos feudais. A Revolução da Feitiçaria devia ter erradicado isso mas falhou, como ocorreu com tantas outras coisas. Apesar do Iluminismo, ainda vivemos na Era das Trevas de alguma maneira. Esse aspecto de nossa sociedade é algo que eu gostaria muito de modificar.

Gala assentiu novamente. Ela havia percebido isso pelo fato de que ele estava tão focado em ajudar as pessoas comuns.

— Eu entendo — disse ela — Então, quando posso ir para lá, para a sua vila?

— Que tal amanhã? — Blaise sugeriu, ainda parecendo pouco satisfeito com a ideia.

— Amanhã seria ótimo.

Gala lhe deu um largo sorriso. E então, incapaz de conter sua empolgação, ela fez algo sobre o que havia somente lido.

Ela foi até ele, envolveu seu braços em torno do pescoço dele e puxou sua cabeça até ela para lhe dar um beijo.

CAPÍTULO ONZE

✳ AUGUSTA ✳

Voando bem acima da estrada em sua espreguiçadeira, Augusta observou os olhares de choque nos rostos dos camponeses quando, de repente, cinquenta soldados se materializaram do nada diante deles. Poucos leigos sabiam que existiam feitiços de teletransporte, quanto mais viram os efeitos disso.

Os camponeses da frente pararam abruptamente e as pessoas que os seguiam acabaram por bater neles, fazendo com que alguns caíssem ao chão. Os que caíram se levantaram imediatamente, segurando seus bastões e forcados de forma protetora, mas já era tarde. Eles haviam demonstrado ser os fracos estabanados que eram.

Sabendo o que estava por vir, Augusta sorriu. Eles teriam um choque maior em um instante.

— Quem é o encarregado aqui?

A voz de Barson retumbou entre eles, ferindo momentaneamente a audição aumentada de Augusta. Ela havia usado magia para aumentar o volume da voz de seu amante e pôde ver que o feitiço tinha cumprido o efeito pretendido. Alguns dos rebeldes pareciam agora aterrorizados.

Naquele momento, um homem gigantesco usando um avental de ferreiro saiu da multidão. Em sua mão, ele segurava uma espada de aparência pesada. Um ferreiro, Augusta supôs. A presença dele explicava algumas das armas que os rebeldes portavam.

— Não há nenhum encarregado — o gigante rugiu de volta, tentando igualar o tom profundo de Barson — Somos todos iguais aqui.

Barson ergueu as sobrancelhas.

— Bom, então pode dizer a seus 'iguais' que estamos com um exército aguardando no alto dessa montanha.

Sua voz agora tinha um volume normal. O feitiço de Augusta tinha funcionado somente por um breve período de tempo.

O camponês zombou abertamente.

— E nós temos um exército prestes a marchar por esta montanha.

— Parecem mais um bando de camponeses famintos — interrompeu Barson de forma desdenhosa.

Os lábios do homens se torceram com um resmungo.

— O que você quer?

— É mais o que eu não quero — disse friamente o Capitão da Guarda — Eu não quero uma mortandade desnecessária.

O ferreiro riu, jogando a cabeça para trás.

— Não nos importamos em matar todos vocês, e é bem necessário.

Barson não respondeu, apenas ergueu as sobrancelhas e continuou a olhar para o homem.

— Vocês estão com medo de nós — o camponês zombou de novo — O quê? Acha que um pouco de magia e de ameaças são o bastante para nos fazer voltar?

O amante de Augusta lhe deu um olhar consistente.

— Eu prefiro não torná-lo mártires. Eu entendo que a seca torna as coisas difíceis para todos, mas vocês estão marchando para Turingrad. Mesmo que não os matássemos — e faremos isso, se nos forçarem — um único feiticeiro de lá poderia destruir vocês em um instante.

O homem fez uma carranca.

— É o que veremos.

— Não — Barson disse — não veremos. Eu lhe darei a chance de ver como essa rebelião é fútil. Seus dez melhores lutadores contra um de nós — qualquer um de nós.

— Ah, está bem — urrou o homem — E se vencermos?

— Não vencerá — Barson disse, com confiança tão absoluta que, pela primeira vez, Augusta pôde ver um brilho mortiço de dúvida no rosto do ferreiro.

Um instante depois, no entanto, o camponês recompôs sua compostura.

— Isso não faz sentido — disse ele, fazendo um movimento para voltar.

— Vocês têm medo de nós!

Uma voz escarnecedora — surpreendentemente aguda e jovial — pareceu surgir do nada, fazendo com que o camponês parasse seu movimento. Voltando-se, o enorme plebeu olhou para o jovem soldado que abria seu caminho para frente.

Era Kiam, o rapaz que Augusta tinha curado durante o treino.

Antes que o camponês pudesse responder, Kiam gritou:

— Dez contra um não é o bastante para vocês, covardes — ainda têm medo! Por que não quinze contra um? Ou que tal vinte? Será que ficará com menos medo desse jeito?

O ferreiro visivelmente se inflou de ódio, seu rosto barbado tomando uma cor vermelha escura.

— Cale essa boca, filhote! — urrou ele, sacando de sua espada, apontando-a para Kiam.

Augusta agarrou a lateral de sua espreguiçadeira, tensa de ansiedade, enquanto o jovem esguio desembainhava sua espada se preparando para enfrentar o camponês que se precipitava contra ele como um touro ensandecido.

O ferreiro investiu contra Kiam, que graciosamente se esquivou para o lado, com movimentos suaves e práticos. Rugindo, o plebeu atacou de novo e Kiam ergueu sua espada. Antes mesmo que Augusta pudesse entender o que houve, o camponês ficou paralisado, com uma linha vermelha aparecendo em seu pescoço. E então ele caiu, com seu corpo pesado batendo no solo com tremenda força. Sua cabeça, desmembrada do corpo, rolou pelo solo, indo parar a alguns metros de distância.

A espada afiada de Kiam tinha cortado o pescoço forte com a facilidade de uma faca se movendo em manteiga.

Por um instante, houve apenas um silêncio estupefato. E então, Barson riu.

— Eu disse dez, o menino disse quinze, mas vocês enviaram apenas um homem — gritou ele para os camponeses chocados.

Em resposta, cinco outros homens abriram caminho através da multidão de camponeses. Apesar de nenhum deles ser tão grande quanto o camponês morto, todos pareciam maiores e mais fortes que Kiam. Eles também pareciam bem mais cautelosos do que o ferreiro, aproximando-se do garoto silenciosamente, com um olhar de determinação raivosa em seus rostos endurecidos.

Quando chegaram a ele, o primeiro homem investiu contra o garoto, e Kiam se esquivou, como antes. Dessa vez, no entanto, ele prosseguiu cortando a parte do meio do homem. Dois outros camponeses atacaram ao mesmo tempo, porém, Kiam, como um bailarino, moveu seu corpo para longe dos golpes e ergueu sua espada. Em instantes, outros três homens jaziam no chão. O último homem de pé hesitou por um momento, mas também já era tarde demais para ele. Sem dar ao homem tempo de se decidir, o jovem soldado saltou e o cortou.

E o último atacante não existia mais.

Augusta podia ouvir murmúrios na multidão. Era o momento crítico com o qual Barson contava com essa demonstração. Um garoto bem miúdo contra vários homens grandes — não poderia haver uma declaração mais clara das habilidades de luta dos soldados. Se os camponeses tivessem algum bom senso, eles voltariam agora.

Pelo menos, era o que Barson esperava. Augusta não tinha ficado indecisa sobre esta parte do plano — e agora ela podia ver que estava certa ao duvidar. Os camponeses tinham chegado longe demais para serem detidos tão facilmente e, em vez de se retirarem, eles começaram a sacar suas armas. À medida que se aproximavam dos soldados, eles se espalhavam e começaram a ladear os homens de Barson.

Este era o ponto em que Augusta precisava teletransportar os soldados de volta. Com as mãos tremendo, ela pegou o feitiço pré-escrito e o cartão escorregou de seus dedos, caindo da espreguiçadeira. Ela soltou um gritinho abafado, tentando pegá-lo freneticamente, mas foi em vão. Enquanto o cartão seguia para o chão, Augusta foi assolada por um pânico que ela nunca havia experimentado antes.

Se o feitiço dela falhasse, ela seria responsável pela morte de Barson e de seus homens.

CAPÍTULO DOZE

※ BLAISE ※

Chocado, Blaise deu um passo atrás olhando para Gala. Ela percebia o que estava fazendo, beijando-o daquela forma?

Apesar de sua beleza de tirar o fôlego, ele tinha tentado não pensar nela daquele jeito. Ela tinha acabado de vir para esse mundo e, a seus olhos, ela era tão inocente quanto uma criança. Suas ações, no entanto, desvirtuavam daquela ideia.

Aquilo se tornava complicado. Muito complicado, muito rapidamente.

Engolindo em seco, Blaise pensou no que dizer. Ele ainda sentia seus lábios suaves pressionando seus próprios lábios, seus braços esguios que o abraçavam, o apertavam. Ele não tinha percebido que reagiria com tanta intensidade a ela, que seria necessária toda sua força para se afastar daquele beijo.

Ela deu um passo na direção dele.

— Hum, Blaise?

— Gala, você entende o que significa um beijo? — ele perguntou cuidadosamente, tentando controlar sua reação instintiva à proximidade dela.

— Claro.

Seus olhos azuis grandes e ingênuos, olhando para ele.

— E o que significa para você?

Estaria ela apenas fazendo uma experiência com ele, tentando 'aprender' sobre esse aspecto da vida como ela tentava aprender sobre tudo mais?

— A mesma coisa que significa para todos, eu imagino — disse ela — Eu li a respeito. Há muitas histórias sobre homens e mulheres se beijando, se acham o outro atraente. E você me acha atraente, não acha?

Havia um olhar indagador em seu rosto delicado.

Blaise sabia que teria que pisar no terreno com cuidado. Apesar de sua aptidão para a feitiçaria, ele estava longe de ser um especialista quando se tratava de entender as mulheres. As criaturas encantadoras sempre o deixaram perplexo, e ali estava uma que nem mesmo era humana. Ele podia tê-la criado, mas sua mente era tão misteriosa para ele quanto as profundezas do oceano.

— Gala — disse ele suavemente — Eu já lhe disse que a acho irresistível.

Ela olhou para ele com certo azedume.

— Mas você acabou de resistir a mim.

— Eu tive que fazer isso — Blaise disse pacientemente — Você é tão novata nesse mundo. Eu sou o primeiro homem — o primeiro humano — que você conheceu pessoalmente. Como você pode saber como se sente com relação a mim?

— Ora, os sentimentos não são exatamente isso? Sentimentos? — Ela franziu as sobrancelhas — Está dizendo isso porque eu não conheço o mundo e por isso meus sentimentos são, de alguma forma, menos reais?

— Não, claro que não.

Blaise sentiu que estava cavando um buraco ainda maior para si.

— Não estou dizendo que o que está falando agora não é verdadeiro. Só que pode mudar no futuro próximo, quando sair e conhecer mais o mundo. Conhecer mais homens.

Enquanto ele acrescentava essa última parte, ele sentia um certo calor de ciúmes pela ideia e sufocou isso com esforço, determinado a ser nobre a respeito daquele fato.

Os olhos de Gala se apertaram.

— Está bem. Se esta é a sua preocupação, tudo bem. Eu vou para lá amanhã e vou conhecer outros homens. E depois eu vou voltar e beijar você o quanto eu quiser.

A pulsação de Blaise disparou.

— Então, por que não a levo para a vila agora mesmo? — disse ele, apenas meio que brincando.

Os olhos dela se iluminaram e ela praticamente saltou de entusiasmo.

— Sim, vamos!

CAPÍTULO TREZE

※ AUGUSTA ※

Abaixo, Augusta podia ver os camponeses realizando seu ataque.

Barson e seus soldados esperavam para ser teletransportados, mas quando isso não aconteceu, eles começaram a lutar com uma determinação feroz. Logo ficaram cercados de corpos. O amante de Augusta parecia especialmente desumano em seu frenesi de combate. Percebendo seu valor estratégico, os rebeldes vinham, um após o outro, e ele os despachava todos com brutais golpes de sua espada.

Vendo que os guardas estavam controlando a situação, Augusta tentou se concentrar. Ela não podia descer voando para pegar o cartão de feitiço — não com uma batalha sangrenta ocorrendo lá embaixo — e, por isso, teria que escrever um novo feitiço.

Concentrando-se, ela pegou um cartão em branco e as partes restantes do feitiço. Tudo que ela precisava fazer agora era recriar, da memória, a parte complicada do código do feitiço que ela havia escrito mais cedo. Felizmente, a memória de Augusta era excelente e precisou de apenas alguns minutos para se lembrar do que havia feito antes.

Ao terminar o feitiço, ela colocou os cartões na Pedra e espiou lá para baixo, com a respiração presa.

Um minuto após, Barson e seus soldados desapareceram do campo de batalha, deixando para trás dezenas de corpos e rebeldes atônitos.

* * *

— Eu sinto muito — disse ela quando se encontrou com Barson e seus homens, de volta no monte.

Felizmente, ninguém se feriu. Na verdade a luta parecia ter elevado o moral de todos. Os soldados riam e batiam nas costas uns dos outros, como se tivessem voltado de um torneio, não de uma batalha sangrenta.

— Nós aguentamos firme — Barson lhe disse, triunfantemente, pegando-a e girando-a.

Sorrindo e arfando, Augusta fez com que ele a pusesse no chão.

— Você teve sorte por eu ter podido substituir aquele cartão tão rapidamente — ela lhe disse — Se eu tivesse perdido outro cartão, teria que me esforçar mais para substituí-lo e vocês teriam que lutar por mais tempo.

— Talvez haja algo que você possa fazer para reparar sua asneira — sugeriu Barson, olhando para ela com um sorriso misteriosamente excitado.

— O quê? — Augusta perguntou cautelosamente.

— Os rebeldes logo estarão aqui — disse ele, com os olhos brilhando — Acha que pode diminuir um pouco o número deles?

Augusta engoliu em seco.

— Você quer que eu faça um feitiço direto contra eles?

— Isso é contra as regras do Conselho?

Não era exatamente, mas era altamente reprovável. Em geral, o Conselho preferia limitar as exibições de magia em torno de plebeus. Era considerado mau gosto do feiticeiro mostrar suas habilidades assim abertamente — e isso poderia ser potencialmente perigoso, se incentivasse os camponeses a tentar aprender a magia por conta própria. Feitiços ofensivos eram especialmente desestimulados. Usar a feitiçaria contra alguém sem aptidão para a magia era o equivalente a matar uma galinha com uma espada.

— Bem, não é, se consideramos estritamente as regras — Augusta falou lentamente — mas não deve ficar óbvio que eu esteja fazendo isso.

Barson pareceu avaliar o problema por um instante.

— E se parecesse ser por causas naturais? — sugeriu ele.

— Pode dar certo.

Augusta pensou em alguns feitiços que pudesse reunir rapidamente. Ela não esperava fazer nada desse tipo, mas ela possuía os componentes certos para esses feitiços. Ela os havia trazido para finalidades diferentes, mas eles a ajudariam agora também.

Procurando em sua bolsa, ela sacou alguns cartões e rapidamente escreveu algumas novas linhas de código. Ao terminar, ela disse a Barson para mandar seus homens sentarem ou deitarem no chão, por alguns minutos.

— Poderá haver... um certo abalo aqui — explicou ela.

Os camponeses ainda estavam distantes quando ela começou a colocar os cartões em sua Pedra Interpretadora.

Por um instante, tudo ficou silencioso. Augusta inspirou, esperando para ver se seu feitiço havia funcionado. Ela havia combinado uma simples força de ataque que poderia ter feito uma casa ir pelos ares com uma engenhosa ideia de teletransporte. Ao invés de atingir os camponeses diretamente, o feitiço seria teletransportado para o solo abaixo dos pés do exército atacante. Lá, abaixo do solo, a força quebraria e abalaria rochas, criando a reação em cadeia que ela precisava — ou pelo menos Augusta esperava por isso.

Por alguns poucos minutos enervantes, parecia que nada acontecia. E, então, ela ouviu um estrondo profundo e sonoro, seguido de uma poderosa vibração abaixo de seus pés. A terra tremeu tão violentamente que Augusta teve que se sentar, ou então seria derrubada ao solo. À distância, ela podia ouvir os gritos dos camponeses enquanto o solo se abria sob seus pés, criando um grande vão bem no meio de seu exército. Dezenas de homens caíram na abertura, seguindo para a morte com gritos assustados.

O primeiro passo do plano estava completo.

Augusta carregou seu próximo feitiço. Era um dos feitiços mais fatais que ela conhecia —um feitiço que ia atrás de um tecido pulsante e aplicava uma corrente elétrica poderosa nele. Era feito para paralisar um coração — ou vários corações, devido à profundidade do raio que Augusta havia codificado.

O feitiço começou e Augusta pôde ver os camponeses que ainda estavam de pé, caindo e apertando o peito. Com visão aumentada, ela conseguia ver o olhar de susto e dor em seus rostos e engoliu com dificuldade, tentando não deixar subir a bílis que havia em seu estômago. Ela jamais havia feito isso, nunca matara tantos usando a feitiçaria e não pôde evitar sua reação instintiva.

Quando o feitiço chegou ao fim, a estrada e os campos circunvizinhos, repletos de relva, estavam apinhados de corpos. Menos da metade do exército original dos camponeses havia permanecido viva.

Ainda nauseada, Augusta olhou para os resultados de seu trabalho. Agora eles vão correr, pensou ela, querendo desesperadamente que essa batalha acabe.

Porém, para seu espanto, ao invés de voltarem, os sobreviventes correram para a montanha, agarrando as armas que restaram. Eles não temiam — ou, mais provavelmente, estavam desesperados, percebeu ela. Aqueles homens sabiam desde o início que a missão deles era perigosa, mas eles haviam escolhido prosseguir assim mesmo. Ela não pôde deixar de admirar aquela determinação, mesmo que a assustasse terrivelmente. Ela imaginou que os rebeldes da Revolução da Feitiçaria — os que haviam derrubado a antiga nobreza tão brutalmente — deviam ter sido determinados assim, a seu próprio modo.

À sua volta, os soldados de Barson se preparavam para o ataque violento, tomando suas posições e sacando suas flechas.

Quando os camponeses se aproximaram do monte, uma chuvarada de flechas foi lançada sobre eles, furando seus corpos sem escudos. Os soldados atingiam seus alvos com a mesma precisão apavorante que Augusta havia visto durante o treino. Cada camponês que chegava ao alcance das flechas era morto em segundos. Mesmo assim, os rebeldes persistiam, continuavam, forçando caminho por entre seus camaradas mortos. Sem qualquer estrutura ou organização, eles simplesmente prosseguiam, seus rostos contorcidos de um ódio amargo e olhos brilhando de raiva. A futilidade de todas as mortes era devastadora para Augusta. Quando os homens de Barson não tinham mais flechas, menos de um terço dos agressores originais havia restado.

Jogando para o lado seus arcos inúteis, os guardas, como se fossem um só, desembainharam as espadas. E aguardaram, com suas expressões endurecidas e impassíveis.

Quando a primeira onda de atacantes chegou ao monte, ela foi despachada em segundos por soldados com armas aprimoradas pela feitiçaria, mais afiadas e mais mortais do que qualquer coisa que os camponeses já haviam visto. De pé, ao lado, Augusta observava enquanto ondas de agressores vinham e caíam em volta da montanha.

Seu amante era a encarnação da morte, imbatível como uma força da natureza. Durante a metade do tempo ele lidava, sozinho, com as hordas de rebeldes, facilmente enfrentando vinte ou trinta homens. Os outros soldados eram quase tão brutais e Augusta podia ver os camponeses se dividindo em grupos cada vez menores, suas fileiras diminuindo a cada minuto transcorrido.

Em uma hora, a batalha se aproximava de sua conclusão mórbida. Olhando para os restos sangrentos no campo, Augusta sabia que seria uma batalha da qual jamais esqueceria.

Não, ela se corrigiu. Não havia sido uma batalha — havia sido uma matança.

CAPÍTULO QUATORZE

※ GALA ※

— Isso é espetacular — Gala disse a Blaise, olhando para a cidade abaixo. Eles estavam sentados na espreguiçadeira dele, um objeto mágico que ela achou impressionante. De cor azul claro, lembrava Gala a um sofá estreito e alongado — só que era feito de um material estranho, tipo um diamante que parecia duro mas, na verdade, era bem macio e agradável ao toque. Blaise estava navegando usando feitiços orais.

Gala gostava particularmente do fato de que ela pudesse se sentar tão perto de Blaise. Ela gostava de sua proximidade. Fazia com que ela se lembrasse das sensações cálidas que sentira quando ela o beijou, mais cedo. Pensando naquele beijo, ela afastou o olhar da paisagem abaixo e olhou para Blaise, estudando seu forte perfil.

Ela se incomodava pelo fato de ele duvidar de seus sentimentos. Ela obviamente não tinha a experiência do mundo real, mas havia lido o bastante para entender a mecânica da atração — e o que significava sentir aquilo por alguém. Ela tinha certeza de que conhecer outras pessoas não faria diferença na maneira que considerava Blaise. Essa viagem para a vila serviria a vários propósitos, pensou ela, voltando sua atenção novamente para a cidade abaixo. Permitiria que ela visse o mundo e também reasseguraria Blaise de que ela conhecia sua própria mente. Ela não queria parecer ignorante ou ingênua diante de seu criador.

— Esta é a Praça da Cidade — Blaise disse, interrompendo suas reflexões. Ele apontava para uma ampla área abaixo — Você pode ver todas as barracas de mercadores que a cercam. E está vendo aquela fonte de água no centro?

— Sim — Gala disse, com crescente empolgação. Ela gostava de aprender e era ótimo ver essas coisas pessoalmente, em vez de ver através de uma Captura de Vida ou das páginas de um livro.

— Todos que visitam Turingrad vêm a essa fonte para jogar uma moeda na água — Blaise disse — Rico ou pobre, plebeu ou feiticeiro — todos vêm aqui para fazer um pedido.

— Por quê? É uma forma de feitiçaria?

— Não — Blaise sorriu — Apenas um antigo costume. Existia bem antes de Lenard, o Grande, e a descoberta do Reino do Feitiço. Uma superstição, se quer saber.

— Entendo — Gala disse, embora a ideia a confundisse um pouco. Por que os humanos jogam moedas na fonte? Se as fontes não tinham nada a ver com a feitiçaria então, obviamente não poderiam conceder desejos.

— E ali fica a Torre do Feitiço — disse Blaise, apontando para uma estrutura imponente em cima de uma grande montanha — É onde os feiticeiros mais poderosos moram e trabalham. O Conselho também se reúne ali, e os primeiros andares são ocupados pela Academia do Feitiço, uma instituição de ensino para os jovens. A Guarda de Feiticeiros também fica baseada ali.

Gala assentiu, estudando a Torre com curiosidade. Era um castelo grande e majestoso que se tornava ainda mais impressionante por sua localização na montanha. Quem o construiu claramente queria demonstrar algo. O prédio praticamente gritava 'poder'.

Olhando para ele, Gala se deu conta de que algo naquela montanha a incomodava. Sua forma, o penhasco íngreme de um lado — era diferente demais da paisagem plana circundante.

— A montanha é de verdade? — perguntou ela a Blaise, virando a cabeça para olhar para ele.

— Não — Ele lhe deu um sorriso — Foi construída pelas primeiras famílias de feiticeiros há mais de duzentos anos. Eles queriam que a Torre fosse inacessível e, por isso, fizeram um feitiço para que a terra se erguesse, criando essa montanha. O prédio em si também é fortificado por todo tipo de feitiçaria.

— Por que fizeram isso? Seria porque eles tinham medo das pessoas comuns?

— Sim — Blaise disse — E ainda têm. É uma pena, mas a memória da Revolução da Feitiçaria ainda está recente na mente da maioria das pessoas.

Gala assentiu novamente, lembrando-se do que havia lido em um dos livros de Blaise. Há duzentos e cinquenta anos, a trama da sociedade de Koldun havia sido totalmente desfeita por uma revolução sangrenta. A antiga nobreza tinha se tornado gorda e preguiçosa, desligada do descontentamento que brotava em seus súditos. O rei estava entre os piores transgressores, totalmente abstraído das mudanças que ocorriam em virtude do Iluminismo e da descoberta feita por um homem de algo chamado o Reino do Feitiço.

Lenard, o Grande, como viria a ser conhecido posteriormente — havia sido o brilhante inventor que, dentre outros feitos, conseguira entrar em um estranho local com o poder de alterar a realidade de uma forma que era assustadoramente similar a uma magia de conto de fadas. Não era um conto de fadas, é claro, e o que era conhecido na era moderna como magia não passava de interações complexas e ainda pouco conhecidas entre o Reino do Feitiço e o Reino Físico. Mas sua descoberta alterou tudo, resultando na ascensão de uma nova elite: os feiticeiros.

Começou com pequenos feitiços inofensivos — encantamentos verbais em uma linguagem complexa e misteriosa que somente os indivíduos mais brilhantes com habilidade matemática conseguiam dominar. Alguns dos primeiros feiticeiros eram da nobreza, mas muitos não eram. Qualquer um, não obstante sua linhagem, podia entrar no Reino do Feitiço, e Lenard estimulava todos a aprender matemática e a entender as leis da natureza. Ele chegou a abrir uma escola, um local que mais tarde se tornou conhecido como a Academia de Feitiço, onde muitas das subsequentes descobertas e magias ocorreram.

Em uma década, a feitiçaria e o conhecimento trazidos pelo Iluminismo começaram a permear cada aspecto da vida de Koldun. Os feiticeiros descobriram uma maneira de se manter sem comida, a se mover dos locais em um piscar de olhos, através do teletransporte, e até mesmo a combater usando feitiços. Não demorou muito para que o sistema feudal de séculos de duração da nobreza hereditária começasse a parecer ultrapassado para aqueles que conseguiam alterar a trama da realidade com algumas frases cuidadosamente proferidas. Noções de justiça e progresso, de direitos humanos básicos e de uma sociedade baseada na meritocracia se espalharam rapidamente, pegando os nobres totalmente desprevenidos.

Quando o rei entendeu a ameaça que a nova classe de feiticeiros representava, era tarde demais. Os camponeses, cujos seus senhores não eram mais todo-poderosos como dantes, se tornaram mais exigentes e sublevações surgiram por toda Koldun, com os plebeus buscando melhorar sua qualidade de vida. A maioria dos feiticeiros — embora nem todos — apoiava seus camponeses e aqueles da classe mais baixa, que não tinham aptidão para a magia, se associaram a eles, buscando a proteção dos feiticeiros contra os nobres, que ainda possuíam o exército do rei ao seu lado.

O resultado final foi uma revolução — uma guerra civil sangrenta que durou seis anos. À medida que progredia, cada lado se tornava mais brutal e vingativo, e as atrocidades perpetradas pelos camponeses contra seus antigos amos terminaram por ser tão horripilantes quanto as realizadas pelos bárbaros na Idade das Trevas. Somente depois que cada família de nobres foi assassinada e que o rei perdeu sua cabeça que a revolução chegou ao fim, deixando os sobreviventes para que juntassem os pedaços de suas vidas despedaçadas.

Não era à toa que os feiticeiros temiam os camponeses, pensou Gala, olhando para a Torre. Afinal, os feiticeiros eram agora a nova classe dominante.

* * *

Após várias horas de voo, eles finalmente se aproximaram de seu destino. Gala reconheceu o campo abaixo de uma das Capturas de Vida que ela havia tido antes. Era ainda mais bonito de cima. O trabalho da primavera, desde sua última visão, devia ter sido feito, e altos talos de trigo enchiam agora a paisagem.

Para a lateral havia um conjunto de prédios que Gala imaginou ser a vila. Ao contrário das estruturas ricas e de visual elaborado de Turingrad, as casas aqui eram bem menores. Mais simples, pensou Gala. Ela se lembrou de ter lido que muitas casas de camponeses eram feitas de barro e que ali parecia ser assim também.

Havia uma pequena clareira entre as duas casas maiores. Foi lá que eles desceram.

Assim que sua espreguiçadeira tocou o solo, a porta de uma das casas se abriu e duas mulheres mais velhas surgiram.

Gala olhou para elas, intrigada. Ela havia lido sobre mudanças físicas que ocorriam nos humanos durante a vida e ela imaginou a idade daquelas mulheres. Em sua opinião, elas pareciam ser iguais uma a outra, com cabelos grisalhos e olhos castanhos, embora Gala achasse que uma delas era mais agradável à visão do que a outra.

Ao verem Blaise, elas abriram um largo sorriso e correram para a espreguiçadeira.

— Blaise, meu filho, como você está? — a mais bonita das duas exclamou.

— E quem é essa bela moça com você? — a outra mulher logo falou.

Antes que Blaise tivesse a chance de responder e Gala pudesse registrar completamente que ela tinha sido chamada de 'linda', a mulher que falou primeiro se virou para Gala e disse:

— Eu sou Maya. Quem é você, minha menina?

— E eu sou Esther — disse a outra, sem dar a Gala a chance de responder. Seu rosto era enrugado com um sorriso do qual Gala gostava muito. De uma forma geral, apesar da aparência mais simples da mulher, Gala sentiu que alguma coisa a respeito dela era bem atraente. As duas mulheres possuíam uma cordialidade que agradava a Gala.

— Maya, Esther — Blaise disse, saindo da espreguiçadeira — quero lhes apresentar Gala.

— Gala? Que nome bonito — disse Esther, aproximando-se e dando um abraço em Gala. Maya seguiu seu exemplo e Gala sorriu, satisfeita por ser o centro das atenções. Seus abraços eram agradáveis, mas nada como o que sentira quando tocou em Blaise.

— Blaise, Gala não era também o nome de sua avó? — perguntou Maya.

Blaise assentiu e deu um sorriso cúmplice para Gala.

— Sim. Uma adorável coincidência, não é?

— Bem, entrem, filhos — Esther disse — Eu acabei de fazer um ensopado delicioso.

— Não sei se está delicioso, mas definitivamente um ensopado — Maya disse com um sorriso maldoso e Gala percebeu que ela estava implicando com a outra mulher.

Blaise balançou a cabeça.

— Eu adoraria, mas não posso — disse ele gentilmente para Esther — Infelizmente eu tenho que ir. No entanto, se não se importam, Gala ficará com vocês por alguns dias.

As mulheres pareceram ter sido pegas de surpresa, mas Maya se recuperou rapidamente. — É claro, não tem problema — disse ela —Tudo o que quiser para você e sua adorável jovem amiga.

Esther assentiu entusiasticamente.

— Sim, o que você quiser, Blaise. Como é que vocês se conheceram? — ela perguntou, visivelmente curiosa.

— É uma longa história — Blaise disse, com um tom que não dava margens a mais perguntas sobre o assunto — Maya, você se importaria em levar Gala para visitar a cidade enquanto Esther e eu conversamos por um instante?

Esther franziu a testa.

— Tem certeza de que não quer ficar? Adoraríamos ter você aqui por alguns dias. Você precisa tomar sol e devia comer alguma coisa. Eu aposto que só viveu de magia desde nossa última visita, disse ela, com desaprovação.

— Blaise tem negócios importantes para tratar — Gala disse, apoiando Blaise.

Ela podia ver que ele parecia tenso e ela sentiu que ele não queria estar ali, longe da precisão reconfortante do código do qual ele passou a depender tanto. Da breve visão da mente dele, que ela havia tido naquela Captura de Vida — e pelo que ela havia sabido sobre o irmão dele — ela sabia que seu criador ainda sofria, ainda não estava preparado para enfrentar o mundo exterior.

— Bem, eu não gosto de nada disso — Esther anunciou, fazendo beicinho — Prometa que vai voltar em breve.

— Oh, não se preocupem. Eu não vou deixar Gala sozinha por muito tempo, podem ter certeza disso — disse Blaise, e Gala sentiu o calor de seu olhar enquanto ele olhava para ela.

Gala sorriu e deu um passo em direção a Blaise. Na ponta dos pés, ela envolveu o pescoço dele com seus braços e puxou a cabeça dele para baixo para lhe dar outro beijo. Os lábios dele eram quentes e macios, e Gala ansiosamente saboreou a sensação. Para seu alívio, dessa vez ele não se afastou. Em vez disso, ele a puxou mais para si em seu abraço e a beijou de volta impetuosamente, criando arrepios de calor em sua espinha.

Quando ele a soltou, seu coração batia mais rápido e ela notou os olhares satisfeitos nos rostos de Maya e Esther. Ela havia tinha conseguido reforçar a impressão que as duas mulheres já deviam ter tido — que ela e Blaise eram namorados. Era algo que Gala esperava que se tornasse realidade, em algum momento, mas, enquanto isso, fornecia uma explicação sobre sua relação com Blaise. Não que todos fossem adivinhar que Gala fosse uma criação de Blaise, pensou ela ironicamente. Pelo que ela havia aprendido até ali, ninguém poderia imaginar que uma pessoa pudesse ser originária da forma como Gala havia sido criada.

Agora, na hora de se separar de Blaise, Gala sentiu dúvida pela primeira vez. De repente, vendo o mundo não tão atraente, já que significava que ela teria que ficar longe de Blaise durante os próximos dias. Ela ainda não tinha ido embora e já sentia falta dele — e queria mais do que aqueles beijos. De tudo que ela havia lido, sabia que as pessoas raramente desenvolviam sentimentos fortes umas pelas outras tão rapidamente, mas havia exceções. Era possível também que as regras usuais não se aplicassem a ela, já que ela não era humana.

— Tchau, Gala — Blaise disse, sorrindo para ela, que sorriu de volta, sacudindo o breve momento de fraqueza. A vila acenava para ela. Era sua chance de conhecer a vida ali, entre as pessoas comuns. Ela tinha a forte suspeita de que, se ela desse para trás agora, não poderia convencer Blaise a fazer isso de novo.

— Tchau, Blaise — disse ela, determinada a ser forte a respeito. Voltando-se, ela começou a andar em direção ao belo campo que via nas cercanias. Maya a seguia, também acenando adeus para Blaise.

Quando Gala se aproximou do campo, seu passo se tornou mais rápido até que ela corria o máximo que podia. Ela sentia o vento em seus cabelos e o calor do sol em seu rosto, e ela voltou o rosto para cima, rindo de pura alegria.

Ela estava vivendo e amava cada minuto disso.

CAPÍTULO QUINZE

※ AUGUSTA ※

— Tem certeza de que vai ficar bem? — Barson perguntou, olhando para Augusta com preocupação. Ele acabara de levá-la até seus aposentos e estavam de pé diante do escritório dela.

— É claro — Augusta sorriu para o namorado — Vou ficar bem.

Ela não podia negar que ainda se sentia um tanto abalada depois da batalha, mas a melhor cura para aquilo seria voltar logo à sua rotina diária — e isso significava retomar o trabalho de seus projetos em andamento.

— Nesse caso, eu vou deixar que você realize seus feitiços — disse Barson, curvando-se para lhe dar um beijo.

Pelo canto dos olhos, Augusta viu uma jovem feiticeira se aproximando deles e parando de forma respeitosa a alguns metros de distância.

— Hum, com licença, minha senhora...

A mulher parecia pouco à vontade, torcendo as mãos nervosamente.

Barson forçou um sorriso, claramente se divertindo com a maneira reverente da moça, e Augusta se virou para ele, com um olhar de soslaio.

— O que foi? — perguntou ela para a menina, irritada por ter sido perturbada.

— O mestre Ganir me enviou para chamar a senhora — explicou logo a feiticeira — Ele solicita a sua presença na sala dele.

Augusta mostrou desagrado, descontente por ter sido convocada como uma coroinha. Será que Ganir já teria sabido sobre a batalha e sobre seu envolvimento nela? Se assim fosse, havia sido rápido, mesmo para ele.

— Talvez ele queira explicar como os trezentos camponeses se tornaram três mil — murmurou Barson, inclinando a cabeça para que a garota não o ouvisse.

Surpresa, Augusta olhou para ele, indo de encontro a seu olhar frio e zombeteiro. Estaria Barson insinuando que Ganir havia dado a informação errada de propósito?

Guardando aquele pensamento para uma análise posterior, ela disse ao amante:

— Vejo você mais tarde — e caminhou de forma decidida pelo corredor, forçando a jovem a sair de seu caminho.

Era melhor acabar rapidamente com aquele aborrecimento.

CAPÍTULO DEZESSEIS

⁂ BARSON ⁂

Assim que Augusta desapareceu de vista, Barson saiu dos aposentos dos feiticeiros e seguiu para as barracas de Guarda na ala oeste da Torre. Ele e Augusta haviam cavalgado na frente dos soldados e ele tinha menos de uma hora para fazer o que era preciso ser feito.

Ao entrar, ele viu o corredor familiar com a fileira de quartos que ele e seus homens habitavam quando de plantão. Seus próprios aposentos eram quase tão luxuosos quanto os dos feiticeiros. Porém, até os seus soldados de menor escalão possuíam acomodações confortáveis. Era algo de que ele se certificara ao assumir o posto de Capitão da Guarda.

Normalmente, após uma viagem dura como aquela, ele teria ido direto para seu quarto para tomar um longo banho, mas não havia tempo a perder. Ele tinha que enfrentar o traidor — e tinha que fazer isso agora, enquanto ainda poderia pegá-lo desprevenido.

Diante do quarto de Siur, ele parou para ouvir os sons que vinham de dentro. Parecia que seu leal tenente estava ocupado em brincar na cama.

Tanto melhor, Barson pensou, um leve sorriso aparecendo em seus lábios. Não havia nada melhor do que pegar seu inimigo de calças arriadas — literalmente.

Sem demora, ele escancarou a porta e entrou no quarto de Siur.

Como ele suspeitava, havia dois corpos nus na cama. Dos gemidos e dos lampejos de cabelo ruivo que ele conseguia ver por baixo do corpo retesado de Siur, a mulher devia ser uma das prostitutas locais que frequentemente visitavam os guardas. Os dois estavam tão ocupados que nem reagiram à entrada de Barson.

Começando a ficar aborrecido, Barson bateu com o punho enluvado contra a parede. Siur e sua parceira de cama saltaram xingando, enquanto Barson observava com uma diversão cruel a mulher saindo da cama e puxando um lençol em volta de seu corpo nu e rechonchudo.

— Capitão! — Siur exclamou espantando, pulando da cama e agilmente puxando para cima suas calças — Eu não o vi aqui . . .

O olhar esgazeado de choque em seu rosto era quase cômico.

— Surpreso em me ver? — Barson perguntou em um tom suave, observando enquanto a prostituta corria para fora do quarto — Ou apenas surpreso por me ver vivo?

— O quê? Não, Capitão! Quero dizer, sim. Siur claramente havia sido pego de surpresa. Seus olhos iam de um lado para outro, lembrando a Barson os de um animal encurralado.

— Por que você não foi junto com a missão? — Barson perguntou, sem dar ao homem tempo de recompor-se — Por que você ficou para trás?

— Bem, eu... — Siur claramente não esperava ser questionado e Barson via que ele tentava desesperadamente encontrar uma resposta plausível. Sua hesitação era incriminante.

— Conte-me tudo — Barson ordenou, olhando para o homem que, um dia, havia considerado como um irmão — Por que você fez isso?

Siur piscou, afastando-se.

— Eu não sei do que está falando.

— Não minta para mim. Pelo menos me tenha esse respeito.

— Capitão, Barson, eu...

O soldado continuava a caminhar para trás e Barson viu o que ele procurava no segundo em que a mão do homem se fechou no cabo de sua espada.

Barson desembainhou sua própria espada. — Conte-me a verdade — disse ele friamente — e você morrerá sem dor e rapidamente.

Ele estava satisfeito que o traidor estivesse mostrando sua verdadeira identidade. Até aquele momento, ele não estava totalmente certo da culpa do homem.

Com um grito enraivecido, Siur atacou. Seu ímpeto o levou através do quarto, brandindo a espada.

Barson enfrentou seu destemido ataque, desviando-se de cada golpe cuidadosamente e em busca de uma abertura para desarmar o oponente. Normalmente, Siur já estaria morto, mas Barson não queria matá-lo ainda. Ele precisava de informações e o traidor era o único capaz de fornecê-las.

Siur lutava como um guerreiro nórdico. Diante da perspectiva de um interrogatório, o homem aparentemente tentava obter uma morte rápida e gloriosa — algo que Barson não tinha intenção de permitir. Eles lutaram pelo que pareceu ser uma eternidade. Se Barson não estivesse tão cansado de sua provação anterior, teria sido mais fácil. Naquela situação, ele precisava impedir a si mesmo de matar Siur a cada dois minutos, enquanto evitava, simultaneamente, os golpes fatais vindo do soldado para seu corpo.

Seu momento finalmente chegou quando Siur investiu violentamente no ombro de Barson. Com um empurrão de sua espada, Barson feriu a lateral esquerda do adversário, tirando o primeiro sangue. Siur saltou para trás com um silvo de dor e atacou Barson com mais desespero. O soldado sabia que ficaria mais fraco a cada minuto e Barson encontrou ainda mais dificuldade em se conter para dar um golpe fatal no traidor.

— Não pode me obrigar a falar, faça o que fizer — Siur falou arfando, executando um triplo ataque simulado.

Barson se defendeu facilmente. Ele pessoalmente havia ensinado essa manobra a Siur e o homem nunca havia sido especialmente hábil nela. O fato de Siur usar isso agora era sinal de que ele não estava mais pensando direito.

Silenciosamente e aproveitando-se de sua chance, Barson rasgou o ombro direito do homem, cortando sua pele nua com facilidade. Era uma sorte que o soldado não estivesse usando a armadura, senão a tarefa de Barson teria sido ainda mais difícil. Siur tropeçou, soltando um grito de dor, mas prosseguiu, com seus olhos ardendo em ódio e desespero.

Um pingo de suor correu pelas costas de Barson, intensificando seu desejo por um banho. Decidindo levar a luta a sua conclusão inevitável, ele fingiu proteger seu lado direito, deixando seu lado esquerdo exposto por um breve momento. Siur imediatamente mordeu a isca, procurando um golpe fatal no coração.

No último momento, Barson virou o corpo, deixando que a espada afiada do homem arranhasse a lateral de sua armadura, cortando-a e deixando um leve arranhão em sua pele. Ao mesmo tempo, o punho enluvado de Barson pegou o seu braço direito com tamanha força que fez com que a espada do traidor voasse através do quarto.

— Agora vamos falar — Barson murmurou, dando um soco no rosto de Siur e derrubando-o.

CAPÍTULO DEZESSETE

※ AUGUSTA ※

O velho enrugado trabalhava atrás de sua mesa quando Augusta entrou em seu suntuoso estúdio. Seu local de trabalho era praticamente do tamanho de todo o aposento que ela habitava na Torre. Ser chefe do Conselho certamente tinha seus privilégios.

— Augusta.

Ele ergueu a cabeça, olhando para ela com um olhar azul pálido. Embora o rosto de Ganir fosse enrugado e gasto, seu cabelo branco ainda era vasto e caía por seus ombros estreitos, em um estilo que havia sido popular há sete décadas.

— Mestre Ganir — ela respondeu, inclinando ligeiramente a cabeça. Apesar de não gostar dele, ela não podia deixar de sentir certo respeito rancoroso pelo Líder do Conselho. Ganir era um dos mais velhos e mais poderosos feiticeiros existentes, assim como o inventor da Esfera de Captura de Vida.

— Não precisa ser tão formal comigo, filha — disse ele, surpreendendo-a com seu tom cálido.

— Como queira, Ganir — Augusta disse cautelosamente.

Por que ele estaria sendo gentil com ela? Ele não era assim. Ela sempre teve a impressão de que o velho feiticeiro não gostava dela. Blaise tinha deixado escapar uma vez que Ganir achava que eles não eram feitos um para o outro — um óbvio insulto a Augusta, já que o velho havia tratado Blaise e o irmão com uma consideração quase paternal.

Em resposta à sua pergunta não dita, Ganir se inclinou para trás na cadeira, dando-lhe um olhar impenetrável.

— Eu tenho um assunto delicado para discutir com você — disse ele, batendo suavemente com os dedos na mesa.

Augusta ergueu as sobrancelhas, esperando que ele prosseguisse. Ela não achava que sua interferência junto aos rebeldes fosse um assunto particularmente delicado, e ela não sabia por que ele apenas não levaria suas ações para a próxima reunião do Conselho. É claro, era possível que ele quisesse algo dela — uma possibilidade que a deixava pouco à vontade.

— Como você sabe, quando você estava com Blaise, eu nem sempre agi com aprovação — Ganir iniciou, chocando-a pelo eco de seus pensamentos anteriores — Desde então, me arrependo daquela atitude.

Pausando, ele deixou que ela digerisse suas palavras.

Pega inteiramente desprevenida, Augusta pôde apenas olhar para ele. Ela não fazia ideia porque ele estaria trazendo à baila aquela história antiga agora, mas não lhe pareceu um bom sinal.

— Eu queria ter apoiado você. Então, quando você e Blaise estavam juntos — prosseguiu o Líder do Conselho, e a tristeza de sua voz era tão incomum quanto surpreendente — Ele era um dos nossos astros mais brilhantes . . .

— Sim, ele era — Augusta disse, franzindo a testa. Os dois sabiam o que havia por trás do autoexílio de Blaise. Havia sido a própria invenção de Ganir que causara aquela situação desastrosa com Louie — e fizera com que Augusta perdesse o homem que amava.

Então, em um repentino sobressalto de intuição, ela soube. A convocação de Ganir não tinha nada a ver com a batalha da qual ela acabara de retornar . . . e tudo a ver com o homem que ela tentava esquecer nos últimos dois anos.

— O que houve com Blaise? — ela perguntou intensamente, com uma frieza doentia se espalhando em suas veias. Mesmo agora, apesar de seus sentimentos crescentes por Barson, o mero pensamento de Blaise em perigo era o bastante para deixá-la em pânico.

O olhar desbotado de Ganir demonstrava tristeza.

— Eu temo que sua depressão o tenha levado a uma nova crise — disse ele calmamente — Augusta, eu acho que Blaise se tornou um viciado em Capturas de Vida.

— O quê?

Isso não era absolutamente o que ela esperava ouvir. Ela não tinha certeza do que esperar, mas definitivamente não era isso — Um viciado em Capturas de Vida?

Ela olhou descrente para Ganir.

— Blaise não é desse tipo. Ele consideraria uma fraqueza mergulhar nas memórias de outra pessoa. Em seu trabalho, sim, mas não na mente de outras pessoas.

— Eu tive dificuldade em acreditar nisso também. A única coisa em que posso pensar, talvez, seja que o isolamento diminuiu seu moral . . .

Ele encolheu os ombros com tristeza.

— Não, eu não acho que isso possa ser verdade — Augusta disse firmemente — No mínimo, ele jamais abandonaria sua pesquisa. O que o faz achar que ele é um viciado?

— Eu tenho alguém que me dá relatórios lá da vila dele — Ganir explicou — De acordo com a minha fonte, Blaise tem pegado grandes quantidades de gotas de Captura de Vida. O bastante para ficar em um mundo onírico durante suas horas de vigília.

Os olhos de Augusta se apertaram.

— O senhor o espiona? — ela perguntou, incapaz de retirar o tom acusador de sua voz. Ela odiava a maneira como o ancião parecia ter seus tentáculos em tudo hoje em dia.

— Não estou espionando o rapaz — negou o Líder do Conselho, com as sobrancelhas brancas unindo-se — Eu apenas quero ter certeza de que ele esteja saudável e bem. Você sabe que ele não fala comigo, não sabe?

Augusta assentiu. Ela sabia disso. Por mais que não gostasse de Ganir, ela conseguia perceber que ele também sofria. Ele havia sido próximo dos filhos de Dasbraw e a frieza de Blaise deveria ser perturbadora para ele como o era para a própria Augusta.

— Tudo bem — disse ela em um tom mais conciliador — Então, a sua fonte lhe disse que Blaise adquiriu muitas Capturas de Vida?

— Muitas seria uma mitigação. O que ele obteve vale uma fortuna no mercado negro.

Ganir tinha razão. Isso não soava bem. Por que Blaise precisaria de tanto assim se ele não estivesse viciado? Augusta sempre achou que a Captura de Vida era perigosa e ela mesma tinha muita cautela em usar as gotículas. Ela até havia alertado sobre os riscos da invenção de Ganir, no início — e suspeitava que tal fato tivesse algo a ver com a antipatia do feiticeiro por ela.

— Por que tem tanta certeza de que ele as obteve para si? — ela pensou alto.

— Não é algo definitivo, claro — admitiu Ganir — No entanto, ninguém o vê há meses. Ele nem tem aparecido em sua vila.

Augusta não achava que isso fosse tão incomum mas, combinado à grande quantidade de gotículas, não criava um quadro dos melhores.

— Por que está me contando isso? — ela perguntou, apesar de estar começando a ter uma vaga ideia das intenções do Líder do Conselho.

— Quero que fale com Blaise — Ganir disse — Ele ouvirá você. Eu não me surpreenderia se ele ainda amá-la. Talvez seja por isso que esteja sofrendo tanto.

— Blaise *me* deixou, não foi o contrário — Augusta disse de forma aguda. Como ousava Ganir implicar que a separação deles seria culpada pelo estado atual de Blaise? Todos sabiam que fora a perda de seu irmão que levara Blaise a ficar fora do Conselho — uma tragédia pela qual todos eles tinham diferentes graus de responsabilidade.

Por que ela não votara de maneira diferente? Augusta se perguntou amargamente pela centésima vez. Por que não pelo menos um voto de um membro do Conselho? Sempre que ela pensava naquele evento desastroso, era consumida pelo arrependimento. Se ela soubesse que seu voto não importaria — que todo o Conselho, com exceção de Blaise, votaria para punir Louie — ela teria ido de encontro a suas convicções e votado a favor de poupar o irmão de Blaise. Mas ela não fez isso. O que Louie havia feito — dado um objeto mágico para os plebeus — fora um dos piores crimes que Augusta poderia imaginar, e ela votou de acordo com sua própria consciência.

Foi aquele voto que lhe custou o homem que amava. De alguma forma, Blaise ficou sabendo sobre a discriminação dos votos e que Augusta tinha sido um dos membros do Conselho que votou condenando Louie à morte. Havia apenas um voto contra a punição: o do próprio Blaise.

Ou pelo menos foi o que Blaise lhe disse quando ele gritou com ela mandando-a sair de sua casa e não voltar mais. Ela jamais esqueceria aquele dia em toda a sua vida — a dor e a raiva o tinham transformado em alguém que nem ela reconhecia. Seu amante, normalmente de temperamento brando, fora verdadeiramente assustador. E ela soube naquele instante que tudo estava acabado entre eles, que oito anos juntos não tinham significado tanto para Blaise quanto para ela.

Não era a primeira vez que Augusta tentava descobrir como Blaise tinha sabido a contagem exata de votos. O processo de votação fora criado para ser totalmente justo e anônimo. Cada Conselheiro possuía uma pedra de voto que ele ou ela teletransportava para uma das urnas de votos — a caixa vermelha para o *Sim* e a caixa azul para o *Não*. As urnas ficavam nas Balanças da Justiça, no meio da Câmara do Conselho. Ninguém devia saber quantas pedras havia em cada urna. As balanças simplesmente se inclinavam para o lado do voto. Não deveria haver como Blaise ter sabido quantas pedras haviam na urna vermelha naquele dia fatídico.

— Sinto muito — Ganir disse, interrompendo os pensamentos sombrios dela — Eu não quis dizer que você tenha sido culpada. Eu apenas acho que Blaise ainda sofre. Eu falaria com ele mas, como você provavelmente sabe, ele disse que me mataria na hora, se eu me aproximasse dele novamente.

— Acha que ele não faria o mesmo comigo? — Augusta perguntou, lembrando-se da fúria obscura no rosto de Blaise quando ele pôs para fora da casa dele.

— Não — Ganir disse com convicção. — Ele não lhe faria mal, não da forma como a amou um dia. Apenas fale com ele, faça com que ele raciocine. Talvez ele queira voltar para nossa classe — ele já está afastado da Torre por tempo suficiente.

Augusta ergueu as sobrancelhas.

— O senhor o quer de volta ao Conselho?

— Por que não? — O Líder do Conselho olhou para ela — Como você, ele é um dos melhores e mais brilhantes. É uma pena que seu talento se perca.

— E Gina? Ela assumiu o lugar dele, o que vai acontecer com ela se ele voltar?

— Teremos quatorze Conselheiros — Ganir disse — Eu não gostaria de substituir Gina. Ela é valiosa.

Augusta olhou para ele.

— Sempre foram treze desde que o Conselho foi criado. Você sabe disso.

Ganir não parecia particularmente preocupado.

— É, mas isso não quer dizer que as coisas não possam mudar. Por ora, não vamos nos preocupar com isso. Vamos tratar disso quando chegar a hora.

— Acha mesmo que os outros o aceitariam de volta? — Augusta perguntou com dúvidas.

— Ele jamais foi forçado a sair. Blaise saiu por vontade própria. Além do mais, se você e eu nos unirmos, todos terão que acompanhar.

Augusta lhe deu um olhar incrédulo. Ela e Ganir, se unirem? Era uma ideia com a qual teria que se acostumar.

— Tudo que posso prometer é falar com ele — disse ela ao sair do estúdio do velho feiticeiro.

CAPÍTULO DEZOITO

✳ BLAISE ✳

— Então, quem é essa garota? — Esther perguntou assim que ela e Blaise ficaram a sós. — Como se conheceram? Há quanto tempo se conhecem?

Ainda se recuperando do beijo de Gala, Blaise balançou a cabeça diante da enxurrada de perguntas.

— Não era assim que eu queria falar com você, Esther — disse ele — Eu quero lhe pedir um favor.

— Claro, o que quiser — a ex-babá respondeu imediatamente, embora Blaise soubesse que ela esperava saber mais sobre Gala e estava decepcionada com a falta de mexericos.

— Quero que tome conta de Gala — disse ele, dando a Esther um olhar grave — Eu não quero que ela atraia atenção desnecessária para si — e é melhor que sua ligação comigo seja mantida em segredo.

— Por quê? — A velha mulher parecia confusa — Ela é uma fugitiva?

Blaise balançou a cabeça.

— Não. Ela é apenas . . . diferente.

Esther franziu a testa para ele.

— Ela parece muito jovem e inocente. Você a envolveu em algo que não devia?

— De uma certa maneira — Blaise disse vagamente. Ele não sabia como Maya e Esther reagiriam se soubessem a verdade sobre a origem de Gala. Até mesmo os outros feiticeiros ficariam chocados em saber o que ele havia feito. Como alguém com uma compreensão muito mais rudimentar sobre magia se sentiria? Mesmo nessa era de Iluminismo, a maioria dos camponeses era supersticiosa e muitos ainda acreditavam nas velhas histórias de monstros, zumbis e fantasmas. Se soubessem que Gala não era realmente humana, ela jamais poderia ser capaz de vivenciar o mundo como uma pessoa comum.

Esther continuava a olhar para ele e Blaise suspirou, não querendo mentir para a mulher que o havia criado após a morte de sua mãe.

— Ester — disse ele com cuidado — Gala tem um poder que o Conselho poderá achar . . . ameaçador.

Sua ex-babá olhou para ele, sua expressão se endurecendo lentamente. Ela odiava o Conselho mais do que ele, culpando-o pela morte de Louie. Ela também havia criado seu irmão, desde a infância, e a perda dele a afetara profundamente. — Eu vou cuidar dela — prometeu ela fechando o semblante.

— Bom — Blaise disse, aliviado — E também tenha em mente que ela é, de alguma forma, protegida.

Ele havia decidido por uma meia verdade.

Agora, Esther parecia confusa.

— Uma jovem protegida que é uma ameaça para o Conselho? Como foi que você se deparou com ela?

Então, ela ergueu as mãos.

— Deixa para lá. Eu sei que você não vai me contar.

Blaise sorriu para ela.

— Você é o máximo, Nana Esther.

— Hum, hum — ela respondeu, com um olhar apertado — E não se esqueça.

— Não vou esquecer — Blaise disse, se inclinando para lhe dar um beijo carinhoso na bochecha. Endireitando-se, ele colocou a mão no bolso. Tirando uma bolsa com cordão com moedas, ele pressionou a mão de Esther.

— Tome uma coisinha pela estada de Gala.

— Blaise, isso é uma pequena fortuna! — Ela olhou para ele chocada — Dá para comprar uma casa com esse dinheiro. É muito para alimentar uma garota magrinha.

Blaise ia brincar com Esther por sempre querer alimentar todos, mas ele se deu conta de uma coisa. Ele jamais havia perguntado a Gala se ela queria comida. Na verdade, ele nem sabia se ela precisava comer como uma pessoa normal ou se, como ele, ela podia manter os níveis de energia do corpo com magia. Ele mentalmente se puniu por ter sido tão desatencioso. É claro, pensou ele com alívio, se ela não precisasse comer, ele tinha certeza de que ela não morreria de fome agora — não com Maya e Esther por perto.

O pensamento em comida lhe lembrou da situação desafiadora pela qual os camponeses passavam.

— Como está a colheita? — ele perguntou, mudando de assunto. A seca que havia começado há uns dois anos era a pior de uma geração, afetando toda a terra de Koldun de um lado do oceano ao outro, dizimando as plantações na maior parte dos territórios.

Esther lhe deu um sorriso.

— Seu trabalho realmente fez diferença, filho. Estamos bem melhor aqui do que as pessoas em outros lugares.

Blaise assentiu, satisfeito. Quando a seca começou, ele tinha tido a louca ideia de fazer um feitiço para fortalecer as sementes, imbuindo-as de resistência a certas pestes e necessidade reduzida de água. A melhoria resultante, como ele planejara, foi hereditária, permitindo que seus súditos plantassem e colhessem safras saudáveis mesmo durante aqueles tempos difíceis.

— Fico feliz — disse ele — Os outros da cidade não sabem, não é?

— Não — Esther balançou a cabeça — Sabem que estão se saindo melhor do que as outras regiões e que você é um bom amo, mas acho que não percebem a extensão total de sua ajuda.

Blaise suspirou. Ele com frequência achava que não fazia o suficiente para ajudar seu povo — e certamente não o bastante para os outros plebeus de Koldun. Isso era parte da razão pela qual ele criara Gala, embora as coisas não tivessem saído exatamente como ele havia planejado.

— Logo virei ver como ela está — disse ele, preparando-se para partir — Tenho certeza de que tudo ficará bem mas, por favor, fique de olho nela.

A velha mulher bufou.

— Se eu pude manter você e seu irmão longe de problemas quando eram meninos, eu tenho certeza de poder cuidar daquela sua jovem amiga.

Blaise sorriu. Era verdade. Se não fosse por Esther, ele tinha certeza de que um deles teria perdido um braço ou um olho bem antes de chegarem à idade adulta. Ele e Louie tinham sido bastante aventureiros quando crianças.

— Até logo, Esther — ele lhe disse.

E com um olhar final para o campo por onde Gala corria, ele andou para sua espreguiçadeira.

CAPÍTULO DEZENOVE

※ GALA ※

O trigo chegava ao peito de Gala enquanto ela corria pelo campo. Ela sentia as hastes fazendo cócegas na pele das partes expostas de seu corpo e adorava a sensação. Ela adorava *todas* as sensações.

Ela continuou a correr, até que sentiu os músculos de sua perna ficando cansados. Então ela se deitou na relva, abrigando os olhos com a palma da mão enquanto olhava para o céu claro e azul. O sol estava brilhante e as nuvens tinham tantos formatos diferentes . . . Gala sentiu como se pudesse olhar para elas para sempre.

Ela percebeu que realmente amava o Reino Físico, e era genuinamente agradecida a Blaise por sua existência. Existir era, obviamente, muito superior ao limbo. Tendo lido todos aqueles livros, ela sabia que os seres humanos tinham apenas um breve ciclo de tempo durante o qual eles teriam existência. Isso lhe parecia errado e triste, mas as coisas eram assim. Ela se perguntou se as mesmas regras se aplicariam a ela. De alguma maneira, ela duvidava disso. Sem saber de onde vinha essa convicção, ela sentiu como se tivesse total controle do tempo durante o qual ela poderia existir. E se essa sensação fosse correta, ela pretendia jamais deixar de existir.

Após um tempo, ela se cansou de ficar deitada e se levantou, caminhando de volta para onde ela havia deixado Maya.

A mulher mais velha estava lá de pé com uma expressão de total horror no rosto.

— Alguma coisa errada? — Gala perguntou, imaginando que fosse a reação apropriada. Ela estava determinada a se harmonizar com a sociedade humana o melhor que pudesse. Os livros e a Captura de Vida haviam lhe dado uma base teórica do comportamento normal, mas não havia substituto para a vivência no mundo real.

— Oh, a senhora está estragando esse belo vestido — Maya disse, apertando as mãos.

Gala piscou. Aquilo parecia estar realmente aborrecendo Maya. Analisando rapidamente a situação, ela chegou à conclusão de que a reação de Maya e sua maneira de reagir faziam sentido. O vestido que Blaise havia lhe dado devia ser excepcionalmente bonito e caro. Pelo que ela sabia, os humanos se dividiam em classes sociais — uma hierarquia complexa desnecessária que Gala não achava que tivesse qualquer argumento razoável. Por causa do vestido — e porque Maya e Esther haviam visto Gala em companhia de Blaise —elas presumiram que ela fosse uma feiticeira e, portanto, membro da classe superior.

Não era isso que Gala queria.

— Será que todos na cidade vão me chamar de senhora? — ela perguntou a Maya, franzindo a testa.

A velha mulher lhe deu um olhar reprovador. — Por ora, com esse vestido, chamarão. Se rolar no capim mais algumas vezes poderão achar que é uma garota órfã sem lar.

Ela pareceu irritada com aquela última possibilidade.

— Muito bem — Gala disse — Eu quero ser vista como uma das mulheres da vila. Segundo os livros, ela achava que as pessoas comuns não se comportariam com naturalidade diante de uma feiticeira. Ela queria se harmonizar e não chamar atenção.

Maya pareceu surpresa, mas se recuperou rapidamente.

— Neste caso — disse ela — vamos falar com Esther e ver o que podemos fazer.

Elas caminharam juntas em direção a outra mulher, que já havia terminado sua conversa com Blaise.

— Ela quer brincar de ser uma plebeia — Maya disse a Esther, gesticulando em direção a Gala.

— Como sabe que ela não é? — perguntou Esther, olhando para o vestido de Gala.

Maya bufou.

— O mestre Blaise não aceitaria ninguém que não fosse uma feiticeira. Sabe como ele é inteligente. Ele não teria nada a falar com uma garota comum.

Esther olhou a amiga de uma forma que deixou Gala confusa.

— O que houve entre você e o pai dele não é o que é comum entre casos de amor entre feiticeiros e plebeus — ela murmurou para Maya de forma bem baixa.

— Você é mãe de Blaise? — Gala perguntou a Maya, intrigada pela conversa. Embora a mulher mais velha não parecesse com Blaise, havia uma simetria agradável em suas feições, e isso também era algo que o criador de Gala possuía.

— Não, menina — Esther disse, sorrindo.

— Ela foi a vadia do pai dele depois que a mãe dele morreu.

— Eu fui amante dele! — Maya se aprumou até obter toda sua estatura, seus olhos brilhando de raiva.

— Vadia é a mesma coisa que prostituta? — Gala perguntou curiosamente — E se for, qual a diferença entre uma vadia e uma amante?

Em suas leituras, ela somente tinha se deparado com a palavra prostituta. Aparentemente, era uma profissão na qual a mulher vendia serviços sexuais para os homens. Era algo mal visto na sociedade Koldun, embora Gala realmente não entendesse o porquê. Baseado no que ela havia aprendido sobre sexo, parecia que a prostituição poderia ser uma forma agradável — e divertida — de ganhar a vida.

A intimidade física, em geral, era algo de profundo interesse para Gala. Ela sabia que a forma como os corpos dela e de Blaise reagiam quando se beijaram era de natureza sexual. A sensação estava dentre as sensações mais fascinantes que ela tinha vivenciado até agora e ela queria aprender o máximo que pudesse a respeito.

Em resposta à pergunta direta de Gala, Esther riu e Maya enrubesceu de um vermelho profundo antes de reagir em voz alta.

— Oh, não ... o que foi que eu disse? — Gala perguntou a Esther, envergonhada por seu óbvio lapso — Eu não quis ofender ...

Ela realmente precisava aprender como interagir adequadamente com as pessoas.

— Não se preocupe com isso, filha — Esther disse, ainda sorrindo — Maya é sensível demais a respeito desse assunto. Eu apenas impliquei um pouco com ela e você não fez nada de errado. Você apenas ficou curiosa.

— Então o pai de Blaise tinha relações sexuais com Maya? — Gala insistiu, querendo entender — E ele pagava por isso?

Esther encolheu os ombros, sorrindo.

— Bem, sim, minha menina, ele pagava. Porém acho que, mais tarde, Dasbraw realmente a amou. No início, ele só precisava de alguma coisa para distraí-lo da morte da esposa. Ele cuidou de Maya, claro, mas ela não dormia com ele pelo dinheiro ou pelos presentes. Apesar disso, eles não se casaram, obviamente, e ela se sente insegura por causa disso.

Eu gosto de implicar com ela, de vez em quando, fazer com que se zangue. Um dia desses ela provavelmente vai me estrangular enquanto durmo.

A velha mulher sorriu, aparentemente encantada com a perspectiva de um destino tão medonho — reação que Gala achou desconcertante.

— Pode me contar mais sobre os pais de Blaise? — Gala perguntou —Disse que a mãe dele morreu?

— Sim — Esther confirmou — Ela foi morta em um acidente de feitiço quando Blaise ainda era menino. O pai morreu bem depois. Blaise puxou a beleza de sua mãe, mas herdou a inteligência de ambos os pais. Tanto Dasbraw quanto Samantha eram do Conselho de Feiticeiros.

Havia um orgulho na voz dela e Gala percebeu que Esther sentia como os feitos dos pais de Blaise fossem seus. Provavelmente, teria algo a ver com a estrutura social predominante e como cada feiticeiro tinha seu povo, concluiu Gala.

— Louie, o irmão, havia nascido pouco antes de Samantha morrer. Eu cuidei do pequeno sozinha — prosseguiu Esther, com os olhos rasos d'água.

Gala olhou para ela, percebendo que o assunto perturbava emocionalmente a mulher. Ela tinha conseguido, de alguma forma perturbar as duas únicas mulheres humanas que ela havia conhecido.

— Sinto muito, menina — disse a velha mulher, enxugando as lágrimas — Eu fiquei muito apegada aos meninos. Quando Louie morreu, foi como se parte de mim morresse com ele.

Gala assentiu, sem saber o que dizer naquele caso. Ela se sentiu mal por a mulher estar sofrendo.

Como se sentisse seu incômodo, Esther lhe deu um sorriso vacilante e tentou mudar de assunto.

— Então, por que Blaise não lhe contou isso?

— Blaise e eu nos conhecemos recentemente — Gala explicou, esperando que a mulher não se intrometesse mais.

Esther não perguntou mais. Em vez disso, ela olhou calidamente para Gala.

— Eu notei que ele gosta de você — disse ela gentilmente — e tenho certeza de que vocês logo se conhecerão melhor.

Gala sorriu. Ouvir o que Esther disse fez com que ela se sentisse melhor. Embora fosse improvável que Blaise gostasse tanto dela assim, ainda era uma bela fantasia. Pelo que ela sabia sobre as emoções humanas, era preciso haver uma espécie de período de namoro, durante o qual os humanos geralmente se engajavam em relações sexuais — algo que ainda não havia ocorrido entre ela e Blaise, para decepção de Gala. É claro, ela também não era humana, e por isso ela não sabia se Blaise viria a gostar dela. Ela sabia que ele havia achado atraente a forma que ela assumira, mas não tinha certeza se seus sentimentos poderiam se expandir além de uma simples atração física.

— Que tal irmos até a casa para que você troque de roupa? — Esther sugeriu, interrompendo os pensamentos de Gala.

Assim que eles entraram na casa, Maya as saudou com um vestido nas mãos.

— Eu sinto muito — disse Gala, ainda preocupada com seu erro de conduta anterior — Eu não quis ofender.

— Tudo bem — disse Maya, dando a Esther um olhar malvado — Diferentemente dela, você não quis me ofender, por isso não precisa se desculpar. Você está entrando na idade adulta e provavelmente não conhece bem o mundo. Quantos anos você tem? Dezoito, dezenove?

Gala pensou por um instante.

— Tenho vinte e três — disse ela, inventando um número. Ela achou que não seria prudente contar para elas há quanto tempo ela realmente existia.

— Oh, claro — Maya não pareceu surpresa — As feiticeiras sempre parecem mais novas do que sua verdadeira idade. Nosso Blaise não parece ter mais de vinte e cinco, embora já esteja com trinta e poucos.

Gala sorriu, feliz por aprender mais um pouquinho sobre seu criador. Então, pegando o vestido que Maya lhe entregara, ela o analisou de forma crítica.

— Acham que fará com que eu pareça comum? — ela perguntou, esperando que aquele tecido fizesse com que ela andasse pela cidade sem ser notada.

Esther sorriu.

— Fazer com que você pareça comum é algo que requer alta magia, menina.

— Não fará com que você pareça comum — Maya entrou na conversa — mas fará com que você pareça menos uma dama, principalmente já que estará em companhia de duas encarquilhadas como nós.

— Se alguém perguntar, você é uma aprendiz — instruiu Esther — Nós somos as chamadas curandeiras da vila portanto, fazemos as vezes de parteiras, cuidados de ferimentos leves e, ocasionalmente, tomamos conta de crianças.

Gala fez que sim com a cabeça, pensativamente. Ela se lembrava de Blaise ter mencionado que ele tinha obtido a Captura de Vida de Maya e Esther. Sua profissão explicava como elas eram capazes de obter tantas gotas — e porque elas seriam principalmente de mulheres.

Pensar na Captura de Vida a fez lembrar de seu propósito ao ter vindo ali.

— Eu gostaria de conhecer a vila — disse ela, ávida por iniciar seu plano de conhecer o mundo.

Esther franziu o cenho.

— Vamos com calma. Quando foi a última vez que comeu? Você está parecendo um graveto — disse ela de forma desaprovadora.

Gala se sentiu insultada. Um graveto? Aquilo não soou bem. Ela havia visto gravetos. Eles os tinha achado finos, mas ela não achava que fosse um elogio chamar um ser humano disso. — Eu não estou com fome — disse ela, tentando não demonstrar a nota de mágoa em sua voz.

— Ah, então ela é uma feiticeira — disse Maya astutamente — Elas vivem de sol, como as árvores.

Esther resmungou.

— Oh, mesmo assim podem comer. Até mesmo Blaise come, às vezes. Quem sabe um pouco de comida de verdade coloque um pouco de carne nesses ossos dela.

E, sem esperar que Gala falasse alguma coisa, ela caminhou determinada para a cozinha.

— Será que pareço mesmo um pedaço de pau morto? — Gala perguntou a Maya, ainda remoendo o comentário sobre o graveto.

— O quê? — Maya parecia chocada — Não, claro que não, senhorita! Você é linda. Esther quer que todos comam — imagine, ela acha que estou magra demais!

Gala imediatamente se sentiu melhor. Maya era muito mais gorducha do que Gala, embora ela não possuísse as curvas abundantes de Esther.

— Coma algo, senhorita — Maya encorajou, sorrindo — Isso fará feliz aquela velha senhora.

— Claro, eu adoraria comer alguma coisa — Gala disse francamente. Era algo de novo para ela experimentar.

Alguns minutos depois, as três se sentaram à mesa da cozinha.

Gala rapidamente descobriu que a sensação de comer era agradável. Ela não havia tido uma única experiência de Captura de Vida com aquilo e, portanto, não fazia ideia do que esperar. Comer era, provavelmente, a segunda coisa mais agradável que ela havia experimentado, concluiu — sendo a primeira os beijos trocados com Blaise.

— Veja como ela devora o ensopado — Esther disse com satisfação — Não estava com fome uma ova. Aquele sustento de magia não é comida, saiba disso.

— Você devia ensinar nossa jovem aprendiz a cozinhar, para que ela faça ensopado para Blaise — Maya falou para Esther, mal contendo o riso e piscando para Gala.

— Acho que farei isso — Esther disse gravemente, franzindo o cenho para Maya — E vou mostrar a ela como assar pão. A mãe dele costumava cozinhar para Blaise, de vez em quando, e eu o via comendo.

Gala notou que as duas mulheres, paradoxalmente, gostavam e não gostavam uma da outra. Era muito estranho.

— Se vai ensinar a moça a cozinhar para Blaise, deve ensiná-la a preparar algo mais refinado do que essa lavagem —disse Maya com zombaria, aparentemente continuando com a implicância.

— Oh, eu não me importo em aprender a fazer esse ensopado maravilhoso — protestou Gala. Ela adorou o sabor gostoso do caldo em sua língua.

As duas mulheres começaram a rir.

— Eu acho que ela falou de verdade — Maya disse entre ondas de gargalhadas.

Gala ficou enormemente confusa.

— Eu gostaria de aprender a fazer isso — ela insistiu.

Maya sorriu para ela.

— Basta pegar cebola, alho, repolho, batatas e frango e colocar tudo numa panela por umas duas horas. Oh, e não esqueça de colocar sal suficiente e mexer adequadamente.

— Olha, pelo menos a minha comida é melhor que a sua, sua velha encarquilhada — disse Esther, e as duas mulheres riram novamente, reforçando a impressão de Gala sobre a estranheza da relação entre elas.

CAPÍTULO VINTE

※ BARSON ※

Derramando uma jarra de água fria no rosto de Siur, Barson observou calmamente enquanto o traidor recobrava a consciência, tossindo e cuspindo.

— Bem-vindo de volta — disse ele, observando divertidamente enquanto o homem percebia que estava no quarto de Barson, amarrado de forma segura à coluna de madeira que sustentava o teto elevado e convexo.

— Vai me torturar agora? — Siur parecia amargo — É o que pretende?

Barson lentamente sacudiu a cabeça.

— Não, eu não preciso fazer nada tão bárbaro assim — disse ele, fazendo um gesto para a grande esfera em forma de diamante que ficava no meio do aposento.

Os olhos de Siur se arregalaram.

— Onde conseguiu aquilo?

— Estou vendo que sabe o que é. Isso é bom — Barson disse, sorrindo de modo frio para o homem.

Levantando-se, ele pegou a Esfera de Captura de Vida e esfregou no ombro de Siur, que ainda sangrava, antes de colocá-la de volta.

— Agora, todo pensamento — cada memória que vier à sua mente — será de meu conhecimento.

Siur olhou pare ele com o rosto praticamente sem sangue.

— As pessoas falam qualquer coisa mediante tortura — Barson explicou calmamente — Eu descobri que essa é uma maneira muito melhor de conseguir respostas verdadeiras. Você pode falar, saiba disso. Se eu tiver que extrair informações de sua mente, eu farei tudo para que todos saibam que você é um rato traidor.

— E se eu falar?

Havia um pequeno raio de esperança no rosto largo de Siur.

— Então, eu direi que morreu em combate, como deveria um soldado honrado.

Siur engoliu em seco, parecendo levemente mais aliviado. Ele obviamente sabia que esta seria a melhor opção a essa altura. Morrer em combate significaria que sua família seria amparada e que seu nome seria respeitado.

— O que o senhor quer saber? — perguntou ele, erguendo o olhar ao encontro do olhar de Barson.

Barson reprimiu um sorriso satisfeito. Havia um motivo para ele ter estudado a guerra psicológica tão a fundo. Agora a difícil tarefa terminaria rapidamente.

— Quem comprou informações de você? — perguntou ele observando cuidadosamente o homem. Ele já sabia a resposta, mas mesmo assim queria ouvi-la em voz alta.

— Ganir — Siur respondeu sem hesitação.

— Ótimo — Barson suspeitava que o velho feiticeiro estava por trás dos desaparecimentos. A ironia de usar a própria invenção de Ganir contra seu espião não passou despercebida a Barson.

— E há quanto tempo você o informa?

— Não faz muito tempo — Siur respondeu — Somente nos últimos meses.

O olhar de Barson se apertou.

— E quem o informava antes de você?

— Jule.

Fazia sentido. Barson se lembrou que o jovem guarda havia sido morto em combate há menos de seis meses. Era bastante compreensível que Jule ficasse tentado pelo dinheiro de Ganir. Para um soldado de graduação inferior, isso poderia ser bem atraente. A traição de Siur era bem pior. Ele fazia parte do grupo fechado de Barson e poderia ter causado um verdadeiro dano como espião.

— O que disse a Ganir?

Siur encolheu os ombros.

— Eu contei o que sabia. Que você tinha se encontrado com aqueles dois feiticeiros.

— Dois? — Barson expirou, tentando esconder seu alívio. Quando dois dos cinco feiticeiros com os quais havia falado desapareceram, ele ficou profundamente alarmado, esperando o pior. Ele também percebera que era necessário que houvesse um espião entre eles — alguém próximo dele que poderia ter visto ou sabido de alguma coisa.

O fato de Siur não saber dos outros visitantes havia sido um incrível golpe de sorte, assim como o fato de que nenhum dos feiticeiros soubesse de muita coisa de valor. Eles haviam apenas iniciado discussões preliminares, e Barson tinha tido o cuidado de não mostrar todos seus trunfos. Se Ganir tivesse êxito em interrogá-los, ele não teria sabido de nada especialmente incriminador. De fato, perder dois potenciais aliados era um preço pequeno a pagar por descobrir a traição de Siur.

— Ganir os matou? — Barson perguntou suavemente.

— Eu não sei — Siur admitiu — Eu só sei que eles desapareceram.

Barson riu brevemente.

— Sim, eu notei isso. Foram explorar tempestades oceânicas — Ganir disse — Agora me diga, Siur, por que não foi nessa missão?

— Ganir me disse para não ir.

— Então você sabia sobre os três mil homens, ao invés de trezentos?

— O quê? — Siur parecia genuinamente chocado — Não, eu não sabia. Havia três mil camponeses?

— Sim — Barson disse, sem saber se devia confiar no homem.

— Eu não sabia — Siur disse — Capitão, eu não sabia, eu juro! Eu teria lhe avisado, se soubesse.

Barson olhou para ele. Talvez tivesse feito isso. Havia uma grande diferença entre vender informação e enviar todos seus colegas para a morte.

Siur manteve o olhar, o rosto pálido e suando.

— Vai me matar agora? Eu lhe contei tudo que sabia.

Barson não respondeu. Andando até a Esfera, ele a trouxe de volta e a pressionou novamente contra o ferimento de Siur, concluindo a gravação. Ele teria que ficar atento agora, para ter a certeza de que os pensamentos de Siur se encaixavam com suas palavras. Pegando a gota que havia se formado dentro do entalhe da Esfera, ele cuidadosamente a colocou embaixo da língua e deixou que ela tomasse conta de sua mente.

Quando Barson voltou a ser ele mesmo, ele deu um olhar sombrio a Siur.

— Você contou a verdade. Como sou um homem de palavra, seu bom nome está a salvo.

— Obrigado.

Tremendo visivelmente, Siur fechou os olhos, apertando-os.

Um zunido da espada de Barson e o traidor deixou de existir.

* * *

Limpando o sangue de sua espada, Barson caminhou para os aposentos de Augusta. Ele tinha achado suspeito que Ganir quisesse falar com ela. Ele duvidava que o velho feiticeiro pudesse ter sabido do envolvimento de Augusta na batalha tão rapidamente, o que deixou apenas duas possibilidades.

Ganir ou a usava para espionar Barson também — ou suspeitava dela, como havia acontecido com os dois feiticeiros que tinham ido 'explorar tempestades'.

Barson considerou a primeira possibilidade — um pensamento que havia ocorrido a ele no passado. Porém, de alguma forma ele não conseguia ver Augusta como uma espiã. Ela era bastante evidente com relação a não gostar de Ganir e era orgulhosa demais para se deixar ser usada daquela maneira. Se pensasse bem, ela poderia ser a que tramava alguma coisa, em vez de ser o peão de alguém.

Isso deixava a outra opção — que Ganir soubesse que Augusta era amante de Barson e que quisesse agir contra ela. Mas isso também parecia improvável. Ela era membro do Conselho e, na verdade, bem poderosa. Fazer com que ela desaparecesse seria um grande desafio. De fato, se Ganir tentasse se impor com Augusta havia a chance de que ela fizesse com que o problema de Ganir desaparecesse.

Então, o que Ganir queria com Augusta? Para sua frustração, Barson não estava perto de descobrir isso.

Ao entrar no quarto de Augusta, ele ficou aliviado ao vê-la ali, trocando de roupa. E, para surpresa dele, viu que uma pequena parte dele *tinha se* preocupado com a segurança dela. Racionalmente, ele sabia que ela era mais do que capaz de se cuidar, mas o lado primitivo dele não pode deixar de pensar nela como uma mulher delicada que precisava de proteção.

— Vai a algum lugar? — ele perguntou, notando que ela estava colocando um de seus vestidos para ocasiões especiais. Feito de uma seda de vermelho profundo, fazia com que sua pele dourada brilhasse.

— Eu preciso resolver uma coisa — disse ela — um tanto evasiva, pensou ele.

Barson reprimiu uma explosão de raiva. Ele não era tolo. Da última vez que ele a vira usar um vestido assim fora em uma das festas de primavera. Será que ela estava se vestindo para algo — ou para alguém? Será que isso teria a ver com a conversa que ela teve mais cedo?

Só havia um jeito de descobrir.

Chegando-se até ela, Barson colocou os braços em torno de sua cintura fina e abaixou a cabeça para esfregar seu nariz em seu rosto macio.

— O que Ganir queria?, ele murmurou, beijando o lóbulo externo da orelha dela.

— Não tenho tempo para falar disso agora — disse ela, livrando-se do abraço dele de uma maneira incomum, com rejeição — Vejo você quando eu voltar.

E em um rodopio de saias de seda e de perfume de jasmim ela saiu do aposento, deixando Barson zangado e confuso.

CAPÍTULO VINTE E UM

❊ AUGUSTA ❊

Saindo da Torre, Augusta subiu em sua espreguiçadeira e seguiu para a casa de Blaise, se fortificando mentalmente para o futuro encontro. Ela sentia que seu coração batia mais rápido e que as palmas das mãos estavam suadas, só de pensar em rever Blaise — o homem que a rejeitara, o homem que ela ainda não conseguira esquecer. Mesmo agora que ela tinha encontrado algum tipo de felicidade com Barson, as lembranças de seu tempo com Blaise eram uma ferida que não havia curado totalmente — doendo com a menor provocação.

Fechando os olhos, ela deixou que o vento soprasse em seus longos cabelos escuros. Ela adorava a sensação de voar, de estar no alto, no ar, acima das preocupações mundanas e das simplórias vidas das pessoas no solo. De todos os objetos mágicos, a espreguiçadeira era sua favorita porque nenhum plebeu podia manejá-la. Voar requeria saber magia oral básica e os não feiticeiros não conseguiriam mais do que flutuar vagarosamente seguindo até a morte.

Ao passar pela Praça da Cidade, ela tomou a decisão impulsiva de descer diante de uma das lojas de mercadores. Lá, entre o barulho e a agitação do mercado, naquele dia lindo de fim de primavera, era difícil ficar negativo. Talvez houvesse uma boa explicação para a obsessão de Blaise com as gotículas de Captura de Vida pensou ela, com esperança. Talvez ele estivesse realizando algum tipo de experiência. Afinal, ela sabia que ele sempre se interessara por questões da mente humana.

Caminhando até uma das barracas a céu aberto, ela comprou algumas tâmaras bem gorduchas. Eram o petisco preferido de Blaise, quando ele se permitia estimular seu paladar com algo doce. Seria uma boa oferenda de paz, presumindo que Blaise concordasse em recebê-la. Feliz com a compra — e totalmente ciente da inutilidade disso — ela retomou seu voo.

A casa do ex-noivo não era longe, na verdade, ficava a uma distância a pé da Praça da Cidade. Blaise era um dos poucos feiticeiros que haviam mantido uma residência separada em Turingrad, em vez de passar todo o tempo na Torre. Ele havia herdado a casa de seus pais e achava tranquilizante ir para lá à noite, em vez de ficar na Torre para um contato social com os outros. Quando ela e Blaise estavam juntos, ela também passava muito tempo na casa dele — tanto que, na verdade, ela até possuía um quarto para si, na casa.

Pensar novamente na casa lhe trouxe recordações agridoces. Eles costumavam caminhar ocasionalmente juntos da casa até a Praça da Cidade e ela se lembrava como sempre falavam de seus mais recentes projetos, discutindo-os entre si, em todos os detalhes. Era uma das coisas das quais ela mais sentia falta atualmente — aquelas conversas intelectuais, a troca de ideias de lá e de cá. Embora Barson fosse uma pessoa interessante, ele jamais seria capaz de lhe dar isso. Somente outro feiticeiro do calibre de Blaise poderia fazer isso — e não havia nenhum, pelo menos que Augusta soubesse.

Finalmente ela chegou lá, diante da casa de Blaise. Apesar de sua localização no centro de Turingrad, parecia uma casa de campo — uma mansão majestosa de pedra cor de marfim cercada por lindos jardins.

Aproximando-se cautelosamente, Augusta subiu alguns degraus e bateu à porta. Então, ela respirou fundo, aguardando uma resposta.

Ele não veio.

Ela bateu com mais força.

Sem efeito.

Com ansiedade crescente, Augusta esperou alguns minutos, imaginando que Blaise estivesse no andar de cima e não tivesse ouvido suas batidas.

Mesmo assim, nada. Era hora de medidas mais drásticas.

Lembrando-se um feitiço oral que ela tinha à mão, Augusta começou a recitar as palavras, substituindo algumas variáveis para evitar assustar toda a cidade. Esse feitiço, em especial, era feito para criar um som extremamente alto — só que, com as alterações que ela havia feito, ele seria ouvido apenas dentro da casa de Blaise. Felizmente, o código para fazer o ar vibrar ao acaso em uma amplitude correta era relativamente fácil. Seguindo a simples cadeia lógica com a ladainha da Interpretadora, ela colocou as mãos contra os ouvidos para bloquear o barulho que vinha de dentro do prédio.

O som era tão forte que ela praticamente sentia as paredes da casa vibrando. Não havia como Blaise ignorar isso. Ele, com certeza, ficaria quase morto com aquele feitiço — e bem furioso. Provavelmente não seria a melhor forma de começarem sua conversa, mas era a única forma na qual ela conseguia pensar para chamar a atenção dele. Ela preferia lidar com um Blaise furioso do que com o viciado que ela começava a achar que iria encontrar.

O fato de ele não reagir ao barulho significava muito. Somente alguém absorvido em uma Captura de Vida teria ficado imune ao feitiço que ela acabara de lançar. A alternativa — de que ele finalmente tivesse saído de casa depois de meses vivendo como um eremita — era uma possibilidade improvável, embora Augusta não pudesse deixar de se agarrar à essa pequena esperança.

O assustador de uma Captura de Vida era o fato de que as pessoas viciadas nelas, às vezes, morriam.

Elas ficavam tão absortas em viver a vida de outros que negligenciavam a própria saúde, esquecendo-se de comer, de dormir e até mesmo de beber. Embora os feiticeiros pudessem manter seus corpos com magia, eles precisavam fazer feitiços para manter seus níveis energéticos. Um feiticeiro viciado em Captura de Vida ficaria quase tão vulnerável quanto uma pessoa comum, se ele ou ela se esquecesse de realizar o feitiço adequado.

Ali, de pé, diante da porta, Augusta percebeu que ela tinha que tomar uma decisão. Ela ou poderia informar a falta de resposta a Ganir, ou poderia se arriscar a entrar.

Se fosse a casa de um plebeu, seria fácil. No entanto, a maioria dos feiticeiros possuía defesas mágicas colocadas contra entradas não autorizadas. Na Torre, eles frequentemente realizavam feitiços para evitar que suas trancas fossem adulteradas. No entanto, pelo que ela lembrava, Blaise raramente se dava ao trabalho de fazer isso. Tentar destrancar sua porta com o uso da feitiçaria era, provavelmente, sua melhor opção.

Logo após um feitiço rápido, ela entrou pelo corredor, vendo a mobília e os quadros conhecidos nas paredes.

Em busca do próprio Blaise ou de provas de seu vício, Augusta caminhou lentamente através da casa vazia, com o coração doendo pela enxurrada de memórias. Como isso podia ter acontecido com eles? Ela devia ter lutado mais por Blaise. Ela devia ter tentado explicar, fazer com que ele entendesse.

Talvez ela devesse ter até engolido seu orgulho e se humilhado — uma ideia que pareceu impensável naquela época.

Começando pelo andar de baixo, Augusta foi até o depósito, onde ela lembrava que ele guardava importantes suprimentos de magia. Abrindo gavetas, ela encontrou vários vidros com gotículas de Captura de Vida, mas não havia nada de extraordinário nisso. A maioria dos feiticeiros — até a própria Augusta, em algum grau — usava a Captura de Vida para registrar eventos importantes de suas vidas ou de seu trabalho.

Um armário chamou sua atenção. Nele, ela viu mais vidros que não pareciam estar relacionados com a feitiçaria. Blaise sempre etiquetava tudo, por isso, ela se aproximou, tentando ver o que estava escrito neles.

Para sua surpresa, ela viu que em todos os vidros havia uma palavra: Louie. Provavelmente eram as memórias de Blaise de seu irmão, pensou ela. O fato de que ele ainda as mantivesse — que não as tivesse consumido como um viciado teria feito — lhe deu uma pequena esperança. Um dos vidros parecia especialmente intrigante. Havia um símbolo de uma caveira e de um osso nele, como os curandeiros costumavam usar para marcar poções fatais. Ela não fazia ideia do que pudesse ser.

No canto da sala, ela viu alguns vidros quebrados no chão. Dentre pedaços de vidro, havia mais gotículas, jogadas lá, como se fossem lixo. Curiosa, Augusta se aproximou do canto.

Para seu espanto, em alguns dos vidros ela viu etiquetas com o nome dela neles. As memórias de Blaise a respeito dela... Ele deve tê-las jogado fora em um ataque de raiva. Fechando os olhos, ela respirou de forma profunda e arrepiante, tentando evitar que caíssem as lágrimas que ardiam em seus olhos. Ela não tinha imaginado que essa visita fosse ser tão dolorosa, as recordações tão vivas.

Abaixando-se, ela guardou uma das gotículas, fazendo o possível para evitar cortar a mão nos cacos de vidro que jaziam em volta. E então, tentando se reequilibrar, ela saiu do aposento e seguiu para cima.

À sua volta, ela via peitoris empoeirados e mobília parecendo mofada. Qualquer que fosse o estado mental de Blaise, ele obviamente não cuidava da casa. Pelo que lhe constava, isso não era um bom sinal...

Indo de aposento em aposento, ela percebeu que Blaise não estava em casa. Aliviada, Augusta ficou ciente de que ele, finalmente, havia saído de casa. Isso *era* um bom sinal, já que os viciados raramente saíam desnecessariamente. A não ser que ficassem sem Captura de Vida — o que não ocorrera a Blaise, a julgar pelos vidros que havia na parte de baixo da casa. Será que Ganir estava errado de novo? Afinal de contas, aparentemente seus espiões haviam lhe informado mal sobre o tamanho do exército de camponeses que o exército de Barson enfrentaria. Por que não aqui também? Mas estivessem enganados, o que então Blaise queria com todas as Capturas de Vida que obtinha?

Consumida pela curiosidade, ela entrou mais uma vez no estúdio de Blaise e o local familiar fez com que seu peito se apertasse. Eles haviam passado tanto tempo ali, juntos, explorando novas metodologias de códigos. Era ali que haviam inventado a Pedra Interpretadora e a linguagem secreta simplificada que a acompanhava — uma descoberta que havia transformado todo o campo da feitiçaria.

Talvez ela devesse sair dali agora. Era óbvio que Blaise não estava em casa e Augusta não se sentia mais à vontade invadindo a privacidade dele dessa forma.

Voltando-se, ela começou a sair do aposento quando um conjunto de pergaminhos abertos chamou sua atenção. Eram antigos e intrincados, lembrando-lhe o tipo de escrituras que ela havia visto na biblioteca de Dania, outro membro do Conselho. Como se seus pés tivessem vontade própria, Augusta se viu perto dos pergaminhos e pegando-os.

Para seu espanto, ela viu que haviam sido escritos por Lenard, o Grande, em pessoa — só que ela jamais havia visto aquelas notas antes. Ela e Blaise tinham estudado tudo que o grande feiticeiro havia feito. Sem a base de conhecimento deixada por Lenard e seus alunos, eles jamais teriam sido capazes de criar a Pedra Interpretadora e a linguagem de magia que a acompanhava. Ela deveria ter visto esses pergaminhos antes, e o fato de ela os estar vendo agora pela primeira vez era inacreditável.

Lendo-os às pressas, incrédula, Augusta tomou ciência da extensão do conhecimento rico que Blaise escondia do mundo. Esses antigos pergaminhos continham as teorias nas quais Lenard, o Grande, havia baseado seus feitiços orais — teorias que haviam fornecido um vislumbre do próprio Reino da Feitiçaria.

Por que Blaise não contou a todos sobre eles? Agora, ainda mais curiosa, ela pegou outro grupo de anotações que estavam na mesa.

Era um diário, notou ela imediatamente — o registro de Blaise sobre seu próprio trabalho.

Fascinada, Augusta folheou os papéis e começou a ler.

E enquanto lia, ela sentia a fina penugem atrás de seu pescoço se erguer. O que as anotações continham era tão horripilante que ela mal podia crer em seus olhos.

Deixando de lado o diário, ela deu um olhar desesperado pelo estúdio, querendo se convencer de que isso não podia ser real — que tudo eram divagações de um louco. Seu olhar parou na Esfera de Captura de Vida e ela viu uma única gota brilhando em seu interior.

Chegando até a ela com mãos trêmulas, ela a colocou na boca, deixando que a experiência a consumisse.

* * *

Sentado em seu estúdio, Blaise não conseguia parar de pensar em Gala — sobre sua fantástica e bela criação. Fechando os olhos, ele a viu em sua mente — os traços perfeitos de seu rosto, a profunda inteligência brilhando em seus olhos misteriosos. Ele imagina o que seria dela. Agora, ela era como uma criança, nova para tudo, mas ele já vislumbrava o potencial de seu intelecto e a capacidade de ir além de qualquer coisa que o mundo já tivesse visto.

Sua atração por ela era tão assustadora quanto preocupante. Ela era criação dele. Como ele podia se sentir assim a respeito dela? Mesmo com Augusta, ele não havia experimentado esse tipo de ligação imediata.

Tentando reprimir aqueles pensamentos, ele voltou sua atenção para o assunto fascinante de sua origem. A forma como ela havia descrito o Reino do Feitiço era fascinante. Ele daria tudo para testemunhar suas maravilhas pessoalmente.

Talvez houvesse uma maneira. Afinal, a mente de Gala era bastante parecida com a humana e ela havia sobrevivido lá . . .

* * *

Resfolegando, Augusta voltou a ser ela mesma. Respirando pesadamente, ela olhou em volta do estúdio, voltando como em um filme o que ela acabara de ver. O que Blaise havia feito? Que tipo de monstruosidade ele havia criado?

Era um desastre de proporções épicas. Se Augusta entendera corretamente, Blaise havia feito uma inteligência não humana. Uma mente artificial que ninguém — nem mesmo o próprio Blaise — podia entender. O que essa criatura queria? Do que ela seria capaz?

Espontaneamente, um velho mito sobre um feiticeiro que havia tentando criar a vida surgiu na mente de Augusta, fazendo com que seu estômago se contorcesse. Era o tipo de história em que os camponeses e as crianças acreditavam e, logicamente, Augusta sabia que não havia verdade nisso. Mas mesmo assim ela não podia deixar de pensar nisso, lembrando-se da primeira vez em que lera a história de terror, quando criança — e como ela se assustara então, acordando aos gritos por pesadelos de uma criatura aterrorizante que matara seu criador e a vila inteira. Mais tarde, Augusta ficara sabendo da verdade — que o feiticeiro em questão havia experimentado de fato um cruzamento de várias espécies de animais e que uma de suas criações (um híbrido de lobo e urso) havia escapado e criado o terror na cidade vizinha. Mesmo assim, já era tarde. A história havia deixado uma impressão indelével na mente jovem de Augusta e mesmo adulta, a ideia de uma vida não natural a aterrorizava.

A criação de Blaise, no entanto, não era mito. Ela — *aquilo* — era um monstro artificialmente criado com poderes potencialmente ilimitados. Pelo que se sabia, poderia destruir o mundo e todos os seres humanos que o habitavam.

E Blaise se sentia atraído por ela. Esse pensamento deixava Augusta tão mal que ela poderia até vomitar.

Não. Ela não podia deixar que isso acontecesse. Ela tinha que fazer alguma coisa. Pegando os pergaminhos de Lenard, Augusta os colocou em sua bolsa. Então, consumida pela raiva e pelo medo, ela direcionou suas emoções para um feitiço de limpeza com fogo — e o liberou pelo aposento.

CAPÍTULO VINTE E DOIS

※ BLAISE ※

Voando de volta para casa, Blaise tentou se convencer de que ele havia feito a coisa correta — que Gala precisava ver o mundo por si, vivenciar tudo que ela quisesse. O fato de que ele já sentisse falta dela não era bom motivo para limitar a liberdade de Gala.

Sua viagem de volta foi bem mais rápida do que seu voo para a vila. Ele, propositalmente, havia ido mais devagar, dando a Gala a chance de ver Turingrad. Mas, agora, não havia motivo para se demorar. Ele conhecia a cidade como a palma de sua mão e havia memórias desagradáveis demais associadas a essa visão — principalmente aquela da silhueta sombria da Torre.

Passando pela Praça da Cidade, ele se lembrou de como Esther brigava com ele por mergulhar na fonte, quando criança. Quando menino, ele gostava de mergulhar em busca de moedas e ela sempre o repreendia, dizendo que era inadequado para um filho de feiticeiro nadar na água suja da fonte.

Pensando em Esther e vendo as pessoas abaixo, ele refletiu sobre o que elas tinham tentado fazer por ele. Ele havia querido lhes dar o poder de fazer magia, melhorar suas vidas. E, ao invés disso, ele terminou criando algo milagroso — uma mulher linda e inteligente que estava mais longe de ser um objeto inanimado do que qualquer outra coisa que ele pudesse imaginar. Ele podia ter falhado em sua tarefa original, mas ele não podia se arrepender de Gala estar ali. Conhecê-la já havia clareado imensamente sua vida. Pela primeira vez, desde a morte de Louie, Blaise sentiu algum tipo de empolgação — até mesmo de felicidade.

Ficar sem ela nos próximos dias seria um desafio. Precisava encontrar algo para fazer, para ocupar sua mente, decidiu Blaise.

Uma coisa que lhe ocorreu foi o desafio de descobrir porque Gala não conseguia fazer magia. Afinal de contas, ela era uma inteligência nascida no Reino do Feitiço, ela devia ter a habilidade de fazer magia diretamente, sem ter que contar com todos os feitiços e convenções que os feiticeiros usavam. Devia ser tão natural para ela como respirar — e mesmo assim não parecia ser, pelo menos por ora.

O que aconteceria se uma mente humana comum fosse parar no Reino do Feitiço? Uma ideia louca surpreendeu Blaise por sua simplicidade. Aquela mente morreria imediatamente — ou ela seria capaz de voltar para o Reino Físico, talvez imbuída de novos poderes e habilidades?

Quanto mais ele pensava nisso, mais empolgante parecia a ideia. A forma como Gala havia descrito o Reino do Feitiço tinha sido maravilhosa, e seria incrível se uma pessoa—talvez ele mesmo — pudesse vê-lo (ou experimentá-lo usando qualquer sentido que fosse usado como visão naquele lugar).

Seria insano por parte dele tentar ir até lá? Entrar no Reino do Feitiço ele mesmo? A maioria das pessoas acharia que sim, ele sabia disso, mas a maioria das pessoas não tinha uma visão verdadeira, raramente assumindo riscos daquele tipo, que levam à verdadeira grandiosidade.

O que aconteceria se ele conseguisse entrar no Reino do Feitiço? Será que teria os mesmos poderes que ele suspeitava que Gala possuía? Se assim fosse, ele seria imbatível — o feiticeiro mais poderoso que já existira. Ele seria páreo para Gala e, caso ela ainda não dominasse a magia então, ele poderia até ensiná-la a aproveitar suas habilidades inerentes. Ele poderia fazer o que somente havia sonhado até agora: implantar uma mudança real, uma melhora verdadeira no mundo.

Ele seria uma lenda, como Lenard, o Grande.

Respirando fundo, Blaise disse a si mesmo para se acalmar. Tudo isso era ótimo na teoria, mas ele não fazia ideia se isso era possível ou seguro, na prática. Ele teria que ser prático e metódico em sua abordagem.

Afinal, agora ele tinha algo — ou melhor, alguém — muito importante por quem viver.

* * *

Aterrissando perto de sua casa, Blaise olhou, em choque, para a espreguiçadeira vermelha diante de sua porta.

Uma espreguiçadeira muito conhecida — uma que já fora o protótipo para todas.

A espreguiçadeira de Augusta.

E ela estava diante da casa.

O que sua ex-noiva estaria fazendo ali? Blaise sentiu seu coração acelerar por um misto de raiva e ansiedade. Por que ela teria vindo ali logo hoje?

Segurando-se mentalmente, ele abriu a porta e entrou na casa.

Ela descia as escadas quando ele entrou no amplo saguão de entrada. Ao vê-la, Blaise sentiu a dor aguda familiar. Ela era tão deslumbrante quanto ele se lembrava, seu cabelo castanho escuro macio e arrumado no alto da cabeça, seus olhos cor de âmbar como moedas antigas. Ele não pôde evitar comparar sua aparência sensual e morena com a beleza pálida e sobrenatural de Gala. Quando Augusta sorria, ela frequentemente parecia travessa, mas a expressão em seu rosto agora era de espanto e medo.

— O que você fez? — sussurrou ela, olhando para ele — Blaise, o que você fez?

Blaise sentiu que seu sangue congelava. De todas as pessoas, Augusta era uma das poucas que poderia ter entendido as anotações dele tão rapidamente.

— O que você está fazendo aqui? — ele perguntou, tentando ganhar tempo. Talvez estivesse enganado. Talvez ela não soubesse de tudo.

— Eu passei para ver como você estava —Sua voz estava um pouco abalada — Queria ver se você estava bem. Mas você não está, está? Você enlouqueceu completamente.

— Do que está falando? — Blaise interrompeu.

— Eu estou sabendo da abominação que você criou.

Os olhos dela brilhavam muito.

— Eu sei sobre essa coisa que você colocou à solta no mundo.

— Augusta, por favor, acalme-se . . ..

Blaise tentou injetar um tom calmante em sua voz.

— Vamos conversar sobre isso. De que exatamente está me acusando?

O rosto dela se inflamou subitamente com uma cor.

— Estou acusando você de criar uma criatura terrível através da magia e que pode pensar por si mesma — ela silvou, fechando os punhos — Um horror que, para sua própria surpresa, assumiu a forma humana!

Então ela sabia de tudo. Isso era ruim. Muito ruim. Blaise não podia deixar que ela fosse até o

Conselho com aquela informação, mas como ele poderia impedi-la?

— Veja, Augusta — disse ele, falando de forma adequada — acho que você entendeu mal a situação. É verdade que eu criei um objeto inteligente, mas eu falhei. Eu não tive êxito.

— Não minta para mim! — gritou ela, e ele foi atingido pela incomum perda de compostura por parte dela.

Ele jamais a vira nesse estado antes. Em todos os anos em que a conhecia, ela havia erguido a voz somente pouquíssimas vezes.

— Eu sei que tem as anotações de Lenard, que você escondeu de todos — disse ela, furiosa.

— Você é o suprassumo da hipocrisia. Você, que sempre disse que o conhecimento devia ser compartilhado, mesmo entre os plebeus. Ah, e antes de me insultar com mais mentiras, você deve saber que eu usei a gotícula em sua Esfera. Eu sei que você criou e que essa coisa tomou forma humana — e eu vi sua reação pervertida a ela. Se o olhar matasse, a expressão no rosto dela teria feito dele uma pilha de pó.

— Está enganada — Blaise disse acaloradamente, pensando que não tinha mais nada a perder.

— Ela viveu por um tempo, mas voltou para o Reino do Feitiço logo depois de eu ter feito aquele registro. Sua manifestação no Reino Físico não era estável. Você viu as anotações. Sabe que deixei sua forma física inconclusa.

Ela olhou para ele, seus olhos brilhantes de emoção.

— Mentiroso. Não acredito em uma única palavra que disse. Você nem sabe o que fez. Essa coisa pode levar à extinção de toda a nossa raça.

— O quê? — Blaise falou de forma incrédula. — Como poderia levar à extinção de nossa raça? Mesmo que fosse estável, isso não faz sentido.

— Não é humano! — Augusta estava claramente descontrolada — É uma criatura artificial com poderes inimagináveis. Você não sabe do que ela é capaz. Sabe-se lá se é capaz de nos varrer todos com um piscar de seus belos olhos azuis!

— Augusta, ouça aqui — Blaise tentou raciocinar com ela — *Ela* é inteligente—altamente inteligente. Ela não teria motivos para fazer algo tão cruel. Com a inteligência vem a benevolência. Eu sempre acreditei nisso.

— Só porque você acredita, não quer dizer que seja verdade — disse ela, com a voz tremendo de raiva.

— E, mesmo que esteja certo, mesmo que essa coisa não pretenda nos fazer mal agora, sua mera existência nos coloca em risco. Se ela tem sua própria inteligência — uma inteligência artificial que foi criada, não nasceu — ela pode gerar mais criaturas como ela, talvez até mesmo mais espertas e mais poderosas. E então, essas novas abominações criarão algo ainda mais assustador, e esse ciclo poderá prosseguir até que não sejamos mais que formigas para esses seres. Eles vão nos pisar como se fôssemos baratas. Guarde minhas palavras, isso será o início do fim.

Blaise olhou chocado para Augusta, assolado pela ideia de que Gala estivesse criando outros como ela. Ele não havia considerado essa possibilidade antes, mas fazia sentido, de uma forma estranha. Só que ele não via isso como uma coisa ruim, como Augusta via. Na verdade, ele pensava nisso com empolgação, isso poderia ser o desenvolvimento que, finalmente, mudaria o mundo para melhor. Ele visualizava seres altamente inteligentes, que sabiam tudo, todo-poderosos que veriam a humanidade como sua raça genitora . . . e a visão era tremendamente atraente.

E, então, lhe ocorreu outra possibilidade. Se ele tivesse sucesso em ir para o Reino do Feitiço e obter poderes, então a linha entre os seres que ele acabara de visualizar e os humanos se tornaria indistinta. Mesmo se os medos de Augusta tivessem fundamento na realidade — o que ele fortemente duvidava — os seres humanos poderiam acabar sendo iguais a essas maravilhosas criaturas.

É claro, compartilhar esses pensamentos com Augusta não seria o passo mais sábio a essa altura.

— Olha, Augusta, mesmo que você esteja certa — disse ele — esses seres não iam querer nos fazer mal. Eles seriam muito parecidos conosco. Com uma inteligência maior, eles certamente possuíram uma ética que estaria acima da nossa. Não temos nada a temer.

— Você é um tolo. A expressão de Augusta estava cheia de escárnio. — Será que essa moralidade o impede de esmagar um incômodo inseto?

— Se eu soubesse que o pequeno importuno tivesse ciência de sua existência, eu não o mataria — Blaise estava firmemente convencido daquele fato — E, se eu soubesse que era meu criador, certamente não faria isso,

— Você está cego pela volúpia — ela silvou, seus traços belos se transformando em algo feio — Não é humano! Essa sua criatura não é real. Ela não vai amar você, como você deseja. Você a projetou sendo capaz de ter emoções? De amar?

E sem dar chance de resposta a Blaise, ela falou com sarcasmo:

— Não, claro que não. Você nem sabia que ia parecer uma mulher.

Blaise sentiu um lampejo crescente de raiva e o reprimiu com esforço.

— Você não faz ideia do que está falando — disse ele, de forma equilibrada — Você não a conhece.

—Oh, e você conhece?

Seus olhos se estreitaram formando uma linha.

— Está com ciúme? — Blaise perguntou incrédulo — É isto? Você e eu já acabou. Acabou desde que você votou a favor do assassinato de meu irmão!

— Ciúme? — Ela parecia lívida — Por que eu ficaria com ciúme dessa, dessa... *coisa*? Não passa de algumas tiras de código e experiências de alguns camponeses nojentos. Eu tenho um homem agora — um homem de verdade, e não um eremita que se esconde de seus livros e teorias!

— Está bem — Blaise falou rapidamente, segurando sua moderação por um fio — Então não vai interferir em minha vida novamente.

— Oh, não se preocupe, não farei isso — disse ela, com voz baixa e furiosa — Não estará lidando comigo — será com o Conselho. E ela começou a descer as escadas, em direção a Blaise.

— Você não vai levar isso para aqueles covardes!

Blaise sentiu sua própria raiva começando a sair do controle. Ele *não* deixaria o Conselho matar outra pessoa de quem ele gostava.

— Eu vou fazer o que bem entender — disse ela de forma contundente — E você vai encarar as consequências de suas ações, como Louie fez.

Na menção de seu irmão, Blaise sentiu que algo se rompeu.

— Você não vai a lugar algum — disse ele, impetuosamente, bloqueando fisicamente as escadas.

— Saia. Do. Meu. Caminho.

Os olhos dela ardiam como fogo. Sua mão disparou para ele, dando-lhe um tapa no rosto, antes que ele se desse conta do que ela iria fazer.

Com o rosto ardendo e a mente em desordem, Blaise pegou o pulso dela antes que ela lhe batesse de novo. Ela gritou de raiva, arrancando o braço de seu agarrão e dando alguns passos para trás. E, antes que Blaise pudesse fazer alguma coisa, ele a ouviu começando a recitar as palavras de um feitiço mortal conhecido.

O sangue de Blaise fervia em suas veias. Ele jamais havia lutado contra outra feiticeira, assim, mas ele reconheceu o que ela estava fazendo. Ela estava prestes a atingi-lo com uma rajada de pura energia de calor — um feitiço que o incineraria ali mesmo.

Com a mente estranhamente clara, apesar de o coração estar aos pulos em seu peito, ele começou a recitar seu próprio feitiço. Era o que ele usava para se proteger durante experimentos especialmente perigosos. Após algumas frases chave e uma litania Interpretadora, ele foi cercado por uma estrutura de poder mágico que embutiu o nada em suas paredes. E assim que ele terminou e viu o brilho revelador no ar, o feitiço de Augusta começou.

Era como se o sol tivesse descido para a casa dele. Mesmo através de seu escudo, Blaise sentiu o calor insuportável. Em segundos, ele ficou coberto de suor. Em volta dele, as paredes e a mobília se incendiaram e uma fumaça densa e ácida encheu a escada.

— Augusta! — gritou ele, aterrorizado por ela. Sem um feitiço protetor para si, ela seria torrada viva.

Logo depois, no entanto, a fumaça começou a se dissipar e Blaise a viu de pé no alto da escada, e bem viva. A onda de alívio que ele sentiu foi forte e imediata. Apesar do que ela havia feito, ele não conseguia desejar que sua ex-amante morresse — nem mesmo se significasse que Gala ficaria a salvo.

É claro que agora ele precisava salvar a própria casa. Pensando freneticamente, Blaise se lembrou de um feitiço oral que ele usava na juventude — um feitiço que lavaria suas mãos em questão de segundos. Ele só precisava aumentar sua potência.

Ao começar a dizer as palavras, ele ouviu Augusta começando seu próprio esforço de usar o código. Isso o distraiu por um instante, e ele percebeu que ela realizava um feitiço de teletransporte para si mesma. Se seu feitiço falhasse, Blaise seria o único a ser queimado.

Calando a própria voz, ele se concentrou no código, alterando alguns parâmetros para fazer com que a água ensaboada se multiplicasse mil vezes. A espuma começou a sair de suas mãos, cobrindo o fogo abrasador à sua volta, em questão de segundos. Agora, ele podia prestar atenção em Augusta — só que era tarde demais.

Quando ele começou a subir as escadas, ela terminou o seu feitiço e desapareceu do nada.

Ela não poderia ter ido longe — o teletransporte de longa distância era difícil diante das melhores circunstâncias e requeria cálculos bem mais precisos dos que ela teria tempo para fazer — mas ela apenas precisava sair pela porta e chegar à sua espreguiçadeira. Mesmo assim, sabendo da inutilidade de suas ações, Blaise desceu as escadas correndo e saiu da casa.

E, à distância, ele viu uma espreguiçadeira vermelha em voo, indo embora rapidamente. Uma perseguição naquele momento seria sem sentido e perigosa.

Ainda tremendo de raiva após o confronto, Blaise entrou, determinado a salvar o máximo que podia de sua casa. Ao entrar, viu que a espuma havia contido o fogo no corredor e na escada. Somente ao subir que ele notou a extensão do ódio de Augusta.

Todo seu estúdio — todas as anotações que ele havia feito, todos os seus diários, tudo do ano passado — tudo estava destruído.

De alguma forma, ela havia conseguido queimar tudo.

CAPÍTULO VINTE E TRÊS

※ GALA ※

Após a refeição, a troca de roupa e de várias instruções sobre como parecer mais plebeia, Gala finalmente seguiu para ver o resto da vila.

Caminhando pelas ruas, ela analisava as casas pequenas e com aparência agradável e observava os camponeses que passavam — que olhavam de volta para ela.

— Por que eles me olham? — sussurrou ela para Maya depois que dois homens quase caíram do cavalo tentando olhar para ela.

— É porque eu pareço estranha e diferente?

— Oh, você é diferente sim.

Maya sorriu.

— Mesmo com esse vestido simples, você provavelmente é a mulher mais bonita que eles já viram. Se não quiser ser olhada com admiração, deve colocar um saco de batatas na cabeça.

— Acho que eu não gostaria disso — Gala disse distraidamente, notando uma aglomeração à frente. Parando, ela apontou para a multidão.

— O que é aquilo?

— Parece que o tribunal se reuniu para um julgamento — disse a velha mulher, franzindo o cenho. Ela estava para se virar e andar em outra direção, mas Gala seguiu para a aglomeração e as duas mulheres não tiveram escolha a não ser segui-la.

— Hum, Gala, eu não acho que seja o melhor lugar para você — Esther falou, soprando e bufando para acompanhar o ritmo de Gala.

Gala lhe deu um olhar com um pedido de desculpas.

— Desculpe, Esther, mas eu quero muito ver isso.

Ela havia lido um pouco sobre leis e justiça e não tinha intenção de abrir mão daquela oportunidade.

Antes que suas acompanhantes tivessem tempo para objetar novamente, Gala andou diretamente para a aglomeração, que parecia estar ocorrendo em uma versão miniatura da Praça da Cidade que ela havia visto em Turingrad.

Havia uma plataforma no meio da praça e algumas pessoas de pé nela. Dois homens mais fortes seguravam um mais franzino, que pareceu bem jovem para o olhar inexperiente de Gala. O jovem parecia querer fugir, com uma expressão de medo e agonia em seu rosto redondo. Perto da plataforma,

Gala podia ver um grupo de pessoas parecidas — uma família ela supôs. Eles pareciam zangados, por algum motivo.

Um homem mais velho, de cabelos brancos, que estava de pé, na plataforma, começou a falar:

— Você é acusado de roubar um cavalo — disse ele, se dirigindo ao rapaz, e Gala ouviu um murmúrio de desaprovação na multidão. Até mesmo Maya e Esther balançaram a cabeça reprovando o jovem ladrão de cavalo.

— O que você tem a dizer sobre essa acusação? — prosseguiu o homem de cabeça branca, com os olhos escuros proeminentes em seu rosto enrugado.

— Sinto muito — disse o jovem, com a voz trêmula — Eu nunca farei isso de novo, eu juro. Eu não fiz por mal — eu apenas queria me divertir . . .

O homem de cabeça branca suspirou.

— Sabe o que fazem com ladrões de cavalos nos outros territórios? — ele perguntou.

O rapaz balançou a cabeça.

— No norte, são enforcados, e cortam suas cabeças, no leste — falou o velho, olhando para o jovem com austeridade.

O ladrão de cavalos empalideceu visivelmente.

— Sinto muito! Eu realmente não fiz por mal.

— Você tem sorte porque agimos de forma diferente aqui — interrompeu o velho, impedindo que o jovem implorasse — O Mestre Blaise não acredita nesse tipo de punição. Como você admitiu sua culpa e porque o cavalo foi devolvido a seus donos, sua punição será trabalhar na fazenda das pessoas de quem roubou, pelos próximos seis meses. Durante esse tempo, você os ajudará de todas as maneiras. Limpará seus estábulos, consertará a casa deles, lhes trará água do poço e realizará quaisquer outras tarefas que seja capaz de fazer.

Um homem de meia idade, da família que Gala havia notado, deu um passo à frente para se dirigir ao homem de cabeça branca.

— Prefeito, com o devido respeito, nossos filhos teriam morrido de fome sem aquele cavalo, com toda essa estiagem e tudo.

O prefeito ergueu a mão, interrompendo a crítica do homem.

— De fato. No entanto, felizmente para o senhor e para o acusado, o senhor recebeu o cavalo de volta são e salvo, não é verdade?

— Sim, Sr. Prefeito— admitiu o homem medrosamente.

— Nesse caso, o ladrão vai pagar por seu crime ajudando na fazenda. Espera-se que isso o ensine o valor do trabalho duro.

O homem de meia idade ainda parecia infeliz, mas era óbvio que ele não tinha escolha. Esta era a punição para roubo de cavalo e ele tinha que aceitar isso.

— E com isso — anunciou o prefeito — a sessão do tribunal está encerrada por hoje. Todos podem se espalhar e desfrutar da feira.

— Feira? — Gala perguntou, curiosa a respeito da súbita onda de empolgação na multidão.

— Ah é — uma jovem respondeu à sua direita. Você não soube? Temos a feira da primavera começando hoje. Fica do outro lado da cidade. E com isso, ela saiu agitada, aparentemente ansiosa para ir para o evento.

Gala deu uma risada. O entusiasmo da garota era contagiante.

— Vamos — disse ela para Maya e Esther, começando a andar em direção para onde viu que a maioria das pessoas seguia.

— Como? Espere, Gala, vamos conversar sobre isso . . .

Maya correu atrás dela, parecendo ansiosa.

— O que há para conversar? — Gala continuou a andar sentindo que iria explodir de emoção. — Não ouviram o que a moça disse? Eu vou para a feira!

— Não é uma boa ideia — Esther resmungou entre dentes — Eu tenho certeza de que não é o que Blaise quis dizer quando ele disse para nos certificarmos de que ela não chame atenção para si. Na feira, ela vai chamar atenção à beça!

— Sim, mas como pretende impedi-la? — Maya resmungou de volta, e Gala sorriu em troca.

Ela gostava de ter a liberdade de fazer o que queria e pretendia ver e experimentar o máximo que pudesse da vila.

* * *

A feira era impressionante como Gala pensou que fosse. Havia mercadores por toda parte, suas barracas coloridas exibindo várias mercadorias e produtos com aparência interessante. Ao lado deles havia jogos e atrações e Gala ouvia risos, vozes altas e música por toda parte. No centro da feira, havia uma grande plataforma, onde ela via jovens dançando.

Gala se aproximou do mercador mais próximo dela. — O que está vendendo? — perguntou.

— Eu tenho as melhores frutas secas da feira, para você, sua mãe e sua tia — Ele sorriu, oferecendo a Gala a mão cheia de passas.

Ela pegou algumas e as colocou na boca, desfrutando do gosto doce em sua língua. Esther pegou uma pequena moeda e deu ao mercador, agradecendo a ele, e seguiram em frente.

— Cerveja para as senhoras? — gritou um homem de uma das barracas. Havia enormes barris empilhados ao lado dele e Gala imaginou que continham essa cerveja que ele oferecia.

— Eu quero — disse ela, curiosa para experimentar a bebida sobre a qual havia lido.

— Não, não pode — Esther disse imediatamente, franzindo o cenho — Eu não quero que fique bêbada logo no seu primeiro dia conosco.

— Ora, vamos, deixe a mocinha se divertir — o vendedor de cerveja tentou persuadi-las — Ela não sentirá mais do que um pouco de zunido se beber apenas uma caneca.

— Está bom, tudo bem — Maya murmurou, dando uma moeda para o homem — Apenas uma caneca.

Gala sorriu. Ela experimentaria a tal cerveja de qualquer jeito, mas ficou contente de não ter que discutir com as duas mulheres.

Parecendo satisfeito, o mercador pegou uma caneca, andou até a pilha de barris e começou a encher a caneca de um deles. Gala notou a forma como os barris balançavam com o movimento do homem, como se oscilassem ao vento.

— Depressa — soou uma voz masculina atrás de Gala. Virando-se, ela viu um homem jovem, bem apessoado de pé. Assim que ele viu o rosto de Gala, seus olhos se arregalaram e suas bochechas ficaram vermelhas. Ele murmurou desculpas, com o olhar caminhando desde o topo da cabeça até os pés dela.

Gala lhe deu um pequeno sorriso e se virou para olhar novamente para o mercador. Ela estava ficando acostumada a esses olhares.

O mercador lhe entregou a caneca e ela tomou um gole, bochechando com a bebida na boca para prová-la. Não era tão deliciosa quanto as passas, mas enviou uma sensação cálida pelo seu corpo. Gostando da sensação, Gala bebeu com vários grandes goles e ouviu risos dos homens que estavam na fila, atrás dela.

— Você deve ir devagar — Maya advertiu, e Esther novamente franziu o cenho para Gala.

— Eu nunca bebi cerveja antes — Gala tentou explicar, querendo evitar que as duas mulheres se preocupassem — Eu acho que gosto mais disso do que do seu ensopado. Virando-se para o mercador, ela perguntou: — Pode me dar outra?

Nesse momento, Maya agarrou a mão de Gala e a afastou do espantado vendedor de cerveja e de seus clientes. Gala se deixou levar até a próxima barraca e depois fincou os pés no chão de modo firme.

— Você é muito forte para alguém tão pequena — disse Maya, olhando impressionada para Gala quando ela resistiu ao ser levada — É como se ela tivesse criado raízes — disse ela para Esther — Não consigo que ela se mova nem um centímetro.

— É apenas uma barraca de palhaço — Esther falou para Gala, parecendo exasperada. — Não há nada para você ver aqui.

Gala não concordou. Para ela, a barraca era fascinante, cercada por dezenas de crianças. Crianças — esses humanos-miniatura — eram um enigma para Gala. Ela jamais tinha sido criança, a não ser se contasse seu breve estágio de desenvolvimento no Reino do Feitiço. Então, ela raciocinou, talvez ela fosse como uma criança agora, comparada à pessoa em que se tornaria.

Outra coisa que a interessava era o homem com o rosto pintado. Ele usava roupas de aparência estranha e fazia o que parecia ser magia para as crianças — retirando moedas da orelha e depois fazendo com que essa moedas desaparecessem. Ele também parecia fazer isso sem qualquer tipo de feitiço oral ou escrito. Ao voltar sua atenção para as mãos dele, no entanto, ela viu que, na verdade, ele escondia as moedas na palma da mão. Um falso feiticeiro, pensou ela, observando sua farsa com deleite.

Repentinamente, houve três gritos altos. Espantada, Gala olhou para trás, para a barraca do vendedor de cerveja, de onde ela ouviu que vinham os gritos.

O que ela viu a fez congelar no lugar.

Uma das crianças mais velhas havia empurrado uma garota jovem para cima dos barris na barraca do mercador de cerveja. Os grandes barris balançaram perigosamente e Gala pôde ver o barril de cima começando a cair.

O tempo pareceu se arrastar. Na mente de Gala, ela viu a cadeia de eventos exatamente como ocorreriam. O barril cairia em cima da menina, esmagando seu frágil corpo humano. Gala podia até calcular o peso preciso e a força do objeto em queda — e a chance de sobrevivência da menina.

A menina deixaria de existir antes mesmo de ter a chance de curtir a vida.

Não. Gala não conseguia assistir aquilo. Seu corpo todo se retesou e, sem um pensamento consciente, ela ergueu as mãos no ar, apontando-as para o barril. Sua mente fez os cálculos necessários com velocidade de um raio, calculando a quantidade exata de força reversa para segurar o objeto em seu lugar.

O barril parou de cair, flutuando no ar algumas polegadas acima da cabeça da menina.

O silêncio foi ensurdecedor. Em volta de Gala, os frequentadores da feira ficaram como que congelados, olhando para o quase acidente com fascinação mórbida. O mercador de cerveja se recuperou primeiro, correndo para a menina assustada para puxá-la de debaixo do barril.

Assim que a menina não corria mais perigo, Gala sentiu que seu foco se modificava e o barril caiu, partindo-se em pequenos pedaços de madeira que se espalharam por toda parte.

A menina salva começou a chorar, seu pequeno corpo tremendo com os soluços, enquanto os espectadores pareciam soltar um suspiro coletivo de alívio. Muitos deles olhavam para Gala com expressões de espanto nos rostos e uma mulher se adiantou até ela, falando com uma voz trêmula:

— A senhora é feiticeira?

— Ela não teve nada a ver com aquilo. Foi o palhaço — disse Maya para a mulher, mentindo de forma não convincente.

Esther agarrou a mão de Gala.

— Vamos — disse ela com pressa, arrastando Gala para longe da multidão.

Gala não resistiu, seguindo a velha mulher com docilidade. Sua mente estava em desordem. Ela havia feito. Ela havia feito magia direta, conforme Blaise havia projetado para ela. Não havia sido um feitiço — ela, certamente não havia dito ou escrito nada. Em vez disso, era como se algo em seu profundo interior soubesse exatamente o que fazer, como deixar que uma parte secreta de sua mente assumisse. Tudo que sabia era que não queria que a criança se machucasse e o resto pareceu apenas... acontecer.

Quando já estavam suficientemente afastadas das pessoas, ela parou, se recusando a ir adiante.

— Espere — ela falou para Maya e Esther, abaixando-se para pegar uma pedrinha no chão.

— O que está fazendo? — Esther sibilou — Você acabou de atrair atenção para si!

— Esperem, por favor.

Aquilo era importante demais para Gala. Jogando a pedra no ar, ela se concentrou nela, tentando repetir as ações anteriores. *Não caia, não caia, não caia,* ela recitou mentalmente, olhando para a pedra.

A pedrinha não reagiu de qualquer forma, caindo ao chão em uma maneira totalmente normal.

— O que está fazendo? — Maya observava suas ações, incrédula — Está jogando pedras?

Gala balançou a cabeça, decepcionada. Por que não tinha funcionado de novo? Ela tinha impedido aquele barril, por que não a pedra?

Esther se aproximou dela, colocando o braço em volta de seus ombros.

— Venha, vamos para casa, filha — disse ela, de forma suave.

— Vamos lhe dar mais um pouco de ensopado.

— Não, obrigada, eu não quero ensopado agora — Gala disse, se afastando — Lamento ter chamado atenção para mim, mas eu não me arrependo de a menininha estar ilesa.

— Claro — Maya olhou para Esther — Você fez a coisa certa. Eu não faço ideia de como você fez, mas foi a coisa certa a ser feita.

Gala sorriu, aliviada por não ter se complicado demais. Olhando de volta em direção às barracas, ela notou a música novamente, uma melodia animada tocando à distância. Ela a atraía, instigando-a com a promessa de beleza e de novas sensações.

— Eu ainda não quero ir para casa — disse para Esther — Eu quero ver mais a feira.

Agora, até Esther parecia alarmada.

— Senhorita . . . Gala, eu acho que não deve voltar agora para a feira.

— Eu quero dançar — Gala disse, olhando as silhuetas à distância — Eu quero dançar com aquela música.

E, sem esperar pela resposta de suas acompanhantes, ela se apressou em direção à música.

CAPÍTULO VINTE E QUATRO

※ AUGUSTA ※

— Blaise fez o quê? — A expressão no rosto de Ganir era impagável, sentado atrás de sua mesa. Se Augusta não estivesse tão aflita, ela teria apreciado mais a reação de Ganir. Como estava, ela ainda tremia em consequência da batalha de feitiços — e ao saber do terror que Blaise havia lançado sobre Koldun.

— Ele havia criado um ser artificial — uma coisa criada no Reino do Feitiço — Augusta repetia, caminhando pelo aposento — E então ele me agrediu quando tentei raciocinar com ele. Ele tinha enlouquecido completamente. Teria sido bem melhor se tivesse se tornado um viciado.

Ganir franziu a testa.

— Espere, eu ainda não entendi bem isso. Você está me dizendo que ele criou uma inteligência? Como ele conseguiu fazer isso?

— Eu sei exatamente como ele fez — Augusta disse, lembrando-se das anotações que havia encontrado — Ele simulou a estrutura de uma mente humana no Reino do Feitiço, e então a desenvolveu usando uma Captura de Vida — a mesma Captura de Vida que você achou que ele estava obtendo para ele.

Os olhos de Ganir se arregalaram.

— Ele deve ter usado algo de minha pesquisa sobre o cérebro humano — ele falou arfando, com a voz grossa de empolgação — Mas ele deve ter ido além do que eu descobri no processo de criar a Esfera de Captura de Vida.

— Ele também obteve ajuda dos escritos de Lenard — Augusta lhe disse, parando diante da mesa dele — Ele tinha um estoque deles escondidos, os quais nunca compartilhou com ninguém.

— Escritos de Lenard?

Os olhos de Ganir se iluminaram.

— O rapaz os têm? Eu ouvi um boato que Dasbraw tinha algo assim, mas aquele bastardo astuto sempre negou o fato.

— Ele não era seu amigo? — Augusta perguntou zombeteiramente — Eu achei que vocês dois eram unha e carne na juventude.

— Éramos.

O rosto enrugado de Ganir fez um vinco parecido com um sorriso.

— Mas Dasbraw sempre gostava de ter segredos quando se tratava de feitiçaria. Eu acho que ele se ressentia do fato de ter começado como meu aprendiz . . .

Por um momento houve um olhar longínquo nos olhos dele, mas daí ele balançou a cabeça, voltando ao presente.

— Então está me dizendo que Blaise os têm? Os escritos?

— Ele não tem mais — Augusta disse com uma satisfação mal disfarçada — Eu tive que usar um feitiço de fogo quando ele tentou me deter.

Ela não disse que, naquele momento, os preciosos escritos estavam dentro da bolsa dela, sãos e salvos. Na Torre, era sempre bom ter alguma vantagem.

— Você queimou a casa de Blaise? — Ganir falou boquiaberto pelo choque.

— Não tive escolha — Augusta disse categoricamente, irritada com a reação do Líder do Conselho — Você não estava lá. Ele se recusou a raciocinar. Não sabe o que ele se tornou, como está obcecado pela criatura. Ele está totalmente sob controle dela.

A expressão no rosto de Blaise quando ele bloqueou sua passagem passou pela mente dela. Ele estava determinado a impedir que ela fosse até o Conselho, ela tinha certeza disso. Será que ele a teria matado para proteger aquela abominação? Houve uma época em que Augusta acharia isso impossível, mas não mais — não depois que ela pegou aquela gota e vivenciou a profundeza dos sentimentos dele por sua criação horripilante.

Ganir parecia pasmo.

— Isso nem parece o Blaise — disse ele com dubiedade — Disse que ele tentou agredir você?

— Ele quis me impedir de contar ao Conselho — Augusta falou, com um pouco menos de certeza, agora. Blaise não a agredira exatamente, mas ela se sentira ameaçada, mesmo assim.

— Ele até tentou mentir dizendo que a forma da criatura era instável e que não existia mais.

— Então, *vai* relatar para o Conselho? — Ganir interrompeu, encarando-a.

— Devo relatar, não devo?

O olhar de Augusta encontrou o do velho feiticeiro.

— É preciso que saibam sobre isso. É perigoso e precisa ser eliminado.

— O que acha que acontecerá a Blaise se descobrirem o que ele fez? Não vão apenas se livrar da criatura e deixá-lo vivo.

Augusta engoliu em seco. Agora, que pensava com mais clareza, ela percebeu que Ganir estava certo — que contar ao Conselho destruiria Blaise assim como a abominação que ele havia criado. E ela não podia deixar que isso acontecesse, por mais que ela estivesse aborrecida com ele. O pensamento de Blaise morto, acabado, era insuportável como a ideia de ele estar atraído por aquela monstruosidade. — Qual seria a alternativa? — ela perguntou.

O velho gostava de Blaise e ela duvidava de que ele quisesse vê-lo brutalmente punido, tanto como ela não desejava isso.

Ganir se inclinou para trás em sua cadeira, seu rosto assumindo uma expressão pensativa. — Bem — disse ele lentamente — antes de tudo, há uma pequena chance de ele não ter mentido para você. Se ele se surpreendeu por esse ser ter assumido a forma que assumiu então, ele provavelmente não o entende plenamente. É muito provável que ela — *isso* — tenha ficado instável e já tenha ido embora.

Augusta bufou com desprezo.

— Eu não apostaria nessa possibilidade — ele estava desesperado para salvar a criatura. Você acha que não sei, depois de tantos anos de convivência, se ele está mentindo ou dizendo a verdade?

— Está bem — Ganir aquiesceu — suponhamos que você esteja certa. Mesmo assim não estou convencido que essa inteligência seja uma ameaça tão grande quanto você imagina.

Augusta agarrou a ponta da mesa dele.

— Você não está convencido?

Ela ouvia sua voz se erguer enquanto o velho pesadelo de infância parecia surgir de modo assustador.

— Eu peguei aquela gota — eu estive na cabeça de Blaise — e ele mesmo não sabe do que essa criatura é capaz! Pode ter poderes acima de tudo que possamos imaginar. E se ela se voltar contra nós? E se resolver acabar com todos nós?

Ganir piscou.

— Que tipo de poderes ela tem? O que pode fazer?

— Eu não sei — Augusta admitiu, dando um passo para trás e inspirando de forma trêmula — E nem Blaise sabe. Este é o problema. Só porque ainda não fez nada, não significa que estejamos a salvo. Só existe há pouco tempo.

O velho olhou para ela.

— Sendo assim, por que não a deixamos assim? Nunca vimos nada igual antes — uma inteligência que foi criada, não nasceu, um ser do Reino do Feitiço.

— Não — Augusta balançou a cabeça, rejeitando a ideia com todo vigor — Não podemos nos arriscar. Aquela coisa precisa ser destruída *agora*, antes que tenha a chance de nos destruir. Pelo que se sabe, pode estar ficando mais poderosa a cada instante de sua existência. Esta é nossa chance de conter essa situação. Se não a impedirmos agora, poderemos nunca mais poder fazer isso no futuro. Pense nisso, Ganir. E se acabar criando mais abominações como ela própria?

O velho feiticeiro parecia abismado. Ele obviamente não havia pensado por esse ângulo. Augusta notou que ele hesitava e aproveitou sua vantagem.

— Já imaginou o poder de todo um exército de criaturas do Reino do Feitiço?

Ganir arregalou seus olhos, como se um novo pensamento houvesse surgido em sua mente.

— Você disse que assumiu a forma de uma mulher, correto? — disse ele lentamente — E disse que Blaise está atraído por ela?

Augusta assentiu, olhando horrorizada para ele. Será que ele quis dizer o que ela estava pensando?

— Ganir, o que você está sugerindo?

— Que ela e Blaise podem reproduzir? — disse ao erguer as sobrancelhas — Eu não faço a menor ideia, mas pode ser curioso descobrir . . .

Augusta sentiu ânsias de vômito. Curioso? Se o monstro consegue procriar? Será que o velho estaria ficando demente?

O Líder do Conselho pareceu inexplicavelmente entretido.

— Se Blaise se sente atraído por ela, não deve ser tão monstruosa assim.

Augusta reprimiu a vontade de lançar sobre ele outro feitiço de fogo.

— Você não está entendendo — disse ela friamente — Não estamos falando de alguma experiência de feitiçaria. Blaise criou essa coisa para fornecer magia para os plebeus. Suas ações — e suas intenções — são perigosas e traiçoeiras. Ele precisa ser impedido. Se você não vai me ajudar com isso, eu não terei outra escolha a não ser ir até o Conselho — e ambos sabemos o que isso representará para Blaise. Augusta estava praticamente blefando, mas o ancião não sabia disso.

Os olhos de Ganir se apertaram.

— Está bem — disse ele, olhando para ela — Nós vamos conter essa situação, conforme você sugeriu. Onde está essa criatura agora?

— Eu não sei. Eu não encontrei qualquer vestígio dela na casa de Blaise.

— Sendo assim, vou enviar alguns de meus homens à procura dela. Eles receberão instruções para relatar qualquer coisa estranha. Se a criatura for tão poderosa quanto você acha, saberemos disso, eventualmente.

Ele parou por um momento.

— E, se não soubermos de qualquer atividade de feitiçaria fora do comum, então Blaise ou estava dizendo a verdade, ou o ser não é uma ameaça, pelo que me consta.

Augusta não concordou com essa última parte, mas agora não era momento para discutir.

— E quando for encontrada?

— Então ela será presa e trazida para cá, para a Torre, onde podemos interrogá-la e determinar se realmente representa um perigo para nós.

Desta vez ela não pôde se conter.

— Ganir, ela precisa ser destruída.

O Líder do Conselho se inclinou.

— E será, se for tão perigosa quanto você diz — disse ele, com um tom perigosamente suave. —Mas antes de fazermos algo apressado, precisamos descobrir mais sobre isso. Eu vou estudá-la, e depois, se necessário, eu mesmo a destruo.

Veremos, Augusta pensou, mas guardou suas palavras. Agora, era preciso que os espiões de Ganir localizassem a tal coisa.

CAPÍTULO VINTE E CINCO

※ GALA ※

A pista de dança estava cheia de pessoas de todas as idades, rindo, conversando e se contorcendo com a música. Pausando na beira da pista, Gala olhou em volta, com a cabeça girando um pouco. Seus pés sapateavam ao ritmo e ela queria rir também — pelo menos até que se sentisse um tanto desorientada.

A sensação era diferente e Gala percebeu que estava vivenciando algo estranho. De repente, ela se deu conta: a cerveja. Era a isso que as pessoas se referiam como ficar bêbado.

Franzindo o cenho, Gala pensou na situação. De acordo com o que ela havia lido, pessoas bêbadas faziam coisas tolas e não agiam como de costume. Ela não gostava da ideia de isso acontecer a ela.

Fechando os olhos, ela se concentrou em seu corpo, examinando conscientemente os efeitos da bebida. Instantaneamente, ela sentiu uma reação similar àquela que havia interferido em sua imersão na Captura de Vida anteriormente. Era como se alguma parte de seu corpo estivesse agindo para se livrar todos os vestígios do álcool. Alguns segundos depois, ela estava com a cabeça totalmente clara.

— Posso convidar você para dançar? — uma voz masculina familiar falou e Gala abriu os olhos, surpresa ao ver o homem de pé a apenas meio metro dela.

Era o jovem que ela havia visto na barraca do vendedor de cerveja.

Ele abriu um sorriso brilhante para ela e Gala percebeu que ele, provavelmente, não havia visto o incidente com a criança. Senão, ele estaria agindo de forma cautelosa com ela, como algumas pessoas faziam.

Contente por ser tratada como uma pessoa comum, Gala lhe sorriu de volta. — Claro — disse ela — Mas você terá que me ensinar.

— Será uma honra — disse ele, oferecendo-lhe sua mão. Ela a pegou cuidadosamente. A palma estava quente e um pouco úmida, e Gala rapidamente sentiu que não gostava daquele toque. Mesmo assim, ela não viu problema em dançar com ele, à distância, como ela viu outros casais fazendo.

Caminhando para a pista de dança, Gala ouviu de mais perto o ritmo da música que tocava. Ela adorava o aspecto estruturado da batida rápida, a precisão matemática inteligente e precisa dos sons. Isso agradava incrivelmente seus ouvidos.

Observando as outras mulheres com o canto dos olhos, Gala fazia o possível para imitar seus movimentos, tentando seguir o ritmo da música.

— Você tem o dom para isso — disse o jovem, e havia um tom de admiração em sua voz — Acho que não preciso ensinar a você.

Ele movia seu corpo com a música, mas não parecia que ouvia a mesma melodia que Gala, porque sua versão de dança era mais desajeitada, quase estranha.

A melodia mudou, se tornou mais rápida e Gala sentiu o aumento correspondente em seu batimento cardíaco.

— Quem compôs essa música linda? — ela perguntou, maravilhada por estar tão tocada por um simples som.

O jovem sorriu para ela.

— Foi o Mestre Blaise, é claro — disse ele — Ele é um compositor prolífico. Nunca ouviu as músicas dele antes?

Gala balançou a cabeça, seu coração batendo ainda mais rápido com a menção de Blaise. Ela queria que ele estivesse ali, com ela, em vez desse homem de quem não gostava muito. O fato de Blaise fazer com que ela sentisse coisas, mesmo sem estar lá, era impressionante. Agora que ela sabia que ele havia composto aquela melodia, ficou surpresa que não tivesse percebido isso. Compor música requeria o mesmo tipo de mente com inclinação matemática que serve para a feitiçaria. É claro, deveria ter que haver algo mais para ter essa genialidade, e ela duvidava que todos os feiticeiros fossem capazes de criar tal primor. De certa forma, ela e esta música eram parecidos, ambos sendo criações de Blaise.

Enquanto ela pensava nisso, o homem com quem dançava se aproximou mais dela.

— Qual o seu nome? — perguntou ele, inclinando-se na direção dela. Ela sentia o odor de cerveja em seu hálito e um toque de algo que lembrava o ensopado de Esther.

— Sou Gala — ela falou, se afastando um pouquinho.

Ele lhe deu um largo sorriso.

— Muito prazer em conhecê-la, Gala. Sou Colin.

Gala continuou seguindo os movimentos de quem dançava, melhorando cada vez mais a cada passo. Ao mesmo tempo, seu parceiro errava e dava passos desencontrados. Isso não importava para ela, que mesmo assim, achava a dança uma coisa muito divertida.

— Você é incrível nisso — Colin exclamou quando ela fez um movimento especialmente complicado sem perder o ritmo e ela sorriu, satisfeita com o elogio.

A música parou.

— Pode me conceder a próxima dança? — Colin perguntou.

Gala balançou a cabeça consentindo. A música que começou era ainda mais linda do que a primeira, mais lenta e mais melodiosa. No entanto, antes que ela começasse a se mover com a música, seu par se aproximou mais. Do canto dos olhos, ela podia ver que os outros pares faziam o mesmo, os homens se chegando até às mulheres e colocando suas mãos na parte lateral e nos ombros delas.

Gala franziu a testa, dando um pequeno passo para trás. Ela não queria Colin tão perto dela. Algo naquilo parecia extremamente errado. Havia apenas uma pessoa cujas mãos ela queria em seu corpo, e ele estava em Turingrad.

— Eu mudei de ideia — ela disse a Colin, se afastando ainda mais.

— Ora, vamos, é só uma dança — disse ele, sorrindo e se chegando a ela. Seus dedos envolveram sua cintura e ela sentiu um calor úmido emanando da pele dele. Isso fez com que ela ficasse enjoada.

— Tire as mãos de mim — Gala ordenou, tentando puxar inutilmente seu pulso. Ele era fisicamente mais forte, e ela começava a se sentir ansiosa com a excitação sombria visível nos olhos dele.

— Oh, vamos, não seja assim . . .

Ele ainda estava sorrindo, mas a expressão não parecia mais amigável.

— Solte — disse ela um pouco mais alto, e viu que as pessoas olhavam para eles. Seu coração batia como se fosse saltar do peito e ela sentiu que sua pele se arrepiava ao toque dele.

— Não seja tão mal humorada — murmurou ele, puxando-a mais para perto — É apenas uma dança.

Com sua recusa em soltá-la, a mistura volátil de emoções no interior de Gala pareceram explodir e sua visão ficou borrada por um instante. Era como se algo dentro dela partisse para cima de Colin e ela o viu, aos tropeços, indo para trás, com um olhar chocado no rosto. Um odor desprezível começou a permear o local e o rosto de Colin se torceu com algo que parecia vergonha e medo.

Soltando finalmente o pulso, Gala sentiu uma vontade irresistível de não estar ali. E, quando Colin deu um passo confuso em direção a ela, ela se viu de pé, fora da pista de dança, atrás de Maya e Esther.

— Vamos embora — disse ela, ainda enjoada pelo encontro — e tremendo por saber que ela, inadvertidamente, havia feito feitiçaria de novo, teletransportando-se diante de todos os que dançavam.

Esther se voltou para ela, parecendo abismada.

— Como está aqui? Você estava lá, dançando com aquele rapaz.

— Eu quero ir embora — Gala lhe disse, esfregando o pulso, onde ainda havia a sensação repulsiva do toque de Colin.

— Eu não queria ficar próxima dele, mas ele me agarrou.

— Ele agarrou você? — Maya falou ofegante — Ora, aquele nojento... Você devia ter lhe dado um chute nos colhões!

— Parece que ela fez *algo* a ele — Esther disse, olhando para a pista de dança com o cenho de preocupação.

Dando uma rápida olhada naquela direção, Gala viu Colin saindo e caminhando com um andar estranho.

— Vamos — disse ela, puxando a manga de Esther — Eu quero ir. Ele pode estar vindo para cá.

Ela se sentia pouco à vontade e perturbada e queria sair daquele local o mais depressa possível.

— É claro — Maya disse, voltando o olhar para o rapaz — Vamos para casa para que você possa descansar.

Gala assentiu, querendo apenas experimentar a atividade de dormir novamente. Pelo que havia sentido antes, não era diferente de algumas das experiências que ela havia tido no Reino do Feitiço.

CAPÍTULO VINTE E SEIS

※ BARSON ※

Ouvindo uma batida, Barson se levantou da cadeira onde estava sentado lendo e foi abrir a porta. Era uma daqueles raros momentos em que ele relaxava nos seus aposentos e não ficou feliz com a interrupção.

Sua disposição não melhorou quando ele viu Larn de pé, do lado de fora. A expressão no rosto de seu futuro cunhado era bastante peculiar.

— Entre — Barson disse bruscamente. Dava para notar que algo não estava bem.

Larn entrou no quarto de Barson e fechou a porta atrás dele.

— Então? — Barson tomou a dianteira, quando Larn não pareceu inclinado a falar — O que soube?

— Até agora, Ganir não saiu da Torre — Larn disse — Ele ficou a maior parte do tempo em seu escritório, e várias pessoas entraram e saíram.

— Isso não é novidade — Barson franziu o cenho para seu melhor amigo — É sempre assim com o velho.

— Pois é — Larn falou, com um tom anormalmente hesitante — Mas uma das visitas da tarde foi, hum, Augusta.

De novo? Barson sentia que seu cenho franzia mais. Por que ela iria ver Ganir duas vezes em um dia? Ele sabia que não havia um grande amor entre eles.

— E tem mais uma coisa.

Larn parecia ainda menos à vontade.

— O que foi?

— Você não vai gostar disso . . .

— Apenas fale logo — Barson disse, estreitando os olhos — O que foi?

Larn engoliu em seco.

— Lembre-se que sou apenas o mensageiro.

Barson deu um passo em direção a ele.

— Apenas fale ele falou com os dentes cerrados. Devia ser algo ruim, se o amigo estava com tanto medo de lhe contar.

— Como você pediu, eu pedi a alguns de nossos homens para ficar de olho em Augusta hoje, depois de seu primeiro encontro com Ganir — Larn disse lentamente — e assim aconteceu, alguns deles estavam no mercado quando a espreguiçadeira dela aterrissou lá.

— E?

— E a seguiram quando ela alçou voo de novo. Ela voou alguns quarteirões e aterrissou diante de uma casa.

— Que casa?

Pelo que Barson sabia, havia poucas casas localizadas tão perto do centro de Turingrad. Era um local extremamente ambicionado, e as casas daquela área eram mais mansões, pertencentes às famílias dos feiticeiros mais poderosos. Um feiticeiro em especial lhe veio em mente.

— Pertence a Blaise, o homem com quem ia se casar — Larn falou, confirmando o palpite de Barson. Ela aterrissou na frente da casa e entrou.

— Sei — Barson disse calmamente. Seu interior fervia, mas ele não deixava que nada transparecesse em seu rosto.

— Mais alguma coisa?

— Não.

Larn parecia aliviado com a falta de reação de Barson.

— Os homens não puderam permanecer muito tempo por lá. Eles tinham que montar guarda na Torre e estavam no Mercado apenas para pegar algumas coisas. No entanto, eu pedi a um de nossos novos amigos para ficar de olho em Blaise, por precaução.

Barson assentiu, mantendo ainda sua expressão impassível.

— Você fez bem — disse ele de forma uniforme — Obrigado pelo o que fez.

— De nada — Larn se virou para sair, mas se voltou para olhar para Barson.

— Devem continuar a segui-la também?

— Sim — Barson disse calmamente — Devem.

Seu controle durou o suficiente para que Larn saísse do quarto. Assim que a porta se cerrou atrás dele, Barson seguiu para o canto, onde um saco de batatas cheio de areia estava pendurado no teto. Suas mãos se fecharam em punho, com um ciúme rubro preenchendo cada centímetro de seu corpo. Incapaz de se conter mais, ele se lançou, socando o saco repetidamente até que suas juntas ficassem feridas e o suor corresse por suas costas. Pausando, ele arrancou fora sua túnica e continuou, liberando sua raiva com golpes furiosos.

* * *

Um cheiro suave de jasmim chegou às narinas de Barson, trazendo-o de volta de seu estado maquinal. O saco diante dele estava lentamente esvaziando, com a areia saindo através de um rasgo feito por um golpe particularmente forte.

Virando-se, ele viu Augusta sentada na cama e observando-o. Ela devia ter acabado de entrar no aposento.

— Augusta, que surpresa agradável.

Ele se forçou a sorrir, apesar da raiva ainda correndo em suas veias.

Ela sorriu de volta, mas a expressão no rosto dela parecia estranhamente distraída. Estaria ela pensando *nele*, naquele feiticeiro nojento de quem havia sido noiva? Barson puxou uma respiração calmante, lembrando que devia agir com cautela. Augusta era altamente independente e ela não aceitaria bem o fato de ser espionada ou interrogada como uma criança fugidia.

Sem notar seu ânimo sombrio, ela olhava em torno do quarto, estudando-o como se o estivesse vendo pela primeira vez.

— Uma leitura leve antes do exercício? — ela perguntou, fazendo um gesto em direção ao livro que ele havia deixado na cadeira.

— Sim — Barson conseguiu responder de forma uniforme — Encontrei uma nova maravilha nos arquivos da biblioteca. É sobre as explorações militares do Rei Rolun, o antigo conquistador que uniu Koldun.

Ele estava gostando da conversa fútil, já que isso o permitia deixar de lado sua fúria ciumenta e pensar. O fato de Augusta estar no quarto dele conversando sobre livros era um bom sinal. Se ela tivesse voltado com Blaise, ele duvidava que tivesse voltado até ali de forma tão casual. Ela não parecia estar pouco à vontade nem culpada. Barson se considerava um bom conhecedor de pessoas e ele não sentia quaisquer vibrações dúbias vindas dela. Ela estava distraída sim, mas parecia mais que ela estivesse com a mente repleta de pensamentos.

Como se confirmando seus pensamentos, ela se voltou para ele com um sorriso cálido

— Você gosta dessas histórias antigas, não gosta? Eu não imaginava que você fosse um estudioso.

— Gosto de aprender sobre antigas táticas militares — falou Barson, observando-a atentamente. Ele ainda não via qualquer sinal de culpa ou de arrependimento no rosto dela. Ou ela era uma atriz extraordinária ou a visita dela ao ex-amante tinha sido puramente platônica.

O sorriso de Augusta se alargou.

— Você sabia que tenho o sangue do Rei Rolun em minhas veias? — ela perguntou — A maioria da antiga nobreza descende dele.

— Não — Barson mentiu — Eu não sabia disso.

O sangue de Rolun também corria nas veias dele — mas ninguém ligava muito para isso hoje em dia. Barson conhecia a linhagem de Augusta desde o início. Ela era uma das poucas feiticeiras cuja família tinha origem nobre e ele via vestígios de sua herança nas maçãs do rosto salientes e em sua postura régia. Era um dos motivos pelo qual ela a atraíra tanto.

— Você também descende dele, não? — Augusta disse, surpreendendo-o — Sua mãe não era da família Solitin?

Barson olhou para Augusta, perguntando-se como ela sabia disso. Não era grande segredo, mas ele não imaginava que ela se interessasse tanto por ele ao ponto de estudar seus antecedentes.

— Sim — disse ele, observando a reação dela. Isso mesmo. Nos tempos antigos, seríamos o par perfeito.

Os olhos dela brilharam ainda mais.

— De fato, oh, meu nobre lorde — ela murmurou — seríamos um excelente par . . .. E mantendo o olhar, ela lhe deu um sorriso cativante.

O sangue de Barson se aqueceu de novo, mas dessa vez, por um motivo diferente. Ele não sabia o que havia acontecido durante a visita dela a Blaise, mas não parece que o feiticeiro houvesse satisfeito os desejos dela.

Seria um prazer para Barson resolver aquilo prontamente.

Antes que ele tivesse chance de fazer alguma coisa, no entanto, Augusta se ergueu graciosamente.

— Eu tive um dia horrível — disse ela suavemente, soltando seu cabelo castanho e brilhante e deixando que caísse até a cintura. — Eu acho que preciso de suas habilidades sem par, guerreiro.

Ela não precisou pedir duas vezes. Dando alguns passos em direção a ela, Barson fechou os punhos em volta do corpo de seu vestido vermelho, puxando-a para perto dele. A frágil seda se rasgou com sua pegada, mas nenhum dos dois notou isso, enquanto Barson canalizava os resquícios de sua fúria em um longo e faminto beijo.

CAPÍTULO VINTE E SETE

※ BLAISE ※

Blaise olhou para a devastação de seu estúdio, em choque e descrença, seu coração ainda batendo forte por seu encontro com Augusta. Ela havia descoberto sobre Gala — ela, que sempre fora contra tudo que não entendesse com facilidade, contra tudo que pudesse atrapalhar seu modo de vida. Pensando no passado, ele não devia se surpreender que Augusta tivesse votado pela punição de Louie. Como o resto do Conselho, ela se sentira ameaçada pelas ações do irmão dele — e não havia dúvida de que hoje ela tivesse ficado aterrorizada pela ideia da Gala.

O chão e as paredes estavam negros pela fuligem e a mesa de Blaise não era mais do que uma pilha de cinzas, testemunha da ira de Augusta. Mas o pior não havia sido o que ela fizera ao estúdio — era o que ele temia que ela faria com Gala. Se o Conselho acreditasse na história de Augusta, em questão de horas sairia em busca de Gala.

Blaise sentiu uma vontade forte de bater em alguma coisa — preferivelmente em si mesmo, por ter deixado Gala sair sozinha. Ele jamais deveria tê-la deixado sozinha na vila, por mais que ela quisesse ver o mundo como uma pessoa comum. Agora, ela estava lá, desprotegida, com apenas duas mulheres mais velhas como companhia.

Ele precisava estar lá com ela.

Dando uma olhada pelo estúdio, Blaise viu que a Pedra Interpretadora tinha sobrevivido ao incêndio causado por Augusta. Pegando a pedra ainda quente, ele correu para baixo, para sua sala de arquivo onde mantinha seus cartões de feitiço pré-escritos. Era uma sorte que Augusta tivesse destruído somente seu trabalho mais recente e o grosso do que ele precisava ainda estivesse disponível.

Pegando tantos componentes de feitiços potencialmente úteis quanto pôde, Blaise saiu da casa e subiu em sua espreguiçadeira. Sua mente tinha apenas um pensamento: retirar Gala de lá antes que fosse tarde demais. Agora mesmo Augusta poderia estar falando com o Conselho, convencendo-o da ideia ridícula de que Gala seria perigosa, por isso não havia tempo a perder.

Ele já voava há meia hora quando notou algo estranho atrás dele. À distância, havia um pequeno ponto no horizonte — quase como um pássaro, só que era grande demais para ser uma ave. Blaise xingou entre dentes. Estaria ele sendo seguido?

Só havia um jeito de saber. Pegando alguns de seus cartões de feitiço, ele preparou uma magia para aumento da visão e colocou os cartões na Pedra Interpretadora. Quando sua visão ficou clara, tudo estava mais aguçado. Era como se ele fosse uma águia, capaz de vislumbrar até mesmo um pequeno inseto rastejando no solo, à distância. Voltando a cabeça, Blaise olhou para longe.

O que ele viu vez seu sangue esfriar nas veias.

Havia outra cadeira voando atrás dele — um sinal certeiro de que ele estava sendo perseguido por outro feiticeiro, já que mais ninguém podia voar naquelas coisas. No entanto, não era Augusta, como ele suspeitara inicialmente. Essa cadeira em especial era cinza e o homem sentado nela era alguém que Blaise não reconhecia, o que significava que não poderia ser um feiticeiro notável. Não que a aptidão do homem para a feitiçaria importasse nesse caso. Se ele podia voar, então, provavelmente, ele podia manejar um feitiço de Contato — e o Conselho podia agora mesmo estar ciente de para onde Blaise estava indo.

Voltando o olhar, Blaise olhou para frente, buscando uma solução, furiosamente, em sua mente. Ele queria proteger Gala, não levar o Conselho direto a ela. Ele não podia deixar que o seguissem. Não podia deixar que o seguissem até a vila — o que significava que ele teria que fazê-los pensar que a viagem era sobre outra coisa.

Ajustando sutilmente seu plano de voo, Blaise direcionou sua espreguiçadeira para uma famosa carpintaria localizada nos arredores de Turingrad. Já que muitos de seus móveis tinham sido destruídos e uma nova mesa alguns outros itens poderiam ser particularmente úteis. E, se Augusta havia contado ao Conselho sobre o feitiço do fogo, encomendar nova mobília provavelmente pareceria alguma coisa normal a ser feita por Blaise.

* * *

Chegando na casa da carpintaria, Blaise começou a caminhar, tentando pensar no que fazer em seguida. De certa forma, era bom que Gala estivesse longe dali. O primeiro lugar no qual o Conselho procuraria seria a casa dele. Infelizmente, o segundo lugar seriam as vilas em seu território — exatamente onde ela estava agora.

A louca ideia de se teletransportar para a vila surgiu em sua mente, mas ele logo a descartou. Escrever um feitiço era muito complexo e levaria muito tempo, além de ser extremamente perigoso. Se ele calculasse mal mesmo um pouquinho, ele poderia facilmente terminar se materializando dentro do solo ou dentro de uma árvore — e então Gala ficaria sem alguém para protegê-la.

Não, era preciso escolher outra coisa a fazer.

Para começar, Blaise decidiu que precisava avisá-la, assim como a suas guardiães, sobre o potencial perigo. Era preciso que saíssem da vila e fossem a algum lugar onde o Conselho não pensasse em procurar por elas, enquanto ele daria um jeito de poder se encontrar com elas.

Indo para a sala do arquivo, ele pegou seus cartões e começou a trabalhar em um feitiço de Contato — uma maneira de enviar uma mensagem mental para alguém longe. Era um feitiço bem complicado, algo difícil de ser feito oralmente. Agora, no entanto, com a forma de feitiço escrito, ele levaria apenas alguns minutos para escrever uma mensagem e os detalhes da pessoa com a qual ele queria entrar em contato.

Sentado diante de uma mesa antiga, ele criou uma mensagem para Esther:

"Esther, não se alarme. Aqui é o Blaise e eu estou usando o feitiço de Contato sobre o qual lhe falei uma vez. Para provar minha identidade, conforme combinado naquela ocasião, estou mencionando a vez em que me flagrou espionando meu pai. Agora, me ouça com atenção. Eu tenho motivos para temer pela segurança de Gala. O perigo seria por parte do Conselho. Por favor, leve-a para o território de Kelvin. Eu sei da reputação dele, mas é precisamente por isso que Neumanngrad pode ser o último lugar onde imaginem que ela esteja. Por favor, utilize o dinheiro que for preciso — eu pagarei por tudo. Fiquem na estalagem ou na região sudoeste de Neumanngrad ao chegarem, e tentem ser o mais discretas possível. Eu espero poder me unir a vocês em breve".

Em seguida ele criou uma mensagem para Gala. Ele não tinha certeza se o feitiço de Contato funcionaria com ela, mas mesmo assim pretendia tentar. Sua mensagem para ela era mais curta:

"Gala, é o Blaise. Estou pensando em você. Por favor, concorde com Esther quando ela lhe pedir para

ir para uma região diferente e tente ser discreta. Seu, Blaise".

Satisfeito com as duas mensagens, Blaise colocou os cartões na pedra Interpretadora. Combinar feitiços assim era eficiente, já que alguns dos códigos para as duas mensagens seriam compartilhados.

Levantando-se, Blaise estava para sair do aposento quando sentiu algo incomum — algo que ele não sentia há dois anos.

Era a sensação levemente invasiva de outro feiticeiro enviando-lhe um feitiço de Contato.

Apesar de surpreso, Blaise relaxou e deixou que a mensagem chegasse até ele, curioso para saber quem queria se comunicar com ele.

Para seu choque, era Gala.

"Blaise, foi ótimo receber notícias suas". Como todos os feitiços de Contato, suas palavras chegaram na forma de uma voz na mente dele — uma voz que na verdade era a voz interior dele mas que, de alguma forma, assumia um tom diferente. *"Eu não posso crer que você esteja falando em minha mente. Eu sinto sua falta e espero ver você em breve. Tenho muita coisa para conversar com você. Sua, Gala"*.

Blaise ouviu a mensagem dela com espanto. Como ela tinha conseguido fazer isso? Quando ele a vira pela última vez, suas habilidades de magia eram praticamente inexistentes e agora ela era capaz de realizar um feitiço complexo em menos tempo do que levaria para escrever um feitiço básico. Isso só podia significar uma coisa: ela estava começando a fazer magia diretamente, como ele esperava que ela fosse capaz de fazer.

Empolgado, ele se sentou para criar uma resposta para Gala. Foram necessários vários minutos para preparar o feitiço. Ele escreveu:

"Gala, estou tão empolgado que você tenha conseguido dominar essa forma de comunicação. Eu sinto saudade. Como está sua estada na vila até agora? Esther explicou a você sobre a viagem para Neumanngrad?"

Não houve resposta. Decepcionado, Blaise esperou vários minutos antes de admitir que não chegaria nenhuma resposta.

Levantando-se, ele resolveu se ocupar em arrumar sua casa enquanto pensava no que fazer em seguida.

Ele não deixaria que Augusta e o Conselho destruíssem sua vida de novo, não se ele pudesse evitar.

CAPÍTULO VINTE E OITO

※ GALA ※

Gala estava quase de volta à casa de Esther e Maya quando ouviu uma voz estranha em sua mente. Era como se ela estivesse falando consigo mesma, de uma forma estranha. Ao ouvir, no entanto, ela percebeu que era uma mensagem de Blaise.

Após ter ouvido tudo, ela sorriu animada. Blaise queria que ela viajasse e conhecesse mais o mundo. E a melhor parte era que ele estava pensando nela! Cheia de satisfação, Gala sentiu uma vontade impressionante de falar com ele, de se aproximar dele da mesma forma como ele havia entrado em contato com ela. E, de repente, ela se viu respondendo, mesmo que ela não entendesse como ela estava fazendo aquilo.

"Blaise, foi ótimo ter notícias suas", ela começou, com sua empolgação transparecendo na mensagem mental.

Para sua decepção, ele não respondeu imediatamente. Mas ela notou Esther olhando intensamente para ela.

— Ele também entrou em contato com você? — perguntou a mulher mais velha.

— Se está se referindo a Blaise, sim — Gala disse, sorrindo.

— Bom — Esther disse — Então eu espero não ter que convencer você de que temos que ir.

— Oh, não precisa me convencer — Gala falou sinceramente — Eu vou adorar conhecer mais o mundo.

E, enquanto Esther explicava para onde iam, Blaise enviou sua resposta para Gala.

Sorrindo, ela começou a pensar nas respostas para as perguntas dele, mas aquilo que a ajudara a fazer isso antes não estava mais presente. Ela não conseguia entrar na parte de sua mente que tornara a comunicação mental tão fácil e sem esforço, antes. Após várias tentativas infrutíferas, Gala desistiu, frustrada.

— Venha, nos ajude a arrumar as malas, filha — falou Esther, levando Gala para dentro de casa — Temos que ir imediatamente.

* * *

A viagem para o território de Kelvin levou alguns dias, e Gala gostou de cada minuto da viagem — diferentemente de Esther e Maya, que reclamavam sobre como era inconfortável estar em uma carroça por tanto tempo. As duas mulheres reclamavam sobre a comida de beira e estrada (que Gala adorou), sobre a paisagem (que Gala achou fascinante), do frio da noite (que Gala achou refrescante), e do calor do sol durante o dia (que Gala achou agradável em sua pele). Mais do que tudo, no entanto, elas reclamavam da energia infinita de Gala e de seu entusiasmo pelas mais simples das coisas — algo que elas nem podiam começar a entender e muito menos compartilhar.

Ao contrário do primeiro dia, cheio de acontecimentos na vila, a viagem transcorreu sem quaisquer incidentes. Maya e Esther fizeram o possível para manter Gala sem ser vista por passantes e Gala fez o que pôde para se ocupar em observar o mundo a seu redor — e em tentativas clandestinas de fazer magia.

Para sua grande decepção, ela não conseguia repetir nada do que havia feito antes. Ela não conseguia nem entrar em contato com Blaise. Ela havia entrado em contato com ele mais umas duas vezes, dizendo o quanto sentia sua falta, mas ela não tinha conseguido responder — uma forma de mudez que ela achava extremamente desagradável. A falta de controle de suas habilidades de magia a deixavam louca, mas não havia nada que pudesse fazer a respeito agora. Ela esperava, no entanto, que seu criador fosse capaz de lhe ensinar como entrar naquela parte escondida de si. Quando estivesse novamente com Blaise, ela não o deixaria ir embora sem que ela tivesse aprendido a fazer feitiços quando quisesse.

Quando saíram do território de Blaise e entraram no de Kelvin, Gala começou a notar várias diferenças entre as vilas e cidades pertencentes aos dois feiticeiros. As casas pelas quais passavam agora eram menores e mais desgastadas, com sinais de desleixo por toda parte. As pessoas eram mais magras e menos amigáveis. Mesmo as plantas e os animais pareciam mais fracos e, de alguma forma, mais castigados pelo clima.

Quando passaram por um campo grande e aberto com tristes resquícios de trigo, Gala perguntou a Esther sobre as diferenças nas regiões.

— Mestre Blaise melhorou nossas plantações — Esther explicou — para que não sofrêssemos tanto com a estiagem. Ele é um ótimo feiticeiro e gosta de ajudar seu povo — ao contrário de Kelvin, que não dá a mínima para isso. O último comentário foi acrescentado com um tom de óbvio desgosto.

Gala franziu a testa, confusa.

— Por que todos os feiticeiros não fazem isso por seu povo? Melhorar a plantação?

Esther bufou.

— Pois é, porque não.

— Eles não ligam — Maya disse com amargura — Eles estão tão distantes de seu povo que nem entendem a ideia de fome. Provavelmente, acham que podemos viver de feitiços e de ar, como eles o fazem.

— E também — Esther disse — eu não entendo muito de feitiçaria, mas acho que o Mestre Blaise criou feitiços muito complicados para fazer isso por nós. Eu não sei se todos os feiticeiros poderiam repetir isso, mesmo que quisessem tentar.

— Blaise não poderia ensinar a eles? — Gala perguntou.

— Provavelmente poderia, se os tolos lhe dessem atenção. As narinas de Esther se alargavam de raiva — Mas eles o baniram da mesma forma como fizeram com o irmão dele, e ele agora tem uma situação delicada na Torre. Melhorar as plantações poderia potencialmente ser interpretado como fornecer magia ao povo, e essa é a última coisa que o Conselho quer.

— Mas é tão injusto — Gala olhou consternada para Esther e Maya.

— As pessoas têm fome. Podem morrer por causa disso, não?

Maya olhou para ela com estranheza. — Sim, as pessoas com certeza podem morrer de fome — que é algo de que todos os feiticeiros precisam se dar conta.

Gala piscou, pega de surpresa. Estaria Maya agregando-a aos outros feiticeiros? Também não parecia que ela tinha dito aquilo como um elogio.

Esther olhou para Maya.

— Pare. Você sabe que a menina se importa — ela só esteve resguardada, só isso.

— Parece mais que nasceu ontem — Maya murmurou, e Esther pisou de propósito no pé dela, fazendo surgir um gemido aborrecido da outra mulher.

— De qualquer modo, menina — Esther falou, se dirigindo agora para Gala — Blaise tem um plano com relação a fazer chegar sua safra para outros territórios. Ele nos deixa trocar sementes por outras necessidades. Ele sabe que essas sementes levarão e fornecerão boas plantações para os outros, como as nossas, já que a melhoria foi criada para ser hereditária.

Saindo do campo de trigo quase moribundo, finalmente chegaram à estalagem onde Blaise disse que deviam ficar. Antes de entrarem, Maya fez Gala cobrir a cabeça com um xale grosso de lã.

— Para não sermos atacadas por algum rufião amoroso durante a noite — explicou ela — Quanto menos pessoas souberem que uma garota bonita está hospedada aqui, mais seguro será para nós.

O prédio marrom da estalagem era pequeno e desgastado, como as casas pelas quais passaram pelo caminho. Era difícil imaginar que pudesse hospedar mais de uma dúzia de viajantes. O quarto delas, na parte de cima, era sujo, entulhado, quente e nojento — pelo menos segundo Maya. De acordo com Esther, o preço também era um assalto.

Gala não ligou, ela estava empolgada em estar em um lugar novo. Quando desceram para o jantar, ela perguntou ao estalajadeiro sobre as atrações locais, com cuidado para manter o xale envolto em sua cabeça.

— Oh, tem sorte — disse o homem corpulento — No final da semana teremos jogos no Coliseu. Você já ouviu falar de nosso Coliseu, não?

Gala assentiu, para não parecer ignorante. Nos últimos dias, ela havia aprendido que era melhor não fazer a estranhos perguntas que pudessem ser feitas a Maya e a Esther.

Ele emitiu um som de satisfação.

— Foi o que pensei. Se quiserem fazer alguma coisa hoje, o mercado ainda deve estar aberto.

Seus olhos se dirigiram para os grandes seios de Maya e ele acrescentou:

— Coloquem o dinheiro em lugares de difícil acesso. Tem muitos ladrões por aí, hoje em dia.

— Obrigada — Maya disse com ironia, desviando-se do olhar infiel do estalajadeiro. Esther bufou com desdém, olhando de forma mortífera para ele antes de pegar o braço de Gala para retirá-la dali.

Assim que estavam fora do alcance dos ouvidos do estalajadeiro, Esther se virou para ela e disse de maneira firme

— Não.

— Nem pensar — Maya acrescentou, cruzando os braços sobre o peito.

Gala olhou confusa para elas.

— Mas eu ainda nem perguntei.

— Podemos ir ao Coliseu? — Esther falou com uma voz estridente, imitando o tom tipicamente entusiasmado de Gala.

— Sim, podemos, por favor? — Maya zombou, com uma tentativa de imitação ainda melhor do que a de Esther.

Gala caiu na risada. Ela sabia que provavelmente teria que tomar isso como ofensa mas, ao contrário, ela tinha achado aquilo engraçado. As mulheres mais velhas a observavam com expressões estoicas no rosto e ela finalmente conseguiu parar de rir e disse:

— Por que não falamos sobre isso amanhã?

— A resposta será a mesma amanhã — Esther disse, olhando para Gala com os olhos bem apertados.

Gala sorriu para ela, quase sem poder conter sua empolgação ao pensar no evento vindouro. — Não se preocupe com isso, Esther — vamos esperar para ver. Agora, vamos apenas até o mercado.

E, sem esperar pela reação delas, ela saiu da estalagem, seguindo pela estrada de onde via um amontoado de construções que, de forma característica, significavam um centro urbano.

CAPÍTULO VINTE E NOVE

✻ BLAISE ✻

Depois de consertar a casa, Blaise se sentiu oscilante, alternando entre estar furioso com Augusta e se preocupar com Gala. Mas agora, o Conselho certamente já sabia sobre Gala e provavelmente estava tomando as medidas para encontrá-la. Segundo ele imaginava, o território de Kelvin seria o último lugar onde procurariam — presumindo que Gala tivesse feito como ele havia pedido e mantido a discrição.

Porém, essa não era uma situação passível de ser mantida. Blaise precisava fazer algo para protegê-la de forma mais permanente e isso tinha que ser logo, antes que os tolos assustados se mobilizassem plenamente. O fato de Gala não estar respondendo suas mensagens de Contato o preocupava um pouco, embora ele imaginasse que ela ainda não tivesse total controle de suas habilidades de magia — algo que o reassegurava um pouco, já que isso minimizava as chances de ela se expor ao mundo. Mesmo assim, ele sentia falta dela com uma intensidade tão grande que isso o deixava profundamente perturbado. Era como se uma luz brilhante houvesse saído de sua vida quando ele a deixou na vila.

Uma ideia perturbadora permanecia insistentemente em sua mente — a de dominar a rota para o Reino do Feitiço. Era possível que ele estivesse obcecado por isso como uma forma de manter seus pensamentos ocupados, ele admitiu para si mesmo. De certa forma, era o que ele havia feito depois da morte de Louie. Ele havia se concentrado no trabalho — criando o objeto inteligente que terminou por ser Gala — para se manter ocupado. Ao mesmo tempo, no entanto, ele imaginava que entender melhor o Reino do Feitiço poderia levar a avanços inimagináveis em feitiçaria, permitindo que, em potencial, ele se tornasse poderoso o bastante para proteger Gala de todo o Conselho.

Cansado de pensar nisso, ele começou a planejar. Embora Augusta tivesse queimado muitas de suas anotações, Blaise não se sentiu especialmente desestimulado. Ele havia usado a Captura de Vida frequentemente no último ano para registrar muitos de seus experimentos particularmente úteis, e ainda possuía muitas dessas gotículas. E o mais importante: parecia que sua mente trabalhava na questão de chegar ao Reino do Feitiço desde que Gala o havia descrito para ele e ele tinha algumas ideias que gostaria de experimentar.

Era hora de agir.

Ele decidiu começar com um pequeno objeto inanimado. Se ele conseguisse enviar aquilo para o Reino do Feitiço e fazê-lo voltar, seria um passo importante para enviar uma pessoa de verdade até lá.

Motivado por isso, Blaise seguiu para seu estúdio, ávido para enfrentar o novo desafio.

* * *

Finalmente os feitiços estavam prontos.

Blaise tinha escolhido uma agulha como o objeto que ele enviaria para o Reino do Feitiço. O feitiço examinaria a agulha até seu nível mais profundo e a dividiria nas partes mais elementares. Isso destruiria a agulha física, fazendo com que desaparecesse, mas as partes se tornariam informação, uma mensagem que iria para o Reino do Feitiço e voltaria para modificar algo no Reino Físico, como os feitiços faziam. Nesse caso, em especial, se Blaise obtivesse êxito, a manifestação no Reino Físico deveria ser idêntica ao objeto original.

Conhecedor do perigo de feitiços novos, ainda não testados e sem querer sofrer a sorte de sua mãe, Blaise tomou precauções. Ele usou o mesmo feitiço que o protegera durante o ataque de Augusta — o feitiço que o envolvia em uma bolha cintilante. A proteção garantida pela bolha não duraria muito tempo, mas deveria ser o suficiente para protegê-lo como um escudo de qualquer devastação que o experimento pudesse causar.

Inspirando calma e profundamente ele carregou os cartões em sua Pedra Interpretadora e observou a agulha desaparecer, como esperado.

Então ele aguardou.

No início, nada aconteceu. Ele via o brilho conhecido do feitiço protetor, mas não havia sinal de a agulha voltar. Frustrado, Blaise tentou descobrir se ele havia cometido um erro. A parte do retorno era a mais complicada do feitiço. Ele imaginou que a agulha voltaria para seu local de origem, mas o local permanecia vazio.

De repente, ele ouviu um barulho alto vindo da parte de baixo. Parecia que vinha do quarto de guardados.

Blaise correu até lá, quase tropeçando na escada, tamanha sua empolgação.

E, quando entrou no quarto, ele congelou, olhando incrédulo para a visão diante dele.

A agulha havia voltado . . . de certa forma. Havia voltado, não para o local onde estava, em seu laboratório, mas para a caixa onde originalmente estava guardada. Esse local de retorno, na verdade, fazia sentido, diferentemente do objeto para o qual ele olhava.

Entre pedaços quebrados da caixa e agulhas espalhadas pelo chão, ele viu o que presumiu que fosse a agulha original — só que agora era mais como uma espada. Uma espada estranha e grossa feita do mesmo tipo de material cristalino, emitindo um brilho verde esmaecido. Em vez de punho, aquela espada possuía um buraco em cima.

Blaise pegou cuidadosamente a coisa que havia sido uma agulha, colocando sua mão no buraco do topo. Era confortável segurá-la daquela forma. Apesar do tamanho, o objeto parecido com uma espada era incrivelmente leve, não mais pesada do que a agulha original. Ao erguê-la, Blaise tentou girá-la pelo aposento e descobriu que era tanto afiada quanto forte. Ele conseguiu cortar seu velho sofá com extrema facilidade e a espada-agulha não se quebrou quando ele bateu com ela contra o chão de pedra.

Satisfeito e desestimulado, Blaise decidiu colocar a agulha como decoração em seu corredor de baixo. Combinaria bem com os novos móveis que ele havia comprado depois do incêndio, assim como com outros objetos que ele expunha no local.

Voltando para seu estúdio, Blaise se perguntou o que ele havia realmente aprendido com aquilo. Por um lado, ele havia sido capaz de fazer algo com a agulha — algo que obviamente envolvia o Reino do Feitiço. No entanto, a agulha não havia voltado como o mesmo objeto. Havia mudado drasticamente. Será que aconteceria o mesmo se uma pessoa fosse até lá? A pessoa voltaria como uma espécie de monstruosidade, presumindo que ela sobrevivesse ao feitiço?

Parecia óbvio que Blaise havia cometido um erro no feitiço. Ele tinha mais trabalho a fazer.

CAPÍTULO TRINTA

❊ AUGUSTA ❊

— Augusta, este é Colin. Ele é um aprendiz de ferreiro do território de Blaise — Ganir lhe disse, fazendo um gesto em direção ao jovem no meio do aposento.

O homem era um camponês. Isso era óbvio tanto por sua aparência quanto pela forma respeitosa como ele se portava.

Augusta ergueu as sobrancelhas, surpresa. O que aquele plebeu fazia nos aposentos de Ganir? Quando o Chefe do Conselho a chamou naquela manhã ela tinha ido até lá avidamente, sabendo que, provavelmente, ele teria novidades sobre a criação de Blaise.

— Diga a ela o que me falou — disse Ganir para o jovem. Como sempre, o Líder do Conselho estava atrás de sua mesa, observando tudo com seu olhar aguçado.

— Eu dançava com ela, como eu disse ao senhor lorde — falou o homem obedientemente, olhando para Augusta com espanto e admiração — Então, ela desapareceu do nada.

— O 'ela' em questão parece exatamente com a que procuramos — Ganir disse a Augusta — Fisicamente, ela é como você a descreveu — loira, olhos azuis, e extremamente bonita. Não é assim, Colin?

O camponês assentiu.

— Ah é, muito bonita.

A forma como ele disse essa última palavra atiçou a raiva de Augusta — além do fato de ele aparentemente cobiçar a criatura.

Os olhos de Augusta se apertaram. Como ela suspeitava, Blaise havia mentido sobre a criatura ficar instável no Reino Físico.

— Explique o que quis dizer com desapareceu — ordenou ela, olhando para o plebeu.

— Num certo instante ela estava se afastando — disse o homem com incerteza, como se tivesse ficado envergonhado de alguma coisa — então, ela fez com que eu me sentisse péssimo e, depois, ela não estava mais lá.

Seu rosto corou de forma inconveniente.

— Conte para Augusta exatamente o que aconteceu — Ganir mandou, com um sorriso levemente cruel surgindo em seu rosto.

— Ela não queria dançar comigo e eu tentava me aproximar dela — Colin admitiu, com o rosto ainda mais rubro.

— E o que aconteceu em seguida? — Ganir retrucou — Se eu for forçado a repetir essa pergunta mais uma vez, você poderá passar a conhecer a masmorra desta Torre.

O camponês empalideceu com a ameaça.

— Eu me sujei, minha senhora — admitiu ele, parecendo querer desaparecer para dentro do chão — Ela fez com que eu ficasse com medo e confuso e todos os meus músculos se relaxaram ao mesmo tempo. E ela desapareceu do nada, como se nunca tivesse estado lá.

Augusta franziu o nariz com nojo. *Camponeses.*

— Pode ir, Colin — Ganir disse, finalmente com pena do homem — Quando sair, mande entrar o palhaço.

Ainda visivelmente envergonhado, o camponês se apressou em sair do aposento.

— Então, definitivamente é uma *ela* — Ganir disse pensativamente quando já estavam a sós de novo.

— É uma *coisa.*

Augusta não gostava de como Ganir estava lidando com aquilo.

— Já sabíamos que tinha assumido uma forma feminina.

— Uma coisa é assumir uma forma feminina — disse o velho feiticeiro, com uma expressão curiosa no rosto — mas é bem diferente quando essa forma é tal que os jovens queiram dançar com ela. E ainda é outra coisa quando essa forma começa a agir como uma moça e recusa a atenção de algum idiota.

Augusta lhe deu um olhar fuzilante. O que ele falava era a coisa que a deixara inconfortável. A criação horripilante de Blaise agia como se fosse humana, como se fosse uma delas.

— Isso é, em parte, o que torna essa coisa tão perigosa — ela falou para Ganir — Isso manipula as pessoas por sua aparência e as pessoas não veem o horror que isso é.

A situação toda era repugnante, segundo Augusta.

O Líder do Conselho encolheu os ombros.

— Talvez o fato de ela ser tão linda a torne mais passível de ser notada — e mais fácil de rastrear. Meus homens só precisaram perguntar sobre uma bela loira que possa ou não ter feito algo estranho.

— Isso é um plus — Augusta concordou, embora seu estômago se encolhesse com desgosto e por algo que parecia inveja. Ela odiava a ideia de que essa criatura estivesse lá, seduzindo outros homens como já havia seduzido Blaise.

— Com certeza — Ganir sorriu, parecendo inexplicavelmente satisfeito.

Augusta pensou naquilo que o jovem havia lhes contado, juntando as sobrancelhas em um leve franzir de cenho.

— Então, parece que a coisa se teletransportou espontaneamente depois de deixar o camponês mal — disse ela, intrigada. — Ele não falou nada sobre usar uma Pedra Interpretadora ou de ter feito algum feitiço oral.

— Sim.

Ganir parecia impressionado.

— Parece que ela não precisa de nossas ferramentas para se conectar com o Reino do Feitiço. Isso faz sentido, devido às origens dela.

Naquele momento, houve uma batida na porta e outro homem entrou. Este era um pouco mais velho, com aparência cansada e com cabelo ralo e se tornando grisalho.

— Meu senhor, o senhor me chamou? — Sua voz tremeu levemente. Ficou claro que o plebeu estava aterrorizado por estar na Torre.

— Diga a ela o que aconteceu, palhaço — disse Ganir, fazendo um gesto em direção para Augusta.

Augusta deu ao visitante um pequeno sorriso encorajador. O homem parecia assustado demais e a última coisa que queriam era que ele se sujasse.

Sua tática funcionou. O homem visivelmente pareceu mais relaxado.

— Eu estava na feira, entretendo as crianças e fazendo truques para elas — começou ele, e Augusta percebeu que o homem era literalmente um palhaço.

— Uma menininha foi empurrada contra uma pilha de barris na barraca do mercador próxima da minha. Um barril começou a cair sobre ela e uma bela feiticeira salvou a menina impedindo a queda do barril. Ela fez com que ele flutuasse no ar, minha senhora . . .

Seu tom parecia quase reverente.

Augusta sentiu arrepios na espinha. A coisa conseguia fazer objetos levitar, assim como teletransportá-los por capricho. Em certas condições, a maioria dos feiticeiros podiam fazer um feitiço verbal relativamente simples e fazer com que um barril flutuasse, mas ninguém seria capaz de fazer isso com uma velocidade suficiente para salvar a criança de um objeto em queda.

— Ela proferiu alguma palavra? — ela perguntou, olhando para o palhaço — Ela estava com alguma coisa nas mãos?

— Não — O homem balançou a cabeça.

— Eu acho que ela não proferiu uma só palavra, e eu não a vi segurando nada. Tudo aconteceu rápido demais.

— Ela estava só? — Augusta perguntou.

— Havia duas mulheres mais velhas com ela.

— Por favor, descreva-as para mim — Augusta solicitou, embora ela já começasse a ter um palpite sobre a identidade delas.

— São Maya e Esther, como era de se suspeitar— Ganir interrompeu.

Olhando para o homem, ele acenou em direção à porta.

— Pode ir agora, palhaço.

— Tem certeza de que são aquelas encarquilhadas? — Augusta perguntou quando o homem saiu do aposento. Ela lembrava bem delas. As duas velhas se intrometiam constantemente na vida de seu ex-noivo, aparecendo na casa dele sem avisar e se metendo nas coisas dele. Blaise tolerava a paparicação delas com bom humor, mas Augusta achava aquilo desagradável.

— Tenho certeza — Ganir confirmou — Eu fiz com que as duas testemunhas usassem uma Captura de Vida e lembrassem do ocorrido.

— E agora? — Augusta perguntou, dando alguns passos para a mesa dele — Sabemos onde a criatura está, correto?

— Não, na verdade não — Ganir se inclinou para a frente, olhando atentamente para ela:

— Parece que a casa de Esther e Maya está abandonada. Ninguém próximo delas foi capaz de dizer para onde as mulheres foram. Parece que teremos que aguardar mais para localizar a criatura — ou podemos tentar falar com Blaise novamente.

Augusta franziu a testa. Falar com Blaise de novo lhe parecia uma ideia horrível. Ela certamente não estava disposta a enfrentá-lo sozinha.

— Acha que ele falaria com *você*? — ela perguntou, com dúvidas.

Ganir pensou por um momento.

— Eu não sei — disse ele — Se eu achasse que ele falaria comigo, não teria envolvido você nisso. Mas acho que vale a pena, a essa altura.

— Ele não jurou que o mataria se o visse?, Augusta perguntou, lembrando-se da fúria de Blaise contra o homem que um dia havia considerado como um segundo pai.

— Realmente fez isso.

O rosto de Ganir se obscureceu com algo que parecia tristeza.

— Mas precisamos chegar a ele de alguma forma para conter a situação antes que o resto do Conselho fique sabendo.

— Sim — Augusta percebia o ponto de vista de Ganir — Algo deve ser feito e rapidamente, antes que essa criatura tenha chance de criar mais complicações.

O Líder do Conselho concordou, mas havia uma expressão pensativa em seu rosto.

— Você percebeu que ela salvou uma criança? — disse ele lentamente, virando a cabeça de lado — Esta criação de Blaise pode não ser tão monstruosa quanto você imagina.

— O quê? — Augusta olhou descrente para ele — Não. Isso não significa nada. Um ato de compaixão — se é que foi isso — não elimina a ameaça que essa coisa representa. Você sabe disso tão bem quanto eu.

— Na verdade, eu não sei se concordo — Ganir disse calmamente — Acho que precisamos estudá-la antes de tomarmos quaisquer decisões apressadas.

— Está dizendo que não está mais querendo destruí-la?

— Eu nunca disse que a destruiríamos. Eu preciso saber mais sobre ela antes de fazer algo tão definitivo.

— Você quer apenas usá-la — Augusta disse de forma incrédula, com a verdade começando a tomar conta dela — É o que você quer, não é? Você quer usar a criatura para obter mais poder.

A expressão de Ganir endureceu, seus olhos brilhando de raiva.

— Você está *me* acusando de querer poder? Eu já sou o chefe do Conselho. Por que não se preocupa mais com seus próprios assuntos?

Confusa, Augusta deu um passo para trás. Ela não fazia ideia sobre o que o homem estaria falando.

— Agora, me deixe — disse ele, gesticulando de forma desdenhosa em direção à porta — Eu lhe darei notícias quando souber de alguma coisa.

CAPÍTULO TRINTA E UM

※ GALA ※

O mercado foi uma decepção. Gala havia esperado algo mais parecido com a feira que ela havia visto no outro dia, mas aquilo não era nada parecido. Havia menos produtos sendo exibidos e até mesmo as bugigangas e as joias pareciam pouco atraentes e de pior qualidade das que ela havia visto na vila de Blaise. Havia também menos pessoas realmente comprando produtos. A maioria parecia simplesmente estar vasculhando, olhando para os produtos com um desejo desesperado em seus rostos emaciados. Mesmo assim, Gala estava feliz em ter saído da estalagem. Retirando o xale, ela o colocou em volta da cintura, desfrutando da brisa fresca em seus cabelos.

À medida que entrava mais no mercado, Gala via algumas barracas com produtos alimentícios, inclusive uma variedade de pães, queijos e frutas secas. Era a área mais popular do mercado. A maioria dos moradores da vila parecia estar reunida naquele setor. Esther comprou para cada uma delas um doce recheado de algo gostoso e doce, e Gala comia avidamente a deliciosa guloseima quando ouviu gritos atrás dela.

O barulho vinha da direção de uma das barracas de pão. Curiosa, Gala se virou para ver o que estava havendo e viu um vulto correndo por entre as barracas. Havia gritos do mercador e um homem alto, vestido de negro, que começou a correr atrás da pessoa que corria.

Lembrando-se do julgamento que ela havia visto na vila de Blaise, Gala se perguntou se a pessoa que corria seria um ladrão. Ela ouvia os gritos do mercador dizendo que havia sido roubado, e ela deu alguns passos na direção para onde o vulto correra. Os outros visitantes do mercado pareceram ter a mesma ideia e Gala logo se viu sendo levada pela multidão, todos empurrando e se acotovelando para chegar ao espetáculo que parecia estar ocorrendo à frente. Olhando de soslaio para trás, Gala viu Esther e Maya correndo atrás da multidão com olhares ansiosos em seus rostos.

Desesperada para descobrir o que estava acontecendo, Gala se concentrou no seu sentido da audição e, repentinamente, conseguiu filtrar o ruído irrelevante. Agora, ela ouvia os sons da pessoa que corria à distância, assim como os passos mais pesados que iam em sua perseguição.

— Não! Por favor, me deixe! — O grito estridente sem dúvida era feminino e Gala percebeu que a pessoa que corria era uma jovem mulher — uma jovem que acabara de ser pega, a julgar por suas súplicas histéricas.

Enquanto a multidão seguia em frente, Gala podia ouvir uma voz áspera, masculina falando sobre justiça e ela conseguindo se soltar, correu agora para o meio do mercado, de onde vinham os gritos.

Já havia espectadores reunidos lá, cercando uma pequena figura no chão. O homem de veste preta estava de pé, ao lado dela, segurando seu braço de forma a não deixá-la escapar. Olhando em volta, Gala pôde ver o medo e a piedade refletida em muitos dos rostos, assim como uma expectativa de felicidade em outras poucas. Ela não sabia o que iria acontecer, mas algum tipo de intuição lhe transmitiu uma sensação penetrante na boca do estômago. Ela queria que Esther e Maya estivessem ali, para que ela pudesse lhes perguntar a respeito daquilo mas, a essa altura, elas estavam muito lá para trás.

Olhando para a garota, notou que ela era magra — bem mais magra do que a própria Gala — e que suas roupas eram esfarrapadas. Seu cabelo castanho estava embaraçado e a expressão em seu rosto pálido era de puro pavor.

Outro homem, este vestido de modo mais rico, com roupas mais elaboradas, abriu caminho entre a multidão, juntando-se à jovem e a seu apreensor. Havia uma espada em uma bainha de couro pendurada em seu quadril esquerdo e um sorriso cruel brincava em seus lábios.

— Você tem a honra, ladra — disse ele, dirigindo-se à garota assustada.

— Sou Davish, o fiscal dessas terras.

A ladra visivelmente se acovardou, mudando a expressão de seu rosto para sumo desespero. Era como se ela tivesse perdido todas as esperanças, pensou Gala, paralisada pela cena diante dela.

— Você está sendo acusada de roubo — continuou o fiscal — Sabe qual a punição para roubo?

A jovem assentiu, com lágrimas rolando pela face.

— Meu senhor, por favor, poupe minha vida. Eu peguei um pão para alimentar os dois filhos que me restam. Meu mais novo já morreu de fome. Por favor, senhor, não faça isso.

O fiscal pareceu se divertir.

— Você tem sorte — disse ele — Em honra dos próximos jogos no Coliseu, eu estou de bom humor e inclinado a ser piedoso.

Gala suspirou, soltando o ar que ela não havia percebido que prendia. Ela estava feliz porque a mulher seria poupada. Será que realmente pensavam em matá-la por roubar uma bisnaga de pão? A garota só havia feito alquilo para salvar a vida dos filhos e parecia incrivelmente cruel puni-la por isso.

A ladra soluçou aliviada. — Estou eternamente grata, meu senhor.

— Guarda, leve-a para a pedra de execução. O fiscal deu a ordem para o homem de roupa negra.

Olhando para a multidão, ele disse: — Por eu ser misericordioso, a vida dela será poupada. Como punição, ela simplesmente perderá a mão direita, para que lembre de nunca mais roubar.

E, antes que Gala pudesse registrar o significado pleno das palavras do homem, ele a arrastou, chutando e gritando, para uma pedra no meio da praça. Ignorando sua luta, ele pressionou seu antebraço contra a superfície da pedra, fazendo com que ela soltasse a pequena bisnaga de pão que agarrava com o punho fechado. A prova do crime caiu no chão, rolando na terra.

Gala instintivamente seguiu para frente, tentando passar pela multidão, mas as pessoas à sua volta eram tantas que ela mal conseguia se mover. Com a ansiedade aumentando, Gala apertou os olhos, fechando-os e tentou se lembrar como ela havia feito o teletransporte da outra vez. Nada lhe veio à mente. Ela simplesmente não conseguia fazer aquilo.

Abrindo os olhos, ela olhou com horror impotente para a cena que acontecia diante dela.

A garota ainda gritava, a voz rouca de pavor, e Gala via Davish desembainhando a espada e se aproximando da garota.

Não, Gala pensou, em desespero, *isso não pode acontecer.*

Fazendo uma última tentativa heroica, ela começou a abrir caminho pela multidão, aos trancos, cotoveladas e chutando, para chegar à frente. As pessoas a empurravam de volta, gritando, mas ela não se importava. Ela precisava chegar à garota antes que fosse tarde demais. Na frente, Davish ergueu a espada no ar.

Gala dobrou seus esforços, despreocupada que se machucasse.

A espada desceu com força mortal e o grito de agonia da ladra cortou o ar. Sangue vermelho vivo respingou por toda parte, cobrindo a plataforma de pedra e atingindo a roupa elaborada do fiscal. O guarda soltou o braço da moça, dando um passo para trás.

Pasma, Gala viu a mão cortada da garota cair no chão, próxima ao pão — e sentiu algo dentro dela se romper novamente.

— Não!.

Gala sentiu que cada pedacinho de sua indignação se somou em um grito ensurdecedor. À sua volta, a multidão parecia pasma, a maioria dela caindo de joelhos, com as mãos na cabeça. De repente, Gala se viu livre para se mover e correu para a pedra ensanguentada onde a garota estava agachada, gemendo e chorando.

Parecia haver sangue por toda parte, com um cheiro metálico permeando o ar. *Como podia haver tanto sangue?* Então, Gala viu que a garota não era a única que sangrava. Todos em volta dela seguravam suas orelhas tentando conter o líquido vermelho que saía.

E Gala percebeu com horror que era culpa dela — que seu grito, de alguma forma, havia causado aquele terrível evento.

Em estado de torpor, ela se aproximou da ladra, que, a essa altura, estava praticamente banhada em sangue, e segurava desesperadamente deu cotoco de pulso. Levada por um instinto desconhecido, Gala colocou os braços em torno da moça, abraçando-a suavemente. E, naquele instante, foi como seus corpos se tornassem um.

Com cada fibra de seu ser, Gala transmitiu amor e generosidade para a vítima daquela injustiça indizível. Ela sentia a energia cálida lentamente fluindo de seu corpo para o da garota. Tudo no interior de Gala se concentrava em um objetivo e somente um objetivo — desfazer o dano que o carrasco havia causado. Ela sentia a dor da garota e tomou isso para si, liberando a jovem daquela carga. O sentimento era agonizante e iluminador ao mesmo tempo. Até então, Gala havia tido apenas um entendimento rudimentar, aprendido nos livros, sobre a dor e o sofrimento. Agora, no entanto, era real para ela, que fez um voto silencioso de fazer com que houvesse menos disso no mundo.

O que acontecia agora estava sendo realizado pela parte da mente de Gala sobre a qual ela não tinha controle. Ela estava vagamente ciente disso. Mas não importava, porque Gala podia sentir que estava dando certo, que a dor da garota lentamente se dissolvia e estava passando. Quando não havia mais dor, Gala soltou a garota e deu um passo para trás.

A jovem estava lá com o rosto sujo, sereno e alegre, sem demonstrar sinais de dor ou medo. O cotoco ensanguentado de seu braço não sangrava mais; em vez disso, conforme Gala observava a mão lentamente parecia renascer, cada osso, músculo e tendão se esticando e se tornando mais espesso. Logo, os dedos apareceram e a mão estava como era antes, esguia e feminina — e totalmente cheia de vida.

Quando Gala olhou para a multidão, ela viu que todos estavam de joelhos, com expressões de extrema felicidade nos rostos. Havia sangue em suas roupas, mas ninguém mais parecia estar sangrando ou com dor. Gala percebeu, aliviada, que ela não tinha apenas acabado com a dor da garota, mas também dos outros em volta, desfazendo o mal que ela mesma havia, inadvertidamente, causado.

À distância, ela podia ver Esther e Maya se aproximando no final da multidão, mas Gala sabia que ela ainda não havia terminado. O guarda e o fiscal estavam ao lado dela, ajoelhados na mesma posição que o resto da multidão e olhando de forma estática para ela. Ela chegou até eles, sabendo o que tinha que fazer.

Ela começou pelo fiscal, colocando as mãos nas têmporas dele. Ela precisava entender porque ele havia feito algo tão terrível. *"Como pôde?"*, ela pensou, deixando que a pergunta reverberasse em sua mente, repetidamente, enquanto ela se perdia no que sentiu que fosse como uma série de Capturas de Vida.

Ele era filho de pais ricos — um filho que nada parecia com o pai, uma criança que desejava diariamente ter nascido em uma família diferente. A criança revivia as muitas crueldades que havia sofrido, as infinitas surras e palavras humilhantes. O tempo passou rápido e a criança agora era um jovem que a cada dia agia mais como o pai — um jovem que precisava descontar nos outros para suportar a dor que restava dentro de si. À medida que o jovem amadurecia, ele se viu como alguém que ansiava por poder, que precisava controlar os outros para que ninguém pudesse magoá-lo de novo.

Agora Gala entendia. O homem cruel era também alguém que sofria à sua própria maneira como a infeliz garota a quem tentou fazer mal. A sensação cálida e de compartilhamento de antes tomou conta de Gala novamente e ela se chegou à mente sofredora do homem, tentando fazer com que ela sarasse como ela havia sarado a mão da garota. A mente resistiu e Gala entendeu que, ao fazer isso, estaria modificando fundamentalmente o homem, fazendo com que ele se tornasse outro. Lá dentro, ela sabia que não tinha o direito de fazer isso, mas o instinto de cura era forte demais. Ela precisava fazer isso para que ele não magoasse mais ninguém no futuro. Juntando suas forças, ela tentou entrar mais na mente do fiscal e sentiu que finalmente a mente dele permitia isso.

— Gala! Gala, você está me ouvindo? — A voz de Maya penetrou no atordoamento que a cercava, trazendo Gala de volta de seu estado de torpor.

Piscando, ela olhou para Maya e Esther, pela primeira vez ciente da exaustão profunda que tomava conta de seu corpo.

— Venha — Esther falou, se aproximando de Gala. Ela parecia ansiosa e Gala deixou-se guiar saindo dali, cansada demais para resistir enquanto as duas mulheres a tiravam da praça. Em torno delas, ela via que os espectadores lentamente saíam daquele estado estranho de felicidade e começavam a olhar em torno, confusos. Maya rapidamente envolveu a cabeça de Gala com o xale, cobrindo-a com o tecido grosso e áspero.

E ao voltarem para a estalagem, Gala caiu na cama e adormeceu assim que pôs a cabeça no travesseiro.

CAPÍTULO TRINTA E DOIS

※ BLAISE ※

Blaise analisava seu último feitiço quando ouviu uma batida na porta. Seu coração saltou e um fio de fúria serpenteou em sua espinha. Seria o Conselho agindo?

Correndo para o depósito, ele rapidamente pegou um monte de cartões que havia escrito para esse confronto após a morte de seu irmão. Era uma mistura de feitiços ofensivos e defensivos, cada um deles otimizado para pontos fortes e fracos particulares dos membros do Conselho.

Enquanto isso, as batidas continuavam.

Pensando de forma muito rápida, Blaise pegou um feitiço geral de defesa e colocou na Pedra Interpretadora. Ele lhe forneceria alguma proteção tanto contra ataques físicos ou mentais, com a esperança de lhe fazer ganhar algum tempo. Ao se aproximar da entrada, ele perguntou:

— Quem é?

— Blaise, sou eu, Ganir.

A raiva de Blaise duplicou. Como o velho ousava aparecer depois do que ele havia feito a Louie? A traição de Ganir era, de certa forma, pior do que a de Augusta. O velho feiticeiro tinha sempre tratado Louie como a um filho e ninguém havia ficado mais chocado do que Blaise ao saber do voto de Ganir a favor da punição de seu irmão.

Cheio de fúria, Blaise começou a falar, instintivamente recorrendo a um feitiço criado para paralisar o oponente. Ele não pensou, apenas agiu. Se o feitiço desse certo, ele não tinha ideia do que faria com o corpo inerte do Líder do Conselho, mas ele não ligou para aquilo naquele momento, totalmente consumido pela raiva e sem conseguir pensar racionalmente.

Ao terminar, Blaise respirou fundo, tentando recobrar o controle de suas emoções. Ele não sabia se o feitiço tinha dado certo, mas havia uma chance de ele ter surpreendido Ganir. Em batalhas, os golpes não esperados eram os melhores e era improvável que o velho feiticeiro esperasse que ele usasse um feitiço simples.

Blaise ficou mais calmo e com a mente mais clara. Calmo demais.

Calmo demais, Blaise se deu conta. Ganir tinha usado um feitiço pacificador contra ele — um efeito que havia parcialmente penetrado nas defesas mentais de Blaise.

O pensamento de estar sendo manipulado enfureceu Blaise de novo e ele sentiu a calma artificial se dissipar, trazendo de volta algumas das emoções voláteis que ele havia sentido antes. No entanto, o feitiço de Ganir devia ter sido pelo menos eficaz de certa forma, já que ele não se sentia mais tão sanguinário contra o Líder do Conselho — algo que deixava o ressentimento de Blaise amargo, porém calmo.

Naquele instante ele ouviu a voz de Ganir intensificada pelo feitiço. Era alta e clara, como se o velho estivesse de pé a seu lado e gritando:

— Blaise, estou extremamente decepcionado — a voz falou — Eu sei que você tem raiva, mas eu achei que você fosse mais que isso. Atacar-me sem ao menos me olhar nos olhos? Este não é o Blaise do qual me lembro.

Blaise sentiu retornar sua fúria. O velho era mestre em jogos psicológicos e Blaise detestava ser manipulado.

— Eu lhe dou um segundo para ir embora — Blaise gritou de volta, falando com Ganir pela primeira vez. E zombeteiramente, ele acrescentou:

— E tem razão — não sou o Blaise do qual lembra. Aquele Blaise morreu juntamente com Louie. Você se lembra de Louie, não lembra?

Enquanto falava, Blaise escrevinhou o esboço das coordenadas de onde Ganir estava de pé em um cartão e acrescentou mais um código antes de colocar o cartão na Pedra Interpretadora. Então, ele deu alguns passos para trás, certificando-se de que ele não estaria no raio de alcance do feitiço.

O feitiço era para paralisar a vítima mentalmente — assolar a mente pela indecisão, medo, choque e vários efeitos de privação de sono. Era muito pior do que o feitiço de paralisia física que Blaise havia usado antes, já que este era uma mistura de vários ataques a mentes, todos reunidos em um.

Então ele aguardou.

Tudo parecia quieto. Para verificar se o ataque mental havia funcionado, Blaise preparou outro feitiço e o direcionou para a parede da entrada, tornando-a transparente como vidro.

Agora, Blaise podia ver o lado de fora e viu Ganir lá, de pé, olhando diretamente para Blaise através da parede transparente. Estava óbvio que o velho não tinha sido afetado pelo feitiço, mas ele parecia estar só. Sua espreguiçadeira marrom escuro estava a seu lado.

Apesar de sua decepção, Blaise sentiu uma onda de alívio. Não parecia ser uma emboscada do Conselho. Eles não teriam enviado o Líder do Conselho sozinho.

— Você me insulta se acha que seus feitiços têm alguma chance de dar certo — falou Ganir calmamente, com sua voz penetrando pelas paredes da casa com facilidade. Nas mãos, havia uma Pedra Interpretadora. Ele poderia ter feito um feitiço fatal contra Blaise a qualquer momento mas, aparentemente, tinha escolhido não fazer.

Com parte do ódio se dissipando, Blaise abriu a porta.

— O que você quer, Ganir? — ele perguntou desgastado, começando a se cansar daquele confronto.

— Eu falei com Augusta — Ganir disse, olhando para Blaise — O Conselho não sabe de sua criação.

— Por que não? — Blaise estava genuinamente surpreso.

— Porque eu a convenci de não contar para eles por ora. Ainda há uma janela de oportunidade de resolvermos esta confusão. Augusta, eventualmente, irá até eles. Eu me certifiquei de que ela ainda não fará isso, mas ela tem medo do que você fez, um medo além da razão.

Blaise sentiu que podia respirar de novo. O Conselho não sabia sobre Gala. Somente Ganir e Augusta — o que já era suficientemente ruim, mas não tão desastroso quanto teria sido se todo o Conselho estivesse envolvido. Mesmo assim, aquilo não significava que ele tinha qualquer intenção de ser cortês com Ganir.

— E como exatamente você pretende resolver essa confusão? — ele perguntou, sem se importar em retirar o amargor de sua voz.

— Da mesma maneira como fez com Louie?

Dava para ver que suas palavras feriam. Ganir hesitou, sua mão instintivamente indo em direção a uma bolsa pendurada na cintura, antes de cair para o lado. Blaise guardou mentalmente aquela bolsa — era provável que ali o feiticeiro guardasse seus cartões de feitiço. Deixando que a moldura da porta bloqueasse a linha de visão de Ganir ele, subrepticiamente, escrevinhou um feitiço em um de seus próprios cartões e se preparou para usá-lo no momento oportuno.

Enquanto isso, Ganir deu um passo à frente. — Blaise — disse ele suavemente — seu irmão foi bem evidente com relação a seu crime. Até eu não pude esconder do Conselho o que ele fez. Eu tentei ao máximo orientar o Conselho para uma solução leniente, mas não me ouviram — e a teimosia de seu irmão e a recusa dele em até fingir remorso não ajudaram.

Blaise olhou para Ganir, lembrando-se do discurso apaixonado que Louie havia feito diante do Conselho sobre as injustiças na sociedade deles — um discurso que provavelmente havia selado seu destino. Blaise concordava com cada palavra que Louie havia falado, mas ele mesmo havia achado insensato antagonizar os outros feiticeiros de forma tão frontal. Porém, no final de tudo, o que contou foi o voto — e Ganir votou a favor da execução de Louie.

— Não minta para mim— Blaise disse rudemente — Sabe tanto quanto eu que não é diferente deles, que todos votaram da mesma forma. E espera que eu acredite que você tentou falar a favor de Louie?

Ganir pareceu pasmo.

— O quê? Eu votei contra a morte de Louie. Como pode pensar o contrário?

Blaise soltou uma risada breve e dura.

— Ah, é mesmo? Acha que pode se esconder atrás do fato de todos os votos serem anônimos e que ninguém saiba a contagem exata? Pois eu soube da verdade. Eu sei da divisão do resultado dos votos. Houve apenas um voto contra a morte de Louie, e foi o meu. Todos vocês — você, Augusta, cada pessoa daquele Conselho — votou pela execução de Louie.

— Não é verdade.

Ganir ainda parecia chocado.

— Eu não sei de onde obtém suas informações, mas seus métodos devem ter falhado. Eu votei *contra* a morte de Louie, eu juro a você. Ele era como um filho para mim, como você era. E Dania voltou da mesma forma — contra a punição.

Ele parecia tão verdadeiro que Blaise chegou a duvidar de si mesmo por um instante. Será que sua fonte teria mentido? Se assim fosse, por quê? Blaise não encontrava uma razão — o que significava que Ganir tinha que estar lhe mentindo agora.

— Por que você não admite isso, como ela o fez? — ele perguntou desdenhosamente, lembrando de como Augusta tinha sido incapaz de lhe esconder a verdade sobre sua traição. Só de pensar naquilo fazia com que quisesse matar Ganir ali mesmo.

— Está falando de Augusta? — Ganir perguntou, confuso — Está dizendo que ela votou a favor da execução de Louie?

— Claro que votou — O lábio superior de Blaise se curvou — E você também.

— Não, eu não votei — insistiu o Líder do Conselho, franzindo o cenho — E eu não sabia sobre o voto dela. Eu sempre imaginei que ela havia apoiado você e Louie. Foi por isso que vocês dois se separaram, porque você descobriu o voto dela?

Blaise sentiu velhas recordações borbulhando para a superfície, envenenando sua mente com um ódio amargo novamente.

— Não — disse ele calmamente — Não entre nesse campo, Ganir, ou eu juro, eu mato você aqui mesmo.

O velho feiticeiro ignorou a ameaça de Blaise.

— Devo confessar, isso é uma baixeza, mesmo partindo dela — Ganir falou pensativo — embora agora que penso nisso, faz sentido. Você sabe que a família de Augusta é da antiga nobreza. Ela foi criada com histórias sobre a Revolução e qualquer possibilidade de mudança da sociedade a apavora. Ela agiu por medo, não raciocinou, quando ela deu seu voto, e eu não me surpreenderia se ela estiver arrependida de suas ações — Pausando por um instante, ele acrescentou:

— Você não é o único que sofre com a morte de seu irmão, meu filho.

Blaise olhou para Ganir, se perguntando se poderia haver alguma verdade naquilo que o velho estava dizendo. Se houvesse, então seu ódio pelo Líder do Conselho havia sido mal direcionado o tempo todo.

— Foi por isso que jurou me matar? — Ganir perguntou, ecoando seus pensamentos — Porque achou que eu votei a favor da execução de Louie? Eu estava certo de que você me odiava porque eu falhei em proteger seu irmão — porque, embora eu fosse o chefe do Conselho, eu não pude salvá-lo.

Blaise estava quase tentado a acreditar nele. Quase.

— Você é mestre quando se trata de fazer com que as pessoas façam o que você quer, Ganir — disse ele, cansado — Se você realmente quisesse ter salvado Louie, ele ainda estaria vivo. Se assim fosse, você e eu poderíamos ter unido nossas forças e lutado contra os outros. Mas você nem tentou — por isso, não minta para mim agora.

Ganir pareceu aflito.

— Blaise, eu sinto muito. Eu não podia ir contra o resto do Conselho naquele momento — não quando a minha invenção estava no cerne da questão. Eu tentei convencê-los a ser lenientes, eu realmente fiz isso, e tive a impressão de que a maioria deles votaria como eu — contra a punição. Eu fiquei tão chocado quando você quando deram o veredito.

— Pare — Blaise falou ríspido, perdendo a paciência — Apenas pare. Por que está aqui?

— Tenho uma oferta — Ganir disse, chegando ao âmago da questão — Traga sua criação até a mim e farei o possível para que ela não seja atingida. Eu posso praticamente lhe garantir que será liberado de qualquer delito. Afinal, seu feitiço não saiu como esperado. Embora você pretendesse criar algo que desaprovam, você não teve êxito, e isso convencerá o Conselho de que não houve crime.

Seus olhos brilhavam com uma empolgação incomum.

— Na verdade, eu posso até ajudar você a recuperar seu devido lugar no Conselho.

Blaise riu com ironia.

— Ah, entendo — disse ele, rindo da intenção transparente do velho — Você quer Gala para seus próprios fins. E quanto a mim, será que o todo poderoso Ganir precisa de outro aliado no Conselho?

— Estou tentando ajudá-lo.

Ganir começava a parecer frustrado.

— Sim, eu acho sua criação fascinante e gostaria de saber mais sobre ela, mas não é apenas isso. O Conselho precisa de você agora — bem mais do que quaisquer daqueles tolos teimosos percebam. *Eu* preciso de você. Blaise, por favor, abra mão de Gala e volte.

Blaise não podia acreditar no que ouvia. Abrir mão de Gala? Era impensável. — A resposta é não — disse ele friamente, pegando o cartão de feitiço preparado, ao notar a bolsa de Ganir. Já estava perto da Pedra que ele segurava na outra mão e, agilmente, ele juntou os dois objetos, ativando o feitiço.

Um segundo depois, a bolsa de Ganir ficou em chamas, deixando o velho feiticeiro sem quaisquer feitiços prontos para uso e praticamente indefeso.

— Vá, velho — Blaise disse a Ganir, observando, com satisfação, enquanto seu adversário jogava o que restara da bolsa queimada no chão — Eu posso matá-lo agora e o farei. Você tem dois minutos para sair de minha frente.

Os olhos pálidos do velho se encheram de tristeza.

— Se mudar de ideia, me avise — disse ele, com dignidade tranquila. Arrastando-se até sua espreguiçadeira, ele decolou e voou, deixando Blaise confuso e perturbado.

CAPÍTULO TRINTA E TRÊS

⁂ BARSON ⁂

Entrando na casa da irmã, Barson sentiu o aroma familiar de pão assado e velas perfumadas. Tinha o cheiro de casa, recordando-o de quando a mãe assava deliciosos pãezinhos para toda a família. Ao contrário da maioria das feiticeiras, sua mãe gostava de trabalhar com as mãos — algo que Dara herdara dela, juntamente com sua aptidão para a feitiçaria.

— Barson! Que bom que você veio.

De pé no alto da escada, a irmã lhe deu um sorriso radiante antes de descer correndo até ele.

Barson sorriu de volta, genuinamente feliz em vê-la. Ele sentia falta de Dara, embora ele não pudesse culpá-la por preferir este confortável sobrado aos aposentos apinhados na Torre. Os feiticeiros de baixa graduação recebiam acomodações horríveis por lá e muitos preferiam viver fora da Torre a maior parte do tempo.

— É bom ver você, Dara — disse ele, abaixando-se para beijá-la na face — Larn também está aqui?

— Ele deve chegar logo. Está passando pelo poço agora — disse ela com uma risadinha travessa. Seus olhos escuros brilhavam, tornando-a extraordinariamente bonita.

Barson deu um suspiro, sabendo do que ela estava aprontando.

— Você colocou um feitiço Localizador nele de novo?

O sorriso de Dara ampliou.

— Fiz isso sim. Mas não conte para ele. Será nosso segredo.

Achando graça, Barson balançou a cabeça. Sua irmã e seu braço direito estavam juntos há dois anos e ela deixava Larn louco com sua insistência em usar feitiços na vida cotidiana. Para Dara, era uma forma de praticar a feitiçaria e aprimorar suas habilidades, enquanto Larn via isso como exibição.

— Está bem — Barson prometeu — não conto.

— Venha — Dara disse, pegando o braço dele — Vou lhe dar comida. Aposto que está morto de fome. Aquela sua feiticeira não cozinha, segundo imagino, não é?

— Augusta? Não, claro que não.

Aquela ideia parecia ridícula a Barson. Augusta era... bem, Augusta. Ela era muitas coisas, mas dona de casa não era uma delas.

— Foi o que imaginei — Dara bufou — Ela sabe que você precisa comer, não sabe?

— Não tenho certeza — Barson admitiu, sentando-se à mesa — A maioria dos feiticeiros — ao contrário de você — raramente pensa em comida ou pensa que os outros possam precisar dela.

— Bem, então espero que seja boa na cama — Dara murmurou, colocando uma cesta de pão e fatias de queijo diante dele — Nisso e em alguns feitiços parece que é tudo em que ela é boa.

Barson deu uma gargalhada. Sua irmã tinha ciúmes da posição de Augusta no Conselho e não conseguia esconder isso.

— Eu não vou discutir minha vida amorosa com você, mana — disse ele após alguns segundos, ainda rindo.

Ela fungou com desdém, mas ficou calada até que Barson pudesse comer o pão e o queijo.

— Adivinha — disse ela depois que Barson deu a segunda mordida — Me ofereceram a oportunidade de trabalhar com Jandison hoje.

— Jandison? — Barson franziu o cenho. O membro mais antigo do Conselho era conhecido por suas habilidades de teletransporte e apenas isso. Não era exatamente a oportunidade mais promissora para Dara, devido a suas ambições.

— Eu sei — disse ela, entendendo a preocupação dele — Mas ainda é melhor do que qualquer coisa que eu esteja fazendo agora.

— Acha que Ganir interferiu nisso?

Dara balançou a cabeça.

— Eu duvido. Eu tenho a impressão que Jandison não gosta muito de Ganir.

— Oh? — Barson ficou surpreso.

Ele conhecia bem a política do Conselho, mas não tinha ouvido falar de qualquer animosidade entre os dois feiticeiros. —Por que acha isso?

— Intuição feminina, talvez — Dara disse — É apenas uma energia que sinto nele quando mencionou o nome de Ganir para mim, certa vez. Quando eu pensei nisso, depois, na verdade fazia o maior sentido. Jandison é o feiticeiro mais velho do Conselho e eu não me surpreenderia se ele achasse que deveria ser o Líder do Conselho e não Ganir.

Barson olhou pensativo para a irmã.

— Sabe que você pode ter razão? Vai aceitar a oferta de Jandison?

— Acho que sim — Ela sorriu — E sim, eu definitivamente ficarei de olhos e ouvidos bem abertos.

Naquele instante, Larn entrou na cozinha e Barson se ergueu para saudá-lo.

Quando Barson soube do envolvimento do amigo com Dara, ele não tinha ficado satisfeito. Por uma coisa: ter um relacionamento com alguém que não fosse feiticeiro era mal visto na Torre e Barson se preocupou que a relação de Dara e Larn fosse prejudicial ao desejo nutrido por Dara, de ser reconhecida por seu talento em feitiçaria. No entanto, ele notou que Larn a amava de verdade e, no final das contas, isso era o mais importante. Isso e o fato de que Larn era um dos poucos homens que não davam a Barson a gana imediata de serem trucidados por se aproximarem de sua irmã mais velha.

— Então, me diga — Barson disse a Larn quando os três se sentaram à mesa — alguma novidade para mim?

Larn assentiu, mastigando um pedaço de pão.

— Houve muita atividade com Ganir, recentemente. Augusta esteve nos aposentos dele de novo e também alguns plebeus.

— Plebeus? Por quê? — perguntou Barson ao olhar surpreso para o amigo.

— Não sabemos. Os espiões de Ganir os levaram para fora da Torre antes que pudéssemos saber a identidade deles. Foram literalmente trazidos para um encontro com Ganir e levados embora imediatamente. Meu homem conseguiu apenas dar uma rápida espiada neles.

— Mais alguma coisa?

— Um relatório de nossa fonte que está vigiando a casa de Blaise.

As mãos de Barson se crisparam embaixo da mesa.

— Augusta o visitou novamente?

Dara lhe deu um olhar curioso e abriu a boca, mas Lar se chegou e apertou a mão dela dando-lhe um suave aviso.

— Não — disse ele — Foi mais estranho que isso. Foi o Ganir.

— Ganir visitou Blaise? — A disposição mental de Blaise esfriou consideravelmente — Eu achei que eles não se falavam.

— Blaise não fala com ninguém hoje em dia — Dara falou — Desde quando ele saiu do Conselho, é como se tivesse desaparecido. Por que alguém o visitaria agora?

— Nosso aliado conseguiu saber o que Ganir queria? — Barson perguntou.

— Não — Larn respondeu — Ele tem pavor de Ganir. Todos têm. Assim que viu o velho feiticeiro chegar, ele saiu de lá o mais depressa que sua espreguiçadeira podia voar.

Os lábios de Barson se curvaram.

— Aqueles feiticeiros são tão covardes... Sem querer ofender, Dara.

— Nem pense nisso — ela sorriu — Na verdade eu concordo plenamente com você. Eu certamente ficaria lá para saber o máximo que pudesse. Por falar em feitiçaria, eu terminei o trabalho na sua armadura. Agora, deve ser resistente à maioria dos feitiços comuns.

— Obrigado, mana — Barson sorriu para ela — Você é a melhor.

— Eu sei — disse ela sem falsa modéstia — E logo saberão disso também.

— Sim, saberão — Barson prometeu a ela e durante os minutos seguintes eles comeram em silêncio, desfrutando da refeição que Dara havia preparado para eles.

Já de barriga confortavelmente cheia, Barson se virou novamente para o amigo.

— Alguma novidade fora de Turingrad? Mais alguma revolta em algum local?

— Não — Larn falou — tudo parece calmo por ora. Só tem uma coisa, que provavelmente não é nada demais.

— O que é? — Barson perguntou.

— Houve rumores curiosos sobre uma poderosa feiticeira.

Larn pausou para se servir de mais cerveja. — Pelo que parece, ela é linda, jovem e muito sábia apesar da idade... Dizem que cura os doentes, revive crianças mortas e até consegue tornar as plantações mais desenvolvidas onde quer que esteja.

Dara riu.

— Isso é ridículo. Reviver os mortos é impossível, até mesmo em teoria.

— As pessoas comuns sempre inventam histórias apresentando os feiticeiros sob esses ângulos — Barson falou.

— Querem crer que a elite se importa com elas, e que seus senhores simplesmente não sabem sobre o sofrimento delas.

Larn deu um gole.

— E tenho certeza que acontece com muitos — porque eles não ligam.

Barson balançou a cabeça, pensando na credulidade das pessoas comuns. Os camponeses tinham sido condicionados a achar que a antiga nobreza tinha sido má, enquanto que os novos senhores feiticeiros eram algo melhor. É claro que, com essa seca, muitos deles começavam a enxergar a verdade — por isso as crescentes revoltas através de Koldun.

A lembrança da última rebelião que ele havia sido forçado a domar fez com que os pensamentos de Barson se voltassem para Ganir. Por que ele teria ido se encontrar com Blaise? Estaria isso ligado à visita de Augusta a seu ex-amante? E com relação aos plebeus que foram à Torre?

Ganir obviamente estava imerso em um jogo de peso, e Barson pretendia chegar ao fundo da questão.

CAPÍTULO TRINTA E QUATRO

⁜ AUGUSTA ⁜

Aproximando-se dos aposentos de Ganir, Augusta bateu decididamente na porta. O velho feiticeiro a evitava nos últimos dias, chegando até a ignorar suas mensagens de Contato e ela não estava disposta a permitir isso.

Quando a porta se abriu, a disposição de Augusta chegava ao ponto de fervura. Respirando fundo para se acalmar, ela entrou nos aposentos de Ganir.

— Como vai, minha filha? — Ganir a cumprimentou suavemente. Sentado atrás de sua mesa, ele aparentemente parecia estar vendo alguns antigos pergaminhos antes da chegada dela.

— Você disse que me avisaria quando seus homens tivessem informações — disse ela sem rodeios — Passaram-se vários dias e eu não tive notícias suas. Onde estamos no que se refere a localizar essa criatura? Se seus espiões não puderam localizá-la, não terei escolha a não ser mencionar o fato na próxima reunião do Conselho — a que vai acontecer na quinta-feira.

Ganir suspirou.

— Augusta, você precisa ter paciência. Não podemos agir com pressa.

— Não, *precisamos* agir rapidamente — ela interrompeu — Precisamos conter essa situação antes que fique totalmente fora de controle. Você conseguiu ou não saber alguma coisa até agora?

Ele hesitou por um instante, então inclinou a cabeça.

— Sim — disse ele — Há algo que quero lhe mostrar.

— Me mostrar?

O velho fez um gesto em direção a uma gota Captura de Vida em um vidro.

— É de um de meus observadores no território de Kelvin — disse ele suavemente. — A criação de Blaise foi vista lá, no mercado em Neumanngrad.

O pulso de Augusta se acelerou de empolgação.

— Seu observador a capturou?

— Não — Ganir disse — Não era tarefa dele.

— Está bem — Augusta disse — então o que aconteceu? Como ele conseguiu encontrar a tal coisa?

— É melhor você ver por si mesma.

Ganir pegou a gota e deu para Augusta.

— Mantenha em mente que isso vem de um homem e que é também um feiticeiro.

Augusta pegou a gotícula e estava para levá-la à boca, quando Ganir a deteve pela mão.

— Espere — disse ele — Antes de fazer isso, quero que inicie uma nova gravação. Ele apontou para a Esfera que estava na mesa dele.

— O quê? Por quê? — Augusta lhe deu um olhar curioso.

— Eu quero manter a Captura de Vida para mais estudos — ele explicou — Ao se gravar usando a gota de Captura de Vida, eu não perderei as informações contidas nela. Em vez disso, eu terei uma nova gota que incluirá alguns momentos antes de você usar a gota original e alguns momentos depois, assim como a gravação do original.

Augusta olhou chocada e pasma para ele. Por que ela não havia pensado nisso antes? A ideia era genial em sua simplicidade. Era amplamente conhecido que as gotas, quando consumidas, acabavam para sempre quando usadas. Porém, agora parecia que havia um jeito de usá-las várias vezes. Por que o velho havia guardado isso para si?

As implicações eram impressionantes. No mínimo poderia modificar a forma como a feitiçaria era ensinada. Seria preciso apenas ensinar uma vez a um grupo de alunos e registrar a aula em uma Captura de Vida. Então, a próxima aula poderia ser dada através daquelas gotas e as experiências deles também seriam registradas — e assim por diante. Isso diminuiria significativamente o tempo que cada feiticeiro experiente teria que gastar ensinando a aprendizes — uma tarefa que era particularmente do desagrado de Augusta.

É claro, agora que havia pensado nisso, não era de surpreender que Ganir tivesse escondido esse conhecimento. Augusta sempre suspeitara que o velho feiticeiro guardava segredos quando se tratava de suas descobertas. Ele tinha prazer em deter um conhecimento que ninguém mais possuía.

Percebendo que ela estava lá de pé, em silêncio, Augusta se aproximou da Esfera e furou seu dedo com a agulha que estava na mesa. Então, ela pressionou aquele dedo no objeto mágico e colocou a gota que segurava na boca.

* * *

Ganir pegou a gota que Vik havia trazido para ele. Levando-a a boca, ele fechou os olhos, deixando que a gota tomasse conta dele.

* * *

Vik estava sentado no telhado de um prédio que dava para o mercado. O clima era bom e ele estava bem feliz. Sua única queixa era uma farpa de madeira que entrara em seu dedo enquanto ele subia até ali.

Ele via todo o mercado daquele ponto e se colocou à vontade, sabendo que provavelmente seria uma vigília maçante. Seu trabalho naquele território era o de observar reuniões públicas, o que geralmente significava ficar sentado por várias horas olhando as pessoas fazendo compras. Como sempre, ele fazia a Captura de Vida da experiência, conforme Ganir havia mandado, embora Vik, honestamente não visse qualquer sentido em fazer aquilo. Nunca havia ocorrido nada de interessante naquela região.

Ele estava com uma Pedra Interpretadora e cartões com feitiços neles, prontos para serem usados. Um feitiço especialmente útil permitia que ele ampliasse sua visão, tornando seu trabalho um pouco mais suportável. Não havia nada igual a ver uma mulher se trocando no quarto, com a certeza de que ninguém poderia vê-la da rua.

Ganir havia dado a Vik vários cartões que tinham um código de feitiço complicado. Vik era um péssimo codificador e teve que acreditar em Ganir, quando o velho lhe assegurou que o feitiço de ampliação da visão era fácil.

Sua audição também se tornava mais aguçada, e o som do grito de uma mulher jovem foi o primeiro a alertá-lo da perseguição ocorrendo no mercado, abaixo. Outro ladrão, pensou ele preguiçosamente. Mesmo assim, Vik observou a mulher que corria e seu perseguidor, já que não havia nada melhor a fazer.

Seu interesse aumentou quando ele viu uma jovem atraente na multidão, seguindo a caçada. Ela parecia com a descrição do alvo pouco registrado até então. Tudo que sabiam do alvo é que era uma jovem donzela de olhos azuis e de cabelo loiro longo e ondulado. Supostamente, também era muito bonita. A mulher lá embaixo definitivamente se encaixava na descrição, como também centenas de outras que Vik havia visto passando — e até mesmo algumas que ele havia observado sub-repticiamente através de janelas.

Quando a ladra foi capturada, Vik continuou a observar a cena. Era certamente mais divertido do que observar velhas regateando com os mercadores.

Ele ouviu Davish falando e se divertiu com a piedade do fiscal. Uma mulher pobre, faminta com a mão direita cortada morreria de forma tão certeira como se fosse decapitada — só que sua morte seria mais lenta e mais dolorosa.

Como o resto da multidão, ele observou a mutilação da garota com um misto de pena e curiosidade mórbida.

E então, subitamente ouviu o Grito. Seus ouvidos pareciam ter explodido.

Com a cabeça ressoando, Vik se deu conta que alguém tinha usado um feitiço poderoso, feito para ensurdecer e controlar psicologicamente uma turba revoltosa — feitiço que ele conhecia, mas nunca tinha visto sendo usado na vida real. Esta versão, em especial, parecia mais potente do que nada que Vik houvesse lido. Se não fosse pelo feitiço do escudo protetor que Ganir havia insistido para que todos eles usassem em serviço, o Grito teria sido a última coisa que Vik ouviria na vida. Mesmo assim, ele estava sofrendo. As pessoas desprotegidas, na praça abaixo, caíam de joelhos, com os ouvidos sangrando.

Somente uma pessoa permaneceu de pé — a jovem que Vik havia notado antes. Atordoado, ele observou enquanto a bela garota andava em direção à plataforma de execução e colocou seus braços em volta da ladra, ajoelhada em uma poça de sangue no chão.

E então, Vik sentiu — uma sensação de paz e de calor diferente de tudo que ele já experimentara antes. Era beleza, amor e êxtase . . . era indescritível. A onda parecia emanar do centro da praça, onde as duas mulheres estavam de pé, juntas num abraço.

Um feitiço, ele percebeu, estupefato. Ele sentia os efeitos de algum feitiço — um feitiço forte o bastante para penetrar nas defesas mágicas dele.

O dedo dele formigou e ele olhou para baixo, observando enquanto a farpa lentamente saía de sua pele e viu que o ferimento sarou sozinho, desaparecendo sem deixar vestígios. Até sua cabeça, que latejava há pouco, por causa do Grito, estava completamente bem.

Lá embaixo, ele via a multidão ainda de joelhos, olhando para a jovem feiticeira com arrebatamento no rosto. Será que eles também haviam sentido a euforia que ele acabara de sentir?

E então, ele notou que sim — porque quando a linda garota se afastou da ladra, a mão da camponesa estava no lugar, inteira, de novo. Seja qual for o feitiço que a jovem usou, ele era tão potente que se disseminara através dos espectadores, curando até o pequeno ferimento de Vik. Que espécie de feitiço seria aquele?, ele se perguntou com temor.

Vik agora sabia porque Ganir havia enviado tantos homens para encontrar aquela garota. Quando a feiticeira tocou em Davish, Vik espetou seu dedo e tocou na Esfera de Captura de Vida que ele trazia consigo.

* * *

Com o coração aos pulos, Ganir recobrou seus sentidos. Por um breve momento, ele questionou se acostumaria aos efeitos desorientadores de sua invenção, e então sua mente se voltou para o que ele havia acabado de testemunhar.

O que o rapaz havia feito?, pensou ele de modo sombrio, espetando seu dedo e tocando na Esfera de Captura de Vida.

* * *

Augusta voltou a si arfando. Rapidamente espetando seu dedo, ela tocou na Esfera de Captura de Vida na mesa diante dela. A última coisa que ela queria era expor seus pensamentos íntimos para a pessoa que usaria a gota em seguida, como Ganir acabara de fazer. Já não bastava que mesmo assim haveria um momento de seus sentimentos capturados para que qualquer um visse — um momento de horror devastador e de desgosto.

Seus medos haviam se tornado realidade: a coisa tinha poderes extraordinários.

— E Davish? — ela perguntou a Ganir, tentando permanecer calma — Na gota, a criatura estava se dirigindo a ele.

O Líder do Conselho hesitou por um momento.

— Ele não... parece mais o mesmo depois do encontro com ela, segundo Vik.

— Como assim? — Augusta lhe deu um olhar inquisidor.

— O que sabe sobre Davish?

Ela franziu a testa.

— Não muito. Eu sei que ele é fiscal de Kelvin e supostamente não é muito melhor do que nosso estimado colega.

Kelvin era o membro do Conselho de Feiticeiros de quem ela menos gostava. Seu mau trato com as pessoas era lendário. Há vários anos, Blaise tinha até feito uma petição para que Kelvin fosse expulso do Conselho e tivesse seus bens confiscados mas, claro, ninguém ousou criar tal precedente contra um colega feiticeiro. Ao contrário disso, Kelvin acabou dando o controle de suas terras para Davish — que acabou se tornando uma imagem espelhada de seu amo, no que se referia ao tratamento dispensado aos camponeses.

Ganir assentiu, com uma expressão de desgosto surgindo em seu rosto.

— Isto é meia verdade. A reputação de Davish havia se espalhado por toda a parte. Aquela atrocidade que chamam de Coliseu tinha sido originalmente ideia de Davish.

— O que houve com ele? — Augusta interrompeu.

— Bem, aparentemente, depois do encontro que você acabou de ver, Davish começou a modificar várias práticas no território. Ele iniciou um esforço de ajuda para as famílias mais afetadas pela estiagem e há rumores de que ele possa vir a fechar ou modificar os eventos futuros do Coliseu.

Os olhos de Ganir brilhavam.

— Em resumo, Davish é um outro homem. Literalmente.

O estômago de Augusta pareceu se torcer, de forma desagradável.

— A criatura o modificou? Assim? Como é que se modifica alguém?

— Bem, teoricamente, há maneiras.

Augusta olhou para ele.

— Você também pode fazer isso?

— Não — Ganir balançou a cabeça — Eu gostaria de poder, mas não posso. No máximo, posso controlar a mente de um plebeu por um período curto de tempo. A matemática e a complexidade da mudança fundamental profunda estão além das capacidades humanas.

— *Além das capacidades humanas?* Isto não o aterroriza? — Augusta perguntou, enojada pelo pensamento de que aquela coisa tivesse tal poder.

— Provavelmente não tanto quanto aterroriza você — Ganir falou, observando-a com seu olhar sem brilho — mas sim, o poder de fazer com que alguém perca sua essência, sua personalidade, é um poder perigoso, principalmente se for abusado.

— Então, o que vamos fazer?

— Vou enviar a Guarda dos Feiticeiros — falou Ganir — Eles a trarão até aqui. Você viu como as defesas protegeram meu observador do poder total dos feitiços dela. Eu vou equipar a Guarda com defesas ainda melhores.

— Está pedindo que eles a tragam para cá, viva? Você arriscaria a vida deles e a sua apenas para estudar essa criatura? — Augusta ouvia sua voz se erguendo com uma descrença raivosa — Você está louco? Ela precisa ser destruída!

— Não — Ganir disse implacavelmente — Ainda não. Blaise, no mínimo, jamais nos perdoaria se a destruíssemos sem justa causa.

— Que importa? Ele nos odeia mesmo— Augusta disse amargamente. E se virando, ela saiu dos aposentos de Ganir antes que dissesse algo de que pudesse se arrepender depois.

CAPÍTULO TRINTA E CINCO

※ GALA ※

— Você ouviu? Disseram que ela soltava fogo dos olhos e que o cabelo dela era branco como a neve, se estendendo atrás dela por uns bons cinco metros — disse o homem barrigudo sentado no canto da mesa arrotando e depois limpando a boca com a manga.

— Sério? — O amigo magrinho do homem se inclinou para frente — Eu já soube de homens que ficaram cegos ao olhar para ela e depois ela os curou com um aceno de mão.

— Cegos? Eu não soube disso. Mas dizem que ela reviveu os mortos. Cortaram a cabeça da ladra e a cabeça renasceu.

O homem magro pegou uma caneca de cerveja.

— Ela também não é do Conselho. Ninguém sabe de onde veio. Dizem que ela usava andrajos, mas sua beleza era tanta que a pele dela brilhava.

Varrendo o chão em volta da mesa, Gala ouvia a conversa dos homens com deleite e descrença. Como haviam inventado todas aquelas histórias sobre ela? Ninguém da estalagem tinha estado no mercado — esse era um fato que ajudara a proteger a identidade dela, tanto quanto o xale grosso que Esther insistiu para que usasse enquanto fazia suas tarefas na estalagem.

Fazer a limpeza da estalagem era menos divertido do que Gala imaginara. Ela tinha se oferecido para ajudar na estalagem como forma de sair do quarto e conhecer mais a vida. Embora ela tivesse gostado de tricotar e de costurar — duas atividades que Maya e Esther haviam lhe dado como ocupação depois do fiasco no mercado — ela queria fazer algo mais ativo. É claro que Maya e Esther não tinham aceitado bem a ideia de ela sair do quarto. O maior medo delas era de que Gala fosse reconhecida.

Gala duvidava que alguém a reconhecesse, especialmente naquele disfarce que ela usava na estalagem, e ela tinha razão. O dia todo ela havia passado limpando, areando panelas na cozinha e lavando janelas, e ninguém tinha prestado a mínima atenção em uma garota camponesa mal vestida com um xale grosso de lã envolto na cabeça. Para maior segurança, Maya tinha até passado fuligem no rosto de Gala — um visual que Gala particularmente não gostava, mas aceitava como necessidade, em virtude do que havia acontecido no mercado.

Agora, após um dia inteiro de trabalho físico, suas costas estavam doendo e as mãos começavam a ficar com bolhas de segurar o cabo rústico da vassoura. Embora seus machucados sarassem rapidamente, mesmo assim ela não gostava da sensação de dor. Limpar não era nada divertido, pensou Gala, determinada a terminar aquela tarefa logo e depois descansar. Ela não conseguia imaginar como a maioria das mulheres comuns trabalhavam assim dia após dia.

Ela tentou realizar magias algumas vezes, estimulada por seu incrível sucesso no mercado. No entanto, para sua infindável frustração, parecia que ela não tinha controle de suas habilidades. Ela nem conseguia fazer um feitiço para limpar uma panela. Em vez disso ela quase tirou a pele da palma da mão por esfregar com toda sua força.

— Gala, você ainda está limpando?

A voz de Esther interrompeu os pensamentos de Gala. A mulher mais velha conseguiu se aproximar de Gala sem que ela notasse.

— Estou quase acabando — Gala disse com voz cansada. Ela estava exausta e tudo que queria era cair na cama, lá em cima.

— Ah, que bom.

Esther lhe deu um sorriso largo.

— Você quer ajudar a preparar o jantar?

Gala sentiu um filete de empolgação lutando contra a exaustão. Ela nunca havia cozinhado e estava louca para experimentar.

— É claro — disse ela, ignorando a forma como seus músculos protestavam a cada movimento.

— Então venha, filha, vou apresentar você à cozinheira.

* * *

Quando Gala voltou para o quarto mal podia andar. Parando para limpar o suor e a sujeira das mãos e do rosto, ela despencou na cama.

— E então, gostou de preparar o jantar? — Maya estava sentada no canto do chalé, tecendo calmamente outro xale — Achou tão divertido e educativo quanto esperava que fosse?

Olhando para o teto, Gala avaliou a pergunta dela por um instante.

— Para ser franca com você, não — admitiu ela — Eu estava cortando uma cebola e meus olhos começaram a chorar. Então, me trouxeram aves mortas e mal pude olhar para elas. Estavam arrancando as penas delas e tudo era horrorizante. E carregar todas aquelas panelas e caldeirões pesados... Eu realmente não sei como aquelas mulheres fazem isso todos os dias na cozinha. Eu acho que não ficaria feliz fazendo aquilo a vida toda.

— A maioria das camponesas não têm escolha — Maya falou — Se a mulher é bonita, como você, ela tem mais opções. Ela pode encontrar um homem que cuide dela. Mas se ela não tiver beleza — ou aptidão para feitiçaria — então a vida é difícil. Talvez não tão difícil quanto preparar o jantar em uma estalagem pública, mas não é divertida e agradável. O próprio parir em si já é brutal. Fico feliz em nunca ter que tido que passar por aquilo.

— É mais fácil para os homens?

— De certa forma — Maya falou enquanto Esther entrava no quarto — De outras maneiras é mais difícil. A maioria dos plebeus tem que trabalhar duro para cuidar da plantação, arar o campo e cuidar do gado. Se um trabalho é difícil demais para uma mulher fazer, então ela pode pedir ao marido para ajudá-la. Um homem, no entanto, só pode contar consigo mesmo.

Gala assentiu, sentindo que suas pálpebras ficavam pesadas. As palavras de Maya começavam a se misturar e ela sentiu uma lassidão familiar tomando conta de seu corpo. Ela sabia que aquilo significava adormecer e ela deixou vir, de bom grado, a escuridão relaxante.

* * *

A mente de Gala acordou. Ou, mais precisamente, ela se tornou ciente de si mesma pela primeira vez.

'Consigo pensar' foi seu primeiro pensamento consciente. 'Onde é isso?' foi o segundo.

Ela, de alguma forma sabia que os locais eram diferentes de onde ela se encontrava. Vagamente lembrou de visões de um local com cores, formas, gostos, odores e outras sensações fugazes — sensações ausentes ali. Havia ali, no entanto, outras coisas — coisas que ela não podia nomear. O mundo à sua volta não parecia se encaixar com as expectativas de sua mente. O mais próximo que podia descrever era uma escuridão permeada de lampejos brilhante de luz e cor. Só que não eram luz e cor, era outra coisa, algo para o que ela não possuía um nome equivalente.

Havia também pensamentos. Alguns pertenciam a ela, outros, a outras coisas — coisas que não eram nada para ela. Somente um pensamento era vagamente similar ao dela.

Ela não tinha certeza, mas parecia que aquele pensamento a buscava, tentando se aproximar dela.

Acordando com uma arfada, ela se sentou na cama, olhando em volta do quarto escuro.

— O que houve, filha? — Esther perguntou, deixando de lado o livro que ela estava lendo à luz de vela.

— Você teve um pesadelo?

— Acho que não — Gala disse lentamente— Acho que sonhei com um tempo antes de meu nascimento.

Esther lhe deu um olhar estranho e voltou ao livro.

Gala se deitou e tentou acalmar seu coração acelerado. Era a primeira vez que ela havia sonhado — e ela queria que Blaise estivesse ali, para que ela pudesse falar com ele a respeito. Ele acharia o sonho fascinante, já que tinha sido a respeito do Reino do Feitiço.

Fechando os olhos, ela se deixou levar de novo, esperando que seu próximo sonho fosse sobre Blaise.

CAPÍTULO TRINTA E SEIS

✴ BLAISE ✴

O confronto com Ganir deixou Blaise estranhamente inquieto. O velho estaria realmente oferecendo sua ajuda? Ele pareceu tão chocado quando Blaise lhe falou sobre o voto, que quase havia acreditado em suas mentiras.

O Conselho não sabia sobre Gala — a não ser que Ganir tivesse mentido a respeito daquilo também. Mas, se não tivesse mentido e se o Conselho não estivesse envolvido, então, quem tinha seguido Blaise naquele dia? Pensando bem, Blaise tinha decidido que poderia facilmente ter sido um dos espiões de Ganir. O velho feiticeiro era famoso por colocar seus tentáculos por toda parte.

Ganir claramente tinha planos para Gala — isso estava óbvio para Blaise. O Líder do Conselho estava longe de ser um tolo. Ele, mais do que ninguém, veria o potencial de um objeto mágico inteligente que tinha assumido a forma humana. É claro que Blaise não tinha intenção de deixar que Gala se tornasse a ferramenta de Ganir. Não importa o que Blaise tinha pretendido para ela, originalmente, ela era uma pessoa e ele tinha de ter certeza de que ela devesse ser tratada como tal.

Voltando para seu estúdio, ele se sentou à mesa, tentando pensar o que fazer em seguida. Se o Conselho não sabia sobre Gala, então ainda havia tempo. Blaise precisava ir até ela sem levar Ganir até lá. Suas experiências com o Reino do Feitiço claramente não eram a resposta. Levaria tempo demais para aperfeiçoar algo tão complicado.

Blaise precisava de alguma forma de se livrar de quem estivesse vigiando sua casa.

Ponderando o problema, ele imaginou se seria possível aumentar a velocidade de sua espreguiçadeira. Se ele pudesse ir significativamente mais rápido do que seu perseguidor, então ele poderia ganhar do espião na corrida e chegar até Gala antes que alguém o pegasse.

Repentinamente, ele teve uma ideia louca. E, se em vez de voar ele se teletransportasse até parte do caminho? Se o teletransporte fosse de uma distância suficientemente pequena, seria bem mais seguro, reduzindo as chances de se materializar em algum lugar inesperado. De fato, ele poderia se teletransportar para um local que pudesse ver com visão aumentada — e de lá, ele poderia fazer isso repetidamente. Assim a viagem ficaria significativamente mais curta em extensão e impossível de ser rastreada.

O único problema seria a complexidade do código que ele precisaria escrever — mas Blaise estava disposto a enfrentar o desafio.

CAPÍTULO TRINTA E SETE

✷ BARSON ✷

Entrando nos aposentos de Ganir, Barson se forçou a manter o rosto sem expressão.

— Fui chamado?

Ele propositalmente omitiu qualquer título honorífico devido ao Chefe do Conselho — um insulto sutil que ele sabia que Ganir não deixaria de notar.

— Barson — Ganir inclinou a cabeça, igualmente sem mencionar o título militar de Barson.

— Em que posso ajudar? — Barson perguntou com um tom extremamente polido — Devo acabar com outra pequena revolta?

A boca de Ganir se apertou.

— Sobre isso. Eu lamento ter sido mal informado sobre a situação no norte. A pessoa responsável por esse erro grave já foi devidamente cuidada.

— Claro. Eu não esperaria menos de sua parte — Barson teria feito a mesma coisa no lugar de Ganir. O velho feiticeiro claramente não queria qualquer testemunha de sua traição.

— Tenho uma pequena tarefa para você — disse o Líder do Conselho — Há uma feiticeira que está causando alguns distúrbios no território de Kelvin. Eu gostaria que você e algum de seus melhores homens a trouxessem para mim, para que possamos ter uma conversa.

Barson fez o que pôde para esconder sua surpresa.

— Você quer que eu lhe traga uma feiticeira?

— Sim — Ganir disse calmamente — Ela é jovem e não deve apresentar muito problema. É só falar com ela e convencê-la a vir a Turingrad. Este deve ser o melhor caminho. É claro que se ela relutar, tem minha permissão para usar os métodos de persuasão que achar necessários.

Barson inclinou a cabeça concordando.

— Será feito como queira.

* * *

Deixando Ganir, Barson andou pelos corredores da Torre, tentando entender o pedido do Líder do Conselho. A feiticeira no território de Kelvin devia ser a mesma sobre a qual Larn havia lhe informado — a mulher misteriosa que, supostamente, podia realizar milagres. Por que Ganir queria que fosse detida? E por que ele enviaria a Guarda para fazer isso? Os feiticeiros geralmente lidavam com seus próprios negócios, sem querer parecer vulneráveis para pessoas de fora — nem mesmo para a Guarda. O precedente de não feiticeiros subjugando alguém da elite seria algo que a maioria daqueles da Torre acharia assustador.

Havia apenas duas razões nas quais Barson conseguia pensar acerca do pedido de Ganir: o velho feiticeiro ou estava tentando manter a questão oculta do Conselho ou era outra trama para enviar a Guarda dos Feiticeiros para uma situação potencialmente fatal. Barson não acreditou, por um só segundo, no 'erro grave'. Estava óbvio que o velho de alguma forma tinha ouvido falar dos planos de Barson e fazia o possível para sabotá-lo.

É claro, também era possível que Ganir tivesse criado toda a situação esperando que Barson se recusasse a seguir suas ordens, dando ensejo, assim, de tomar atitudes contra Barson junto ao Conselho, caso ele se recusasse a seguir suas ordens. Não havia dúvida de que o Líder do Conselho tinha achado que, se eliminasse imediatamente a ameaça de Barson e seus tenentes mais próximos, o resto da Guarda voltaria a ser uma ferramenta leal dos feiticeiros.

Ao se aproximar de seus aposentos, Barson se surpreendeu ao ver Augusta de pé diante da porta, prestes a bater nela. Ela estava linda, mas surpreendentemente ansiosa.

— Preciso falar com você — disse ela quando ele se aproximou.

— Claro — Barson sorriu, com o coração batendo mais rápido ao se aproximar dela

— Entre. Vamos conversar.

Abrindo a porta, ele a fez entrar no quarto. No entanto, antes que ele pudesse beijá-la, ela começou a andar para cima e para baixo no meio do aposento.

Barson se encostou na parede, esperando para saber o que havia na mente dela.

Ela parou diante dela.

— Ganir vai chamar você — disse ela, parecendo preocupada. — Ele vai querer mandar você numa missão no território de Kelvin.

— Ah é? — Barson fez o possível para parecer levemente interessado. Augusta obviamente não sabia que ele acabara de estar com Ganir e ele estava curioso para saber o que ela ia dizer.

— É uma missão diferente. Ele lhe dirá para apreender uma perigosa feiticeira.

— Uma feiticeira? — Barson continuou a fingir ignorar o fato. Era uma sorte. Talvez Augusta lhe fornecesse as informações que ele necessitava.

— Sim — disse ela, olhando para ele — Uma poderosa feiticeira que Ganir quer usar para seus próprios fins.

— E que fins seriam esses?

— Ele quer me substituir por ela no Conselho — Augusta disse, olhando firmemente para ele — Como você provavelmente sabe, Ganir e eu não nos damos muito bem.

Não era o que Barson esperava ouvir.

— É mesmo? — ele perguntou suavemente, erguendo a mão para retirar uma mecha de cabelo do rosto dela. Estaria ela mentindo para ele? Para pessoas que não se davam bem, ela e Ganir certamente tinham se encontrado bastante ultimamente.

Augusta assentiu, pegando a mão dele e apertando-a levemente.

— É verdade. E por isso quero lhe pedir um favor.

Ela parou, mantendo o olhar.

— Eu não quero que ela seja trazida viva.

Barson não pôde esconder sua surpresa

— Quer que eu vá contra o Líder do Conselho e mate uma feiticeira?

— Ela não é o que parece — Augusta disse, apertando a palma dele com sua mão — Você estaria fazendo um favor ao mundo, ao se livrar dela.

Sua voz tinha um toque de medo, e isso surpreendeu Barson.

Ele olhou para ela, tentando descobrir o que tudo aquilo significava — Você está me pedindo para ir contra o Líder do Conselho e cometer o maior crime de todos — matar uma feiticeira — disse ele lentamente.

— Você percebe as consequências disso?

Ela assentiu, os olhos brilhando com uma emoção estranha.

— Eu sei o que estou lhe pedindo. Se fizer isso por mim, Barson, eu ficarei eternamente grata.

A mão dela ainda segurava a dele, e seu toque traía seu desespero.

Barson fez o possível para esconder sua reação às palavras dela.

— Então estamos nisso juntos, correto? — ele perguntou calmamente, colocando a outra mão, em concha, sobre o rosto dela — Se, como resultado, Ganir se tornar meu inimigo, você ficará do meu lado?

— Sempre — Augusta o encarou sem hesitar.

— Então, considere feito — Barson disse. Ele mal podia acreditar nessa reviravolta nos eventos. Ele se perguntava como fazer com que Augusta se unisse à causa dele, e ela se lançou sobre ele — figurativamente, dessa vez.

O rosto dela se iluminou e a pressão na mão dele diminuiu. Na ponta dos pés, ela o beijou suavemente nos lábios.

—Tome cuidado — murmurou ela, chegando-se para dar um toque na lateral do rosto dele — Faça parecer com que ela resistiu com tanta violência que você e seus homens não tiveram escolha a não ser matá-la. E isso pode chegar a ser mesmo verdade.

— E o quão poderosa é essa feiticeira? — Barson perguntou, com a mente voltada para a futura missão, não obstante a distração do toque de Augusta. Ele não gostava da ideia de matar uma mulher, mas recalcou aquele sentimento. Uma feiticeira podia ser tão poderosa quanto sua contraparte masculina — e potencialmente mais fatal do que cem de seus homens. Ele se lembrava de como Augusta havia sido útil durante a rebelião dos camponeses e sabia que seria preciso mais do que apenas algumas espadas e flechas para vencer essa luta.

— Ela é poderosa — Augusta admitiu de forma calma, olhando para ele — Eu não sei o quão poderosa ela é, mas eu quero que você esteja preparado para o pior. Eu também preparei alguns feitiços para ter certeza de que você e seus soldados estejam bem protegidos, tanto física quanto mentalmente, contra quaisquer ataques ela possa realizar contra vocês.

— Isso será útil — Barson disse. Apesar de Dara já ter dado a ele alguns feitiços de proteção, Augusta era uma feiticeira mais poderosa e ele gostava das proteções adicionais para seus homens.

— Eu também tenho um presente para você. Dando um passo para trás, ela tirou do bolso da saia o que parecia um pingente — Isso permitirá que eu veja tudo que acontece em um espelho especial — disse ela dando-o para ele.

Barson pegou o pingente e o colocou em sua cômoda.

— Eu vou usá-lo quando partirmos — ele prometeu. Seria de alguma forma limitante ter sua amante observando-o, mas isso também fortaleceria sua aliança.

Por ora, no entanto, ele queria reforçar o laço entre eles de forma diferente. Chegando-se a Augusta, ele a trouxe de encontro a si.

* * *

— Você precisa me deixar ir. Dara olhou para ele implorando — Barson, deixe-me ir com você.

— Pela centésima vez, você não vai.

Barson sabia que seu tom era agudo e ele o suavizou um pouco antes de continuar.

— É perigoso demais, mana. Se alguma coisa acontecer com você... Ele nem conseguiu terminar aquele pensamento horripilante. — Além do mais, você sabe que é importante demais para nossa causa. Se você for ferida, quem continuará a recrutar para nós. Você sabe o que aconteceu quando Ganir soube que eu estava me encontrando com aqueles cinco feiticeiros.

A irmã olhou frustrada para ele.

— Eu ficarei bem.

— Não, não há garantia disso — Barson balançou a cabeça — Eu não vou colocar você em perigo dessa forma. Além do mais, você sabe que se quisermos tomar o Conselho, temos que poder lutar contra ele. Precisamos começar a realizar testes, para saber como meu exército se sairia contra ele. Esta é a oportunidade perfeita, porque teremos que lutar apenas contra uma feiticeira, não contra todos eles.

Ela ainda parecia descontente, mas sabia que não adiantava mais discutir. Quando Barson decidia, havia muito pouco que se pudesse fazer para modificar isso.

— E você teve chance de ver os feitiços defensivos que Augusta fez? — Barson perguntou, mudando de assunto.

Dara assentiu.

— Ela fez um trabalho maravilhoso. Ela deve realmente gostar de você. O feitiço que ela fez para sua armadura — e para seus homens em geral — protegerá contra a maioria dos ataques elementares, assim como contra muitos que mexam com sua mente. Sua defensa anti-Grito, em especial, é uma obra de arte.

Barson sorriu. Ele gostava da ideia de Augusta se importar com ele.

— Por que ela não vai com você? — Dara perguntou, olhando para ele, com curiosidade. — Se essa missão é tão importante para ela, por que ela não vai junto?

— E abertamente ir contra Ganir?

O sorriso de Barson ficou maior.

— Não, Augusta é esperta demais para fazer isso. Há uma reunião do Conselho que se aproxima e, se ela não estiver lá, Ganir saberá imediatamente que está acontecendo alguma coisa. Meus homens têm ordens explícitas do Líder do Conselho de ir capturar essa feiticeira e se, por acaso, ela resistir à prisão... Ele encolheu seus ombros largos.

— Bem, essas coisas acontecem. Seria muito mais difícil explicar a morte de uma feiticeira se Augusta estivesse lá — ou você também.

— Mas você vai levar quase seu exército inteiro — Dara protestou — e não os poucos homens que Ganir sugeriu. Ele não vai suspeitar desse fato?

Barson sorriu.

— Quantos homens eu levo em uma missão militar é totalmente minha prerrogativa. Ganir não tem ingerência nisso.

— Você acha que ele fez isso de propósito novamente? — Dara perguntou — Mandando que você levasse apenas alguns de seus melhores homens enquanto o enviava contra uma poderosa feiticeira?

— Não tenho certeza — Barson admitiu — Parece que Ganir precisa realmente desta feiticeira mas, ao mesmo tempo, eu sei que ele adoraria que eu e meus homens mais próximos morrêssemos em combate. Talvez seja uma proposta totalmente vitoriosa para ele. Se nós a trouxermos, ele consegue o que quer. E se morrermos durante a missão, ele se livrará daquilo que ele considera uma ameaça — e haverá outras oportunidades para que ele a capture.

— Eu ainda me pergunto por que ele não nos matou de cara — Dara falou pensativa — ou procurou o Conselho com suas suspeitas.

— Porque eu não acho que ele perceba toda a extensão de nossos planos — falou Barson. — Ele provavelmente acha que sou apenas um soldado muito ambicioso com delírios de grandeza.

— É o que você é — Dara interrompeu, sorrindo.

— Não — Barson balançou a cabeça — Eu não lido com fantasias. Eu faço planos. Ganir, como o resto deles, nos subestima. Mas mesmo que ele tenha suspeitas, ele é esperto demais para lidar com elas abertamente. Ele não sabe quantos aliados temos ou a profundidade da conspiração. Se ele nos acusar, abertamente, de traição, meus homens tomarão atitudes — assim como aqueles que convencemos a se unir à nossa causa. Haverá guerra — uma verdadeira guerra civil — e acho que Ganir não está preparado para isso.

Dara franziu a testa com um olhar ansioso surgindo em seu rosto.

— O que foi, mana? Duvidando de nossos planos de novo?

— Não posso evitar — Dara admitiu — Mesmo com nossos aliados, ir contra o Conselho parece uma missão impossível.

— Tem razão —Barson sorriu para ela —Ainda não estamos prontos. No entanto, se conseguirmos que Augusta se una a nós, isso aumentará significativamente nossas chances de êxito.

— Acha mesmo que ela se juntaria a nós? Ela faz parte do Conselho.

— Ela já se uniu, apenas não percebeu isso ainda. O pedido dela vai contra minhas ordens — ordens que vieram diretamente do Líder do Conselho — o que significa que estamos ambos envolvidos em uma conspiração traidora.

Dara pensou naquilo por um instante.

— Sim, eu compreendo. E, com ela do nosso lado, as coisas seriam diferentes.

Barson assentiu. Ela já vislumbrava — as consequências de uma eventual troca de poder. Ele seria rei e Augusta sua rainha. Ambos de sangue nobre, como os governantes deviam ser.

— Tome cuidado nessa missão, Barson. Dara parecia mais preocupada do que o normal — Eu não tenho bom pressentimento com relação a isso.

Barson deu um sorriso tranquilizador para a irmã.

— Não se preocupe, mana. Tudo vai sair bem. É apenas uma feiticeira. Não será tão ruim assim.

E saindo da casa de Dara, ele seguiu de volta para a Torre, onde seus homens já se preparavam para partir.

CAPÍTULO TRINTA E OITO

※ GALA ※

No dia dos jogos do Coliseu, Gala tomou a decisão de se aventurar a sair da estalagem novamente. Nos últimos três dias ela tinha feito todas as tarefas imagináveis, desde esvaziar penicos dos quartos (com o que ela realmente entendeu a ideia de nojo) a fazer queijo do leite que os fazendeiros entregavam na estalagem, todas as manhãs. Enquanto a maioria das tarefas era interessante a seu modo — e Gala se revelou surpreendentemente boas em realizá-las — ela estava começando a se sentir enjaulada, uma prisioneira na estalagem onde Maya e Esther insistiam que ficassem enquanto esperavam por Blaise.

— Eu vou assistir aos jogos hoje — disse ela para Esther, ignorando a expressão ansiosa que apareceu imediatamente no rosto da mulher — Disseram que o Coliseu vai fechar depois disso e eu gostaria de ver os jogos pelo menos uma vez.

— Eu acho que não vai gostar dos jogos, menina — Esther disse, com o cenho franzido. — Além disso, e se alguém reconhecer você?

Gala respirou fundo. — Eu entendo e respeito sua preocupação — disse ela, determinada a amainar os temores de suas guardiãs — Eu pensei muito nisso, e acho que é seguro. Já faz vários dias que fui ao mercado e ninguém me reconheceu até agora. O disfarce que me fizeram é tal que ninguém nem chega a me olhar duas vezes. Eu sou apenas uma garota camponesa que trabalha na estalagem e ninguém vai pensar nada diferente disso se eu for assistir aos jogos hoje. Eu vou usar o xale no Coliseu também.

Esther suspirou. — Menina, você obviamente é uma feiticeira muito talentosa e parece estar ficando cada vez mais esperta a cada hora que passa, mas Blaise quer que fiquemos escondidas. Aqui na estalagem somos apenas duas velhas com uma jovem sobrinha que tenta ganhar um dinheirinho ajudando nas tarefas. Eu me preocupo com você em um evento público, minha filha. Acontecem coisas com você que eu não entendo. Eu não sei como você faz o que faz, mas não podemos chamar atenção sobre nós.

— Eu entendo — Gala disse de modo tranquilizador — Mas confie em mim, eu pensei nos aspectos positivos e negativos e sinto intensamente que vale a pena que eu vá lá. Esse tipo de evento é uma oportunidade rara e eu preciso ver por mim mesma já que é a última vez que o evento vai acontecer.

Esther balançou a cabeça, resignada.

— Discutir com você é como discutir com Blaise — ela disse, colocando o próprio xale:

— Vocês dois são impossíveis com toda sua conversa e raciocínio. Eu não sei quais são os pontos positivos e negativos, mas eu sei que é má ideia ir. Obviamente eu não posso impedir você da mesma forma que não posso impedir uma força da natureza.

Gala apenas respondeu com um sorriso, sabendo que ela havia conseguido fazer a seu modo.

Enquanto as três saíam da estalagem, Gala pensava como é que se impediria, literalmente, uma força da natureza. Ela havia lido sobre terríveis tempestades marinhas que haviam cercado Koldun e agora ela estava curiosa em saber se podiam ser detidas. A parte central era protegida dessas tempestades por uma cordilheira de montanhas em volta mas, em raras ocasiões, as tempestades ainda atravessavam as montanhas e ocasionavam muitas mortes. É claro que se as montanhas podiam deter as tempestades, um feitiço adequado — mesmo que complexo — poderia fazer o mesmo.

— Até agora tudo bem — disse Maya ao passarem por uma multidão de jovens e ninguém prestar atenção nelas — Talvez esteja certa, Gala. Apenas use o xale o tempo todo.

Gala concordou, puxando mais ainda o xale em volta de sua cabeça. Ela não gostava da sensação do tecido áspero, mas aceitava a necessidade de usá-lo.

Afinal, se não fosse por suas próprias ações no mercado, ela não precisaria usar o disfarce também na estalagem.

* * *

O Coliseu era a estrutura mais majestosa que Gala já havia visto. Maya conseguiu lugares perto do fundo do enorme anfiteatro, mais perto do palco, e Gala mal podia conter sua emoção ao aproximar do início dos jogos.

No começo, houve uma batida de tambor, seguida de uma música maravilhosamente cheia de energia. Gala ficou hipnotizada. Um portão se abriu lentamente no fundo do anfiteatro e uma dúzia de barris vieram rolando com as pessoas se equilibrando em cima deles, agarradas aos barris com os pés descalços. A multidão aplaudiu e Gala observou, fascinada, enquanto os acrobatas começaram a apresentar incríveis movimentos em cima dos barris, coordenando suas ações com precisão impressionante.

Mais artistas apareceram no portão, carregando grandes cestos com frutos que Gala reconheceu como sendo melões. Eles jogavam os melões para os acrobatas e os artistas pegavam os melões e faziam malabarismo com eles, tudo isso enquanto se moviam em círculos precisos em torno da arena.

Olhando para o intrincado caminho de voo das frutas que eram jogadas, Gala sentiu que sua mente entrava em um estado meio ausente, meio eufórico.

Ela via os padrões matemáticos exatos que regiam as trajetórias dos melões em voo, juntamente com os que eram necessárias para manter os barris equilibrados, enquanto a música e melodia tinham seu conjunto harmônico de vibrações com os quais os malabaristas estavam em sintonia. Tudo era tão impressionante que ela quase sentia como se fosse um dos acrobatas — como se ela pudesse ir até lá, subir no barril e fazer malabarismos com uma dúzia de frutas de acordo com a música.

Sorrindo, ela observava os acrobatas realizando seus truques, feliz por não ter obedecido Maya e Esther e pelo fato de estar ali, assistindo ao evento. Se ela não tivesse visto isso, tinha certeza de que se arrependeria para toda vida.

Quando surgiu o próximo ato, Gala estava rindo e se divertindo muito, como o resto do público. Para sua surpresa, em vez de pessoas, os próximos artistas eram ursos — animais selvagens sobre os quais ela havia lido nos livros de Blaise.

Dois grandes animais rolavam nos barris. Era divertido e, no início, Gala continuou a rir — até que ela viu um homem com um grosso bigode de pé no meio do palco. Ele estalava um longo chicote em volta dos ursos e sempre que ele o fazia, os animais pareciam se acovardar, reagindo ao som agudo.

Franzindo o cenho, Gala percebeu que os ursos não estavam gostando de estar ali — e, ao contrário dos acrobatas, eles não gostavam da atenção da multidão. Na verdade, pelo que ela percebia, eles só queriam sair daqueles barris idiotas e descansar, mas sempre que um deles errava, o estalar desagradável do chicote soava e os animais continuavam rolando pelo palco.

— Por que fazem esses animais fazerem aquilo? — ela sussurrou para Esther.

— Porque é divertido assistir? — Esther sussurrou de volta.

— Eu não gosto — Gala murmurou entredentes, infeliz de que os animais fossem forçados a fazer algo que claramente ia de encontro à natureza deles.

— Então vamos embora? — Maya perguntou esperançosa.

— Não — Gala balançou a cabeça — Eu quero ver o que vai acontecer.

Depois que os ursos saíram da arena, o próximo número era de um homem que engolia fogo, seguido por um grupo de jovens mulheres dançando com fantasias coloridas e reduzidas. Gala gostou disso, aliviada por não haver mais animais envolvidos no número.

E, quando ela estava quase achando que os jogos do Coliseu eram a melhor diversão que ela poderia imaginar, uma voz ecoou na arena, cortando a conversa empolgada da plateia. — Senhoras e senhores, agora é o momento que todos aguardavam.

Houve um rufar de tambor.

— Eu lhes trago . . . os leões!

A multidão fez silêncio, toda a atenção se concentrou no palco. Gala também esperava o que iria surgir, e uma intuição fazia com que seu estômago se contraísse de forma desagradável.

O portão se abriu de novo e uma dúzia de homens com pesadas armaduras surgiram, arrastando pesadas correntes atrás deles. No outro lado das correntes havia leões — as mais belas criaturas que Gala já havia visto.

As correntes estavam presas a coleiras enforcadoras com espigões que entravam profundamente nos pescoços dos animais. Com uma dor evidente, urrando e gritando, os leões eram forçados a andar para o meio da arena. Quando mais de uma dúzia de leões estava no centro, os homens com armaduras prenderam as correntes a ganchos no chão e saíram correndo, espetando os leões com longas lanças para impedir que os animais os atacassem. Isso pareceu enfurecer mais ainda as feras e seus urros aumentaram em volume, fazendo com que algumas mulheres da plateia dessem gritinhos de emoção.

Gala, com horror e desgosto crescente a cada instante, observou quando os portões se abriram novamente, deixando um grupo de homens entrar na arena. Diferentemente dos guardas de antes, esses homens estavam armados apenas com espadas curtas e de aparência enferrujada. Eles entraram aos tropeços na arena, muitos deles tropeçando nos próprios pés, e Gala percebeu que eles tinham sido empurrados — que eles não queriam estar lá tanto quanto os pobres leões. A expressão nos rostos dos homens era de medo e pânico.

O coração de Gala pareceu saltar até a garganta quando dois leões começaram a ir atrás de um dos homens, na arena. Ele se afastava de costas, brandindo a espada para eles, com movimentos desesperados e desastrados — e Gala percebeu que *esta* era a diversão.

Os leões e as pessoas estavam prestes a lutar até a morte.

Uma raiva mais forte do que tudo que Gala já havia sentido antes começou a crescer dentro dela. Isso tomou conta dela até tudo que ela conseguia ver, tudo em que conseguia se concentrar era na terrível cena que estava para acontecer.

— Parem — ela sussurrou, mal ciente do que estava dizendo.

Com o canto do olho, ela viu Maya e Esther olhando para ela, preocupadas, sentiu que puxavam sua manga, tentando tirá-la dali, mas era como se seus pés tivessem criado raízes. Ela estava congelada no local, incapaz de fazer nada a não ser assistir ao horrendo espetáculo lá em baixo.

Um alto rugido, então um borrão amarelo... Um leão investiu, jogando um homem ao chão, e Gala sentiu a sensação já familiar de perder o controle, de deixar que aquela outra parte desconhecida de si mesma assumisse o controle. Ela tinha vaga consciência de que algo dentro dela estava calculando a distância entre seu assento até o meio da arena — e logo ela saiu de seu lugar, flutuando até seu destino.

Tudo pareceu ficar em silêncio. Até mesmo os leões pararam de rugir, voltando a cabeça para olhar para a incrível visão de uma mulher voando nos ares.

Tudo estava tão silencioso que Gala conseguia ouvir o barulho das correntes enquanto os leões se moviam para o centro da arena onde ela iria aterrissar, deixando a presa, sem olharem novamente para ela.

E, então, Gala estava entre eles, cercada pelas lindas e ferozes criaturas. Ela sabia que eles eram perigosos, mas não sentia medo. Ao invés disso, ela sentiu admiração. Sem um pensamento consciente ela estendeu a mão e tocou no incrível animal mais próximo dela. Seu pelo parecia áspero, quase eriçado, mas por baixo, o leão estava quente — tão quente quanto a própria Gala. Naquele momento, ela soube que eles eram unos — ambos de carne e osso, uma manifestação de pensamento e matéria no Reino Físico.

Tentando chegar mentalmente ao leão, ela procurou tranquilizá-lo, dizer a ele que ela era amiga, que estava ali para ajudá-los. E o leão pareceu entender. Ronronando, a fera se deitou diante dela, com seus longos bigodes agradavelmente fazendo cócegas em seus tornozelos.

Abaixando-se, Gala tocou o estrangulador no pescoço do leão. O animal gemeu e ela afastou as correntes e removeu o enforcador, desesperada para libertar a majestosa criatura. Com um clangor estridente, todos os instrumentos de tortura felina se soltaram, não apenas no leão próximo dela, mas em todos eles.

Os leões rugiram em uníssono, quando o maior deles veio até ela. Ainda estupefata e sem medo, Gala estendeu a mão para ele, sorrindo enquanto ele lambia a palma de sua mão com sua língua rubra.

Lentamente começando a se acalmar, ela se apercebeu de murmúrios na multidão. Olhando para cima, ela viu que todos a observavam — e haviam percebido o que ela tinha feito. Ela tinha perdido o controle novamente e isso tinha acontecido no evento mais público possível.

Sua mão instintivamente se ergueu para tocar no xale, mas ela sentiu que, ao contrário disso, seu cabelo voava com a brisa. Seu disfarce não estava ali, mas caído embolado no solo da arena. Devia ter caído em algum momento, sem que ela notasse.

A respiração de Gala ficou mais rápida. Milhares de olhos estavam nela naquele instante. Blaise havia pedido que ela fosse discreta e ela falhou uma e outra vez, da maneira mais espetacular. Com um mal estar crescente, Gala lançou um olhar frenético em volta. Os leões estavam calmamente ali, de pé, como uma parede de carne animal e, do outro lado da arena, estavam os homens que deviam lutar contra eles, todos amontoados juntos, observando chocados e descrentes.

E Gala sabia o que devia fazer. Sua mente foi para aquele local, dentro dela, que agora ela começava a reconhecer — o local que lhe havia permitido realizar feitiços antes. Era ainda algo bem longe de ser capaz de controlar suas habilidades, mas pelo menos agora ela reconhecia quando estava prestes a usar isso.

Como algo distante, ela sentiu que estava para fazer exatamente o que ela havia feito no outro dia, no baile. Concentrada com toda força em Esther e Maya, nos leões, Gala deixou que o desejo de estar longe tomasse conta dela. Fechando os olhos, ela desejou que tudo voltasse ao lugar que lhes servira de casa nos últimos dias.

Ela desejou que estivessem de volta à estalagem.

E quando abriu os olhos, era exatamente onde estavam — ela, os leões e as duas mulheres mais velhas.

Infelizmente, diante deles, no campo seco de trigo, havia centenas de soldados fortemente armados.

Eles iam para a estalagem e, ao verem Gala se materializando com sua estranha entourage, pararam brevemente para descansar. Seus rostos eram duros, sem expressão, e Gala logo soube que eles estavam ali para pegá-la — que o que Blaise temia havia acontecido.

Seu coração saltou e, em pânico desesperado, sua mente conseguiu fazer o que ela tinha tentado fazer, inutilmente, pelos últimos vários dias: chegar ao criador de Gala.

"Blaise, acho que fomos encontradas".

CAPÍTULO TRINTA E NOVE

※ BLAISE ※

Esfregando os olhos, Blaise lutou contra a exaustão para escrever mais uma linha de código. Seu cérebro mal funcionava, mas ele estava apenas a poucas horas de terminar o feitiço que o levaria a Gala através de uma série de saltos de teletransporte. Sua tarefa era complicada pelo fato de que ele possuía apenas alguns cartões de feitiços pré-escritos com o código de teletransporte, e que o código se aplicaria apenas a uma pessoa — não a uma pessoa e sua espreguiçadeira voando, conforme Blaise pretendia fazer. Isso significava que ele estava essencialmente criando o feitiço desde o início, o que sempre tomava mais tempo.

No fundo de sua mente, ele teve aquela sensação de novo, a que precedia o Contato.

"Blaise, acho que fomos encontradas".

Como se um copo de água fria tivesse sido jogado em seu rosto, Blaise saltou da cadeira, seu coração martelando. A voz havia sido a de Gala, e tinha falado claramente em sua mente. Ele ficou tão chocado que nem teve a chance de ponderar o fato de que Gala havia de alguma forma alterado o feitiço de Contato de forma que sua voz havia soado na mente dele.

Não havia mais tempo para sentar e terminar o feitiço de teletransporte. Ele tinha que chegar até Gala, e tinha que fazer isso agora.

Pegando sua Pedra Interpretadora e os cartões de feitiço nos quais ele meticulosamente trabalhava, Blaise saiu correndo de casa. Ele já havia feito o suficiente do feitiço para ser capaz de telessaltar uma boa parte do caminho até Neumanngrad. O resto do caminho ele iria voar. Seria mais rápido do que terminar o feitiço agora.

Entrando rapidamente na cadeira, Blaise alçou voo e rapidamente colocou um dos cartões na Pedra. Ele nem se preocupou em olhar para trás para ver se estava sendo seguido. Agora que havia sido encontrada, não importava mais. Tudo que lhe importava era chegar a ela o mais rápido possível.

Quando ele se materializou a algumas milhas de distância, ele olhou adiante para ver se o caminho estava desimpedido e rapidamente escreveu o próximo conjunto de coordenadas em um cartão previamente escrito. Então, ele também o colocou na Pedra.

Quando ele ficou sem cartões, ainda estava a alguma distância. Xingando, ele tentou fazer com que sua cadeira andasse mais rápido, com o sangue gelando ao pensar que Gala estava lá com apenas duas mulheres velhas para protegê-la. Ele tinha sido um tolo ao deixar que ela saísse para ver o mundo sozinha e jamais cometeria tal erro de novo. O que fosse que acontecesse em seguida, eles ficariam juntos, jurou ele para si mesmo.

À medida que se aproximava de seu destino, ele ouviu trovões e viu que nuvens pesadas se formavam. As primeiras gotas de chuva tocaram sua pele logo, rapidamente se transformando em uma chuva torrencial. Abaixo, Blaise via o chão encharcado avidamente absorvendo a água — a primeira chuva desse tipo desde que a estiagem havia começado.

Apertando os olhos, ele espiou através da parede de água, tentando ver o que estava à frente. E, à distância, ele avistou a estalagem.

O que viu o chocou até o âmago mais profundo de seu ser.

CAPÍTULO QUARENTA

⁜ GALA ⁜

Encurralada. Ela estava encurralada.

A palavra martelava no crânio de Gala enquanto ela olhava para os soldados que se moviam agilmente em direção a ela. Do canto dos olhos ela via Esther e Maya congeladas onde estavam, com choque e medo refletido em seus rostos pálidos. Até mesmo os leões pareciam em torpor, desorientados por terem sido teletransportados tão repentinamente de um lugar para outro.

Ela os havia tirado do Coliseu e trazido para uma situação que parecia mil vezes pior.

Fechando os olhos, Gala tentou tirar a si mesma e a seus companheiros dali, mas quando ela os abriu, ainda estava lá, de pé. Suas habilidades mágicas, jamais confiáveis, aparentemente a tinham desertado de novo. Embora ela sentisse parte de sua mente em turbulência, ela não conseguia controlá-la o bastante para teletransportá-los dessa vez.

Uma onda de pânico aguçou sua visão. Gala, repentinamente, conseguia ver tudo, desde cada pinta e cicatriz no rosto dos soldados. Em vez de uma grande formação, eles estavam organizados em pequenos grupos, cada um deles com arqueiros no meio e homens com grandes escudos nas duas mãos, em semicírculo, à frente. Eles pareciam austeros e determinados, os arqueiros já apontando suas flechas e os espadachins segurando os punhos de suas armas com força, com seus antebraços musculosos tensos com a expectativa.

Estavam prontos para o combate.

Não, Gala pensou desesperada. Ela não podia deixar aquilo acontecer. Se os soldados tinham vindo para pegá-la, então ela precisava enfrentá-los ela mesma. Ela não podia deixar que Maya, Esther ou os leões fossem envolvidos naquilo.

Tomando coragem, ela começou a andar em direção ao exército.

— Gala, espere!

Ela ouvia Esther gritando atrás dela, e apressou o passo, querendo deixar as mulheres para trás.

— Fiquem aí — ela gritou de volta, voltando a cabeça para ver que os leões a seguiam e que Maya e Esther seguiam seu caminho. Gala queria que eles parassem, voltassem, mas sua magia não estava mais sob controle assim como as emoções duplas de medo e desespero que faziam com que todo seu corpo tremesse.

Sem saber o que fazer, ela começou a correr — correndo direto para os homens armados. Era uma sensação de liberdade, de forma estranha, apenas correr o mais rápido que podia e Gala sentia que sua velocidade aumentava a cada passo, até que ela estava praticamente voando em direção ao campo de trigo, deixando seu séquito para trás.

Um dos pequenos grupos de soldados andou para frente, colocando seus escudos de forma a aguardar um ataque. Ao mesmo tempo, os arqueiros soltaram suas flechas, fazendo com que o céu escurecesse. Mesmo com a mente em turbilhão, Gala podia calcular o caminho atual de flechas fatais, a trajetória ajustada de gravidade e vento. Ela sabia que muitas flechas a atingiriam e algumas até chegariam a seus amigos.

Ainda correndo, ela sentiu uma fúria crescente que saiu dela em uma explosão de fogo e que cobriu o céu e a terra em torno dela. A chuva mortal de flechas se desintegrou, virando cinzas em questão de segundos, mas os soldados permaneceram de pé. Seus escudos emitiam um fraco brilho que, de alguma forma, protegia os homens do calor enquanto uma nuvem de cinzas se assentava de forma grandiosa no campo em chamas.

Inabalada, Gala continuava correndo. Ela se sentia impossível de ser detida, invencível e, quando o grupo de soldados se aproximou diante dela, ela não pôde parar. Em vez disso, ela foi de encontro a eles a toda velocidade, sem ao menos sentir o impacto de seus escudos de metal batendo em seu corpo.

Os escudos e os homens que os seguravam voaram pelos ares, como se fossem feitos de palha. Seus corpos aterrissaram pesadamente a vários metros de distância e ficaram lá em um monte de ossos quebrados e carne ferida.

A percepção do que havia feito atingiu Gala em uma onda terrível, rompendo qualquer loucura que houvesse tomado conta dela. Parando, ela olhou com horror para a carnificina que havia causado.

Antes que pudesse prosseguir, ela ouviu uma voz profunda e grossa dando ordens, e se virou a tempo de ver um soldado correndo para ela, com a espada erguida.

— Pare — Gala sussurrou, estendendo a mão, com a palma para fora — Por favor, pare . . .

Mas ele não parou. Em vez disso, ele veio em direção a Gala, brandindo a arma em um arco mortal.

Ela saltou para trás, escapando da lâmina por um triz.

Ele brandiu a arma de novo e ela se esquivou novamente. Seus movimentos pareciam uma estranha dança e ela o acompanhava como se dançasse com ele. Ele investiu contra seu cotovelo e ela moveu o braço para trás. Ele investiu contra o pescoço dela e ela se jogou no chão e se ergueu de novo. Ele moveu seu pé para a frente, ela moveu o dela para trás. Ele começou a se mover mais rápido, com golpes e açoites contra ela com velocidade da luz e ela sentiu que seu corpo se ajustava, reagindo à velocidade dele com uma velocidade própria e crescente. Do canto do olho ela via mais soldados se aproximando, embora ainda estivessem a alguma distância.

Nada daquilo parecia real e Gala sentia que sua mente entrava em um novo tipo de funcionamento. Agora, era como se ela estivesse se observando à distância. Em vez de apenas reagir aos movimentos do soldado, era quase como se ela predissesse o que ele faria, com base em movimentos sutis de seus músculos e alterações diminutas em suas expressões faciais.

Ainda em sua dança mortal, ela sentiu que alguém se aproximava pelas suas costas. Era flagrante na dilatação das pupilas de seu oponente e num lampejo do reflexo de seus olhos. E, enquanto o outro soldado tentava golpeá-la, ela se abaixou a tempo de sentir que a espada zunia no ar onde sua cabeça estivera há poucos segundos.

Agora, ela lutava contra dois atacantes, mas isso não parecia importar. Ela ainda era capaz de se esquivar de suas espadas. Um golpe em seu braço e outro em sua coxa, e seu corpo se contorceu de uma forma que ela jamais havia se dobrado antes. Foi inconfortável durante um momento, mas eficaz — as espadas dos soldados erraram de novo.

Foi quando ela ouviu o primeiro rugido e um grito. Um leão tinha saltado sobre os soldados e ela sentiu sua agonia quando um soldado furou a pata dele. Ao mesmo tempo, ela ouviu o grito de dor do soldado cujo pescoço havia sido arrancado pelos dentes afiados do leão.

E mais um soldado se uniu aos oponentes de Gala. Agora, ela estava lutando contra três, mas ela aprendia seus movimentos e a dança se tornava mais fácil e não mais difícil. Parecia que ela conseguia se mover como eles, só que melhor e mais rápido. Com mais eficiência.

Mais leões saltaram sobre os soldados. Sem mesmo saber como, Gala sentia os movimentos dos animais. Era como se um estranho elo tivesse se formando entre ela e as feras, e, repentinamente, de forma impossível, alguma parte do cérebro de Gala parecia estar corrigindo os movimentos dos leões, fazendo com que eles se esquivassem das espadas dos soldados, assim como Gala se esquivava dos ataques que lhe eram dirigidos. Ao mesmo tempo, ela mantinha os leões contidos, evitando que rasgassem a pele dos soldados, como os animais tinham ânsia de fazer.

Cheios de sede de sangue, os leões lutavam contra seu controle e ela sentia que a ligação entre eles estava enfraquecendo, à medida que mais soldados entravam na luta. Ela agora se esquivava de cinco atacantes ao mesmo tempo. Uma espada atingiu um dos leões, cortando brutalmente as costas do animal e Gala sentiu uma fúria renovada — só que ela não sabia se era dela mesma ou do leão.

E, naquele momento, ela ouviu Maya e Esther gritando de medo.

Sua mente explodiu num surto de raiva.

Gala havia terminado com a mera defesa.

Quando o próximo soldado fez um movimento, ela pegou a espada dele, arrancando-a de sua mão com um movimento ágil e enterrando-a em seu peito. Retirando a espada, ela se esquivou do golpe de um segundo atacante e a espada em sua mão foi em direção ao pescoço dele. Ela sincronizou seus movimentos fatais de tal forma que, quando se esquivou do golpe do terceiro atacante, seu braço com a espada seguiu adiante, cortando o ombro de seu companheiro. E antes que o soldado ferido pudesse gritar, Gala pegou a espada dele ao cair, brandindo ambas as armas em um arco fatal.

Dois corpos sem cabeça caíram ao chão, enquanto Gala permanecia de pé, sua mente ainda anuviada pela fúria incandescente. Em algum lugar por perto havia um leão em convulsões de morte e sua agonia a enlouquecia ainda mais.

Mais soldados atacavam e as espadas de Gala os cortavam com precisão brutal. Ela não controlava, conscientemente, como suas mãos e seu corpo se moviam, em vez disso, era quase como se ela fosse outra pessoa. Parada, investida, corte, esquiva — tudo isso misturado enquanto ela lutava para chegar ao animal cuja dor ela sentia. Os homens caíam a seu redor, como moscas e o solo se tornava rubro de sangue.

Então quatro soldados grandes surgiram diante dela movendo-se com uma velocidade como nada que ela já houvesse visto antes.

O maior deles tinha um pingente em volta do pescoço.

CAPÍTULO QUARENTA E UM

※ BARSON ※

Nada estava saindo segundo os planos. Barson observava incrédulo enquanto a bela jovem abria caminho por seus homens, lutando com força e habilidades sobre-humanas.

Quando ele a viu surgir do nada com seus estranhos companheiros, ele percebeu que os rumores eram verdadeiros — que ela era realmente uma poderosa feiticeira. Teletransportar tantos era um feito que poucos, se é que algum membro do Conselho já conseguira realizar. Como uma jovem da qual nunca ouvira falar tinha conseguido tal feito?

Por um momento, ele havia hesitado, se perguntando se estaria fazendo a coisa certa. Destruir algo tão lindo seria uma pena, mas ela havia feito uma promessa a Augusta — e ele precisava da amante do seu lado. Chegando a uma decisão, ele ordenou que seus homens atacassem.

Eles já estavam preparados para um tipo diferente de batalha. Nenhum exército havia se defrontado com uma feiticeira, dessa forma, desde o tempo da Revolução. É claro que naquela época ninguém havia desenvolvido a estratégia que ele estava prestes a testar.

Ao invés de se unirem todos, ele havia ordenado que seus soldados se separassem em pequenos grupos para minimizar as chances de um feitiço em especial agir sobre todos eles. Ele jamais esqueceria a facilidade com que Augusta havia dizimado o exército dos camponeses, e ele não queria que seus homens tivessem a mesma sorte. Ao contrário daqueles pobres coitados, seu exército tinha a proteção de feitiços elementares e instruções detalhadas de como lidar com movimentos incomuns da terra. Assim, quando a garota lançou o feitiço de fogo mais poderoso que ele já vira, seus homens tinham ficado incólumes.

O que ele não contava era se deparar com um espadachim hábil. Porque a garota tinha que ser isso, apesar de sua aparência delicada. Ela lutava como um homem possuído, como um demônio de antigos contos de fadas, com uma habilidade e agilidade que possivelmente superavam as dele — uma habilidade que aumentava a cada instante. Como ela aprendia tão depressa? O que ela era? Havia uma precisão calculada em seus movimentos graciosos que parecia quase . . . não humana.

Ele notou apenas uma fraqueza. Ela parecia distraída quando os leões ou as mulheres mais velhas estavam em perigo. E, por mais repugnante que fosse, Barson sabia que era o que ele tinha que fazer.

Dando ordem para atear fogo às feras, ele seguiu em frente, decisivamente, com seus melhores homens.

Ela os enfrentou sem sinal de medo. Em poucos instantes, Barson e seus homens estavam lutando por suas vidas. A garota estava com duas espadas nas mãos, investindo a qualquer sinal de abertura, parando cada golpe que vinha em sua direção. O pior de tudo, no entanto, era que ela se adaptava a cada golpe, tornando-se mais veloz e mais eficiente à medida que a luta prosseguia. Se não corresse perigo de morrer, Barson daria tudo para estudar a técnica dela — porque a essa altura, ela era a perfeição em pessoa, uma virtuosa com a espada, cada movimento imbuído de um propósito fatal.

O primeiro sangue nesse confronto frenético veio de um golpe no ombro de Kiam. Um minuto após, Larn estava sangrando na coxa. Furioso, Barson colocou toda sua força em um ataque final e desesperado — e então ele sentiu o odor acre de pelo de leão queimado.

A garota estremeceu, perdeu sua concentração e Barson finalmente viu uma abertura na defesa dela. Com uma estocada rápida, a espada dele abriu um corte na barriga dela, criando um ferimento profundo e com jorro.

Ela gritou, soltando as armas e agarrando a barriga com força.

Barson e seus homens se prepararam para matá-la.

CAPÍTULO QUARENTA E DOIS

※ GALA ※

Gala havia sentido dor antes, mas nada a havia preparado para isso.

A agonia era debilitante. O homem com o pingente — o homem que parecia lutar como nenhum outro — havia feito um corte nela.

Agarrando sua barriga, ela podia sentir o fluir cálido de sangue através dos dedos, e, pela primeira vez, ela foi assolada pela percepção de que ela poderia deixar de existir.

Não. Gala não podia, não aceitaria aquela possibilidade.

O tempo pareceu ficar mais lento. À distância, ela ouvia os leões rugindo e sentia a dor de seu corpo queimado. Ela também via as lâminas dos soldados movendo-se lentamente em direção a ela, pronto para acabar com a vida dela.

Naquele breve momento de tempo, um milhão de pensamentos passaram por sua mente. A dor em sua carne ferida era terrível e a percepção que ela havia ferido os soldados da mesma maneira aumentava esse turbilhão. Será que ela morreria agora. Ela podia morrer? Até agora, seu corpo não havia se comportado como o de uma mulher normal, mas precisava estar ligado a algumas regras que estavam, de alguma forma, baseadas em como os corpos humanos funcionavam. Ela se cansava, ela comia e até dormia. Ela sentia medo e alegria, sentia calor e frio. Será que ela morreria se aquelas espadas que se moviam lentamente chegassem a seu corpo?

Não, Gala decidiu. Ela não podia arriscar deixar que aquilo ocorresse. Ela não ia deixar que a matassem. Ela amava demais existir. Ela tinha muito que ver, que vivenciar. Ela queria ver Blaise novamente, sentir seus beijos.

Ela também tinha que salvar os leões, Esther e Maya.

Quando as espadas de quatro soldados estavam para furar sua pele, ela usou de toda sua energia em um último golpe desesperado. Concentrando sua fúria nas lâminas de metal que haviam causado tanta dor, ela desejou que elas se fossem, com toda sua força.

E seja qual for o feitiço que ela tenha usado, isso começou a acontecer. Gala sentiu uma explosão de agonia como jamais havia sentido. Os leões rugiram e ela sentiu a dor e o sofrimento *deles*, os gritos dos soldados acrescentando ao caos.

Através da névoa que obscurecia sua mente, ela entendeu o que tinha acontecido. Ela tinha feito com que todas as espadas do campo explodissem, criando fragmentos mortais de metal que penetravam e em cada pedaço de pele exposta. Ninguém havia escapado ileso — nem os soldados, nem os leões e nem mesmo a própria Gala. Somente Maya e Esther estavam suficientemente afastadas para ficarem em segurança. Ali, no campo, os resquícios da relva em combustão estavam cobertos de sangue.

Estupefata, Gala olhou para os fragmentos de metal que saíam de seu corpo. De alguma forma, vê-los piorava a dor. Caindo de joelhos, ela jogou a cabeça para trás com um grito de agonia. Como se atendendo à sua agonia, os fragmentos de metal saíram de seu corpo, ficando por um momento no ar antes de caírem no chão. À sua volta, a mesma coisa acontecia aos soldados e aos leões.

No entanto, a dor não melhorava. Com a visão embaçada, Gala lutava para se manter de pé. Tudo que ela queria agora era sair dali, ir voando embora daquele terrível campo de matança antes que alguém se recuperasse o bastante para atacá-la de novo. E foi quando ela sentiu seu corpo lentamente flutuando, erguendo-se do chão.

Mãos fortes pegaram sua perna enquanto ela se erguia no ar e Gala viu o soldado com o pingente — o que a havia ferido — segurando-a com uma determinação inflexível. O rosto dele e sua armadura estavam cobertos de sangue, mas isso não parecia impedi-lo. Ela estava fraca demais para afastá-lo e os dois flutuaram juntos, erguendo-se lentamente no ar.

Abaixo, Gala podia ver o campo de batalha. Estava repleto de corpos e encharcado de sangue. Ela tinha feito aquilo. Ela havia causado toda aquela dor e sofrimento. A percepção disso era pior que a agonia que assolava seu corpo.

Erguendo as mãos para o céu, Gala observou a vastidão azul brilhante. Um som saiu de sua garganta, um som que se transformou em outra coisa. Ela não suportava a sensação de sangue em suas mãos. Ela precisava lavar aquele pesadelo.

Ela começou a chorar. Os soluços saíam de sua garganta e lágrimas desciam pelo seu rosto, seu corpo todo tremendo à medida que se erguia cada vez mais alto do chão. As mãos do soldado apertaram a perna dela, seus dedos brutalmente cravando em sua pele, mas ela nem ligava para isso, consumida demais por seu próprio horror e arrependimento cheio de amargura.

Um lampejo de luz brilhante ofuscou a visão dela. Foi seguido por um barulho explosivo e um céu que se escureceu rapidamente. Apareceram nuvens cobrindo o sol e o vento aumentou. Outro lampejo de luz, outro barulho explosivo e Gala se deu conta de que eram raios e trovões. Uma tempestade se armava, um fenômeno atmosférico sobre o qual ela apenas havia lido.

O céu se abriu e a chuva começou, com pingos grossos caindo sobre Gala, ensopando sua pele. A umidade fria era boa em sua pele superaquecida, lavando o sangue e a sujeira.

A chuva também parecia revigorar o enorme soldado agarrado à sua perna. Ele soltou uma das mãos e puxou uma adaga de algum lugar, segurando-a contra a coxa dela.

— Leve-nos para baixo — ele ordenou rispidamente — Agora.

Gala tentou chutá-lo, mas a adaga penetrou em sua pele e ela viu a intenção assassina no rosto do homem. Ele estava disposto a fazer com que descessem a qualquer custo — mesmo que fazer isso significasse perder a própria vida.

Com o corpo ainda consumido por uma dor insuportável, Gala instintivamente se concentrou na tempestade, sentindo fúria profundamente em seus ossos.

De repente, houve um outro lampejo de luz e uma explosão de dor. Voaram fagulhas e Gala percebeu que um raio havia atingido a adaga do homem e sua força percorrera os dois corpos. O aperto da mão do soldado na perna dela afrouxou e ele mergulhou em direção ao solo abaixo.

Chocada e pasma, Gala continuou a flutuar por um instante antes que encontrasse força para se concentrar em outra coisa que não fosse a dor. Lembrando-se da ladra que ela havia curado, ela tentou recordar a forma como ela havia feito — a paz que havia permeado cada fibra de seu ser. E então ela começou a sentir isso de novo, a sensação cálida que começava dentro dela e que se irradiava para fora através de seus braços estendidos, se intensificando a cada momento, a dor se transformando em prazer, em uma sensação de calor, luz e felicidade.

Ela queria congelar esse momento e sentir esse bem estar para sempre.

Através da névoa do prazer ela sentiu lentamente a inconsciência se infiltrar e ela não pôde mais lutar.

Ela seria tomada por um sonho agradável, Gala pensou e apagou.

CAPÍTULO QUARENTA E TRÊS

※ AUGUSTA ※

Saindo da reunião do Conselho, Augusta se apressou em ir para seus aposentos, andando o mais rápido possível sem chegar a correr. Geralmente, as reuniões do Conselho estavam longe de ser sua atividade favorita, mas a de hoje tinha sido especialmente intolerável. Jandison havia se queixado sem parar e além disso, Augusta estivera lá sentada pensando no fato de que, naquele instante, Barson provavelmente estava se livrando da abominação de Blaise.

Ela não temia exatamente por ele. Seu amante tinha uma força enorme a ser enfrentada em um campo de batalha e ela havia usado muitos feitiços protetores para ajudá-lo em sua tarefa. Na verdade, ela estava ansiosa para ver a criatura destruída, permanentemente exterminada. Nas últimas duas noites, ela havia tido pesadelos, sonhos de aquela coisa se tornar mais poderosa e de o chão se tornar vermelho da carnificina que causava. Ela sabia que os sonhos eram apenas produto de seu inconsciente lidando com a situação mas, mesmo assim, eram perturbadores.

Era bom ficar sabendo que a questão havia sido resolvida.

Entrando em seus aposentos, Augusta se dirigiu para o espelho que mostraria a batalha através do pingente de Barson. Sentando-se diante dele, ela retirou sua capa.

A imagem diante dela era de uma batalha em andamento. Augusta observou com uma sensação de gratificação quando a criatura havia usado, sem êxito, um feitiço de fogo contra o exército de Barson. As defesas de Augusta tinham protegido, como ela sabia que o fariam.

No entanto, à medida que a batalha continuava, Augusta foi ficando cada vez mais ansiosa. A coisa movia seu corpo de forma não natural, aprendendo a lutar com a espada com uma velocidade que não era humana. Augusta não conhecia qualquer feitiço que permitisse que alguém lutasse daquele jeito.

Logo a batalha se tornou um massacre. A criatura matava com terrível precisão repetidamente até que tudo que Augusta conseguia ver era sangue e morte. O fato de a monstruosidade se manifestar como uma jovem mulher delicada tornava a cena muito mais macabra.

Quando Barson começou a se mover em direção à criatura, Augusta sentiu seu estômago paralisar.

— Não, não — ela sussurrou para o espelho, começando a perceber o quanto ela havia subestimado aquele ser não natural.

E então, Barson conseguiu ferir a coisa. Augusta saltou, gritando triunfante — até que ela viu a criatura realizar uma magia mais destrutiva ainda. Sem se preocupar com sua própria segurança, ela fez com que todas as espadas se partissem em pedaços, enviando os pedaços mortais de metal voando por toda parte.

— Barson, pare! — Augusta gritou enquanto seu amante — sangrando, mas vivo — se agarrou na coisa, flutuando em voo com ela.

— Solte-a! Por favor, solte-a!

Ele não podia ouvi-la, é claro, e Augusta observava horrorizada e chocada enquanto a tempestade começava e um raio atravessava o corpo de Barson. Seu feitiço elementar de proteção havia abafado o efeito total do raio, mas a dor deve ter sido insuportável, mesmo para Barson. As mãos dele se soltaram e ele começou a cair para a morte.

Alguns segundos depois, a imagem no espelho se partiu em dezenas de peças e escureceu.

Soltando um grito de ódio angustiado, Augusta bateu no espelho, repetidamente, até que suas mãos sangrassem e o espelho caísse em pedaços no chão.

Soluçando, ela caiu de joelhos.

Ela havia feito aquilo. Ela havia ocasionado a morte de seu amante. Se ela tivesse ido diretamente ao Conselho assim que tivesse sabido sobre a criatura, nada disso teria acontecido e Barson ainda estaria vivo. Com lamentos de agonia, Augusta se balançava para frente e para trás.

Ela havia deixado que seus sentimentos por Blaise confundissem seu juízo, mas ela não cometeria esse erro novamente. Blaise agora estava morto para ela — tão morto quando a sua criatura ficaria quando o poder pleno dos feiticeiros de Koldun fossem desencadeados sobre ela.

A coisa era má e o mal tinha que ser detido a qualquer custo.

CAPÍTULO QUARENTA E QUATRO

⁕ BLAISE ⁕

Com o coração batendo no peito, Blaise voou o mais depressa que podia. Lá fora, no meio da gigantesca tempestade estava Gala. Ela flutuava no ar, com um homem pendurado em suas pernas. O solo estava coberto de corpos e soldados. Blaise não sabia se estavam mortos ou apenas gravemente feridos.

Sua espreguiçadeira balançava por ser forçada a voar no limite máximo, tentando ir cada vez mais rápido. O vento da tempestade dificultava seu esforço, por isso ele pegou sua maleta em busca da Pedra Interpretadora e de alguns cartões. Adicionando freneticamente alguns parâmetros chave ao código, ele enfiou os cartões na Pedra e aguardou.

Imediatamente, um novo vento surgiu. Era fraco comparado às forças insanas que Blaise imaginava que Gala tinha desencadeado, mas soprava exatamente na direção que ele precisava.

A seguir, Blaise pegou um lenço. Ignorando a chuva e os raios, ele recitou um feitiço oral. Ao terminar, o lenço começou a crescer até que ficou parecendo mais um lençol. Mais um feitiço e o lençol se uniu à traseira da espreguiçadeira, tornando-se uma espécie de vela improvisada.

A cadeira ficou mais rápida, ajudada pelo vento.

Os raios continuavam a atingir o solo e Blaise observou horrorizado quando um deles atingiu o homem que estava com Gala. No lampejo brilhante causado, Blaise pôde ver o rosto do homem.

Era Barson, o Capitão da Guarda dos Feiticeiros — um homem conhecido por ser um lutador sem igual.

Com velocidade de um raio, o corpo todo de Barson estremeceu e então soltou Gala e começou a cair.

Um momento depois, Blaise começou a sentir uma sensação estranha — um calor de felicidade parecia permear seu corpo apesar do vento e da chuva que acoitavam sua pele. Toda a tensão pareceu ser retirada dele e foi substituída por uma paz diferente de tudo que ele já havia sentido antes. Era algo impressionante, hipnótico, e Blaise sentiu que começava a ser levado, sua mente enevoada com intenso prazer.

Um feitiço de cura, ele percebeu vagamente, seus pensamentos lentos e indolentes, como se ele estivesse adormecendo. Um feitiço de cura como o que a mãe dele costumava fazer, só que mil vezes mais poderoso. Um feitiço de cura que faria com que ele esquecesse tudo, se assim permitisse.

Não, Blaise pensou, suas unhas cravadas na pele. Ele não podia se deixar levar. Buscando o abridor de cartas que ele sempre levava em sua pasta, ele o tirou de lá e fez um corte na palma da mão. A dor foi forte e o sangue jorrou por um momento, mas então sua pele se fechou, como se nada tivesse acontecido. Ele repetiu a ação várias vezes. As eclosões de dor evitavam que ele fosse tragado por aquele estado maquinal e de torpor de felicidade.

Adiante, ele viu Gala começando a cair e sentiu os efeitos do feitiço de cura começarem a diminuir. Os trovões e raios amainaram, embora a chuva continuasse a cair em um ritmo contínuo.

Ajustando sua espreguiçadeira para o solo, Blaise chegou abaixo do corpo de Gala bem a tempo.

Ela aterrissou em cima dele e Blaise pegou-a nos braços, puxando-a para si. Ela parecia inconsciente mas viva, com seu corpo esguio suave e quente contra seu peito. Tremendo, Blaise mentalmente agradeceu a seus mestres, até mesmo ao canalha do Ganir, por estimularem e alimentarem suas habilidades matemáticas. Se o ângulo de descida tivesse sido ligeiramente diferente, Gala teria mergulhado no solo abaixo.

Olhando para baixo, para seu belo rosto, Blaise se abaixou e beijou suavemente seus lábios, sentindo o gosto da chuva e da essência singular de Gala. Ele não conseguia acreditar que ela finalmente estava ali, com ele e a abraçou, tentando não amassá-la em seus braços. Mesmo vestida com roupa de camponesa e com sujeira no rosto, ela era linda o bastante para fazer com que ele sofresse.

Eles desceram lentamente e ele viu o campo totalmente pela primeira vez. Em volta deles, os soldados da Guarda dos Feiticeiros começavam a se movimentar, embora muitos deles ainda estivessem com pedaços de metal saindo de suas armaduras. Havia também leões andando, uma visão que teria surpreendido Blaise mais ainda se ele não estivesse tão surpreso com o resto. No canto do campo, ele via Maya e Esther. Estavam abraçadas e olhando para o campo com expressão aterrorizada nos rostos.

A espreguiçadeira tocou o chão e Blaise saltou, ainda segurando Gala em seus braços. Ela se moveu, fazendo um barulho suave e, então, seus olhos se abriram tremendo.

Sorrindo, Blaise a olhou de volta.

— Blaise! — O rosto dela se iluminou com um assombro feliz. — Você está aqui!

— Sim — disse ele suavemente — Eu estou aqui e eu não vou a parte alguma.

Inclinando a cabeça, ele a beijou novamente. Os braços dela estavam em torno do pescoço dele e ela puxou a cabeça dele para baixo, retribuindo o beijo com tanta paixão que Blaise sentiu um surto de calor apesar da chuva fria que caía. Pela primeira vez desde que Gala tinha ido, ele se sentiu vivo — vivo e desejando-a com cada parte de seu ser.

Antes que pudesse se descontrolar totalmente, Blaise recuou. Por pior que fosse ter que parar por ali, ele precisava avaliar a situação.

— O que aconteceu aqui? — perguntou ele, colocando-a suavemente de pé.

Gala piscou, parecendo flagrada, por um momento e, em seguida, olhando freneticamente em torno.

— Eles estão curados — disse ela com espanto, dando um passo para trás e apontando para os leões — Veja, Blaise, eles estão todos curados!

Blaise olhou para as feras que agora pareciam seguir Maya e Esther.

— Isso é bom, eu acho — disse ele, com um pouco de incerteza. Em volta deles, havia soldados lentamente começando a se levantar.

— Eles também estão curados — Gala falou, acompanhando o olhar dele — Eu devo ter feito isso sem querer.

Ela parecia aliviada, e Blaise achou isso estranho.

— Eu achei que queriam matar você — disse Ele. — O que houve aqui?

E, enquanto andavam em direção à Maya e Esther através do campo, repleto de soldados pasmos, mas lentamente se recuperando, Gala contou a ele tudo sobre o combate e os incidentes no mercado e no Coliseu.

Blaise, abismado, ouviu tudo. Ele sabia que ela era poderosa, mas jamais teria imaginado algumas das coisas que ela fez. E ela ainda não parecia ter controle de seus poderes.

— Eu sinto muito por ter saído — Gala falou enquanto se aproximava das mulheres. Sua voz estava repleta de amargo arrependimento. — Eu causei tanto caos e sofrimento ... eu não consigo me controlar, Blaise. Eu devia ter ficado com você e tentando aprender feitiçaria como você queria que eu fizesse, em vez de sair para conhecer o mundo. Nada disso — ela apontou para o campo cheio de sangue —devia ter acontecido.

Blaise pegou a mão dela, apertando-a levemente.

— Não se preocupe — disse ele suavemente — Eu estarei com você daqui por diante.

A mão dela era pequena e estava fria dentro da dele, e ele percebeu como ela era frágil, apesar de seus poderes.

Gala assentiu, e ele viu que parte de sua antiga exuberância não estava mais presente. Mesmo com o passar de tão poucos dias, ela parecia diferente, de alguma forma mais madura. Enquanto caminhavam, ele via as lágrimas que desciam pelo rosto dela, misturadas aos pingos de chuva.

— Nem todos se movem — disse ela, olhando para os soldados caídos — Blaise, acho que matei alguns deles. Havia uma nota de horror escondida em sua voz.

Blaise novamente se amaldiçoou por não estar lá para protegê-la.

— Você estava se defendendo.

Ele parou, fazendo com que ela parasse também.

Colocando as mãos no rosto dela, ele viu seu olhar cheio de tristeza.

— Gala, ouça, isso não foi culpa sua.

— Claro que foi — disse ela com amargura — Eu fiz isso. Eu matei aqueles homens.

— Eles estavam tentando matar você — falou Blaise com firmeza — A culpa é deles, não sua. Se eu estivesse aqui, eu teria matado todos. Você, pelo menos, salvou os sobreviventes. Isso é mais misericórdia do que eles mereciam.

— Gala!

O grito de Maya interrompeu e os dois se viraram em direção ao som. As duas mulheres estavam de pé a alguns metros, cercadas por um círculo de leões.

— Gala, tire esses monstros devoradores de humanos de perto de nós!

Para surpresa de Blaise, um leve sorriso apareceu no rosto de Gala e os leões se deitaram, transformando-se em gigantescas bolas de pelo aos pés de Maya e de Esther.

— Não — Esther disse de forma frenética — não faça com que nos encurralem — apenas faça com que vão embora.

Voltando-se para Maya, ela falou em voz alta:

— E você, não vê que gritando com eles poderá fazer com que se sintam ameaçados?

As duas mulheres discutiam e os leões meramente erguiam as orelhas de vez em quando, se contentando em ignorar os humanos.

— Eles parecem estar bem — Blaise falou para Gala quando ela voltou sua atenção novamente para ele — Você os salvou, sabe. Eu não sei o que os soldados teriam feito a eles.

Ela concordou, seus olhos ainda parecendo bastante enevoados para o gosto dele, e Blaise sabia que aquilo servia de pouco consolo para ela, no momento, que ela jamais seria capaz de esquecer completamente os eventos daquele dia terrível.

CAPÍTULO QUARENTA E CINCO

※ BARSON ※

Barson mergulhava para o solo quando sentiu a primeira onda de êxtase tomando conta dele. Deve ser isso o que se sente ao morrer, pensou ele, à medida que toda dor deixava seu corpo e uma paz bem aventurada assumia seu lugar. Era diferente de tudo que ele já sentira antes. Todos seus ferimentos pareciam ter sarado, os restos de metal saíam de seu corpo como se puxados por alguma força invisível.

Então ele bateu contra o chão.

O impacto tirou todo ar de seus pulmões. Pontos negros dançavam em sua visão e Barson lutava para respirar através da cavidade comprimida de seu peito. Ele via o pingente ao lado, no chão, em pedaços, diante dele. Estava ao lado de seu braço protegido pela armadura, que estava em um ângulo esquisito. Ele teve o pensamento estranho de que ele também estava quebrado, assim como o pingente.

Foi então que a dor o atingiu de forma maciça. Parecia que todos os ossos de seu corpo estavam quebrados, cada órgão abalado e que havia uma hemorragia interna. A visão estava embaçada e um enjoo forte queimava sua garganta, mas ele lutava contra a escuridão que tentava tragá-lo. Ele não podia, ele não ia se permitir morrer assim.

E, quando Barson sentiu que ia perder aquela luta, a dor começou a diminuir novamente, desaparecendo milagrosamente como tinha ocorrido antes. Ele sentia seu corpo se curando, sarando e era a sensação mais impressionante — até que aquela paz bem aventurada tomasse conta dele novamente, cobrindo-o de uma tepidez singular.

Ele não podia mais lutar contra a brandura do limbo e deixou que a onda de prazer tomasse conta dele.

CAPÍTULO QUARENTA E SEIS

❖ GALA ❖

— Eu quero sair desse lugar — Gala disse a Blaise depois que os leões deixaram Maya e Esther em paz, deitados a alguns metros de distância.

Ter Blaise ali, com ela, fazia com que se sentisse melhor, mas ela precisava sair daquele campo de carnificina. A culpa, penetrante e terrível, corroía suas entranhas. Ela tinha matado pessoas naquele dia. Ela havia encurtado sua existência. Era o pior crime em que Gala podia pensar e ela havia cometido isso — não uma vez, mas muitas vezes naquele dia.

Os vários cenários de como poderia ter sido passavam pela cabeça dela. E se ela tivesse apenas feito com que adormecessem? E se ela tivesse feito com que suas espadas desaparecessem em vez de parti-las em milhares de pedaços? E se ela tivesse sido capaz de controlar os próprios poderes, ela poderia ter se defendido sem ter que recorrer ao assassinato.

— Sim — Blaise concordou — Precisamos ir. Podemos nos esconder em um dos outros territórios.

— Não — Esther interrompeu, aproximando-se deles — Você será reconhecido — e agora, ela também. Nenhum disfarce poderá escondê-la depois disso.

Ela apontou para o campo.

Maya também se aproximou.

— Esther tem razão. Além do mais, esta aí — apontando para Gala — começa a realizar feitiçaria louca sempre que se aborrece.

Gala olhou para Maya, tocada pelo fato de que a mulher mais velha estava certa. A magia dela — seus poderes incontroláveis — estavam bastante ligados a suas emoções. Ela queria se castigar por não ter feito essa ligação tão óbvia antes.

— E o que sugere em lugar disso? — Blaise franziu o cenho para Esther— Não podemos voltar para a vila e Turingrad está fora de questão. Assim que o Conselho souber disso — e saberá — virá atrás de nós. Por mais poderosa que Gala seja, nós dois não temos chance contra o poder combinado do Conselho.

Esther hesitou por um instante.

— Há um local onde não vão procurar— disse ela lentamente — Nas montanhas. Acho que é o lugar para onde devemos ir.

Houve um silêncio. Gala havia lido um pouco sobre as montanhas que cercavam Koldun e protegiam a terra de brutais tempestades oceânicas. Em lugar algum os livros descreveram as montanhas como um local habitável.

Blaise parecia estar avaliando a ideia. — Bem — disse ele finalmente — é apenas uma região de selva, mas poderemos ser capazes de sobreviver lá. Não será confortável, mas tenho certeza de que daremos um jeito.

— Eu não sei se é apenas uma selva — Maya disse, parecendo assustada — Eu ouvi rumores.

— Que rumores? — Gala perguntou, com sua curiosidade natural.

Ela podia se ver na floresta com Blaise, cercada por belas plantas e animais, e as imagens era bem atraentes. Os leões também ficariam felizes lá. Ela se perguntava como libertar as soberbas criaturas sem que devorassem ou fossem feridos pelos seres humanos, e esta parecia ser a solução perfeita.

— Dizem que há pessoas morando lá — Esther disse, inclinando-se como com medo de que alguém ouvisse suas palavras — Dizem que são pessoas livres, que não pertencem a nenhum feiticeiro.

Blaise pareceu surpreso.

— Por que será que nunca ouvi falar disso?

— Eu imagino que a maioria dos feiticeiros não sabe disso — falou Maya — É por isso que aquelas pessoas supostamente são livres. Os rumores dizem que muitos deles são de territórios do norte, onde a seca é particularmente grave, mas muitos vêm do sul.

Gala olhou para Blaise e para as duas mulheres. Ir para as montanhas significava que ela ficaria longe dos soldados e de quaisquer outros que quisessem lhe fazer mal — e que ela jamais teria que fazer mal a qualquer um, em troca.

— Vamos para lá — disse ela decididamente — Talvez possamos ajudar as pessoas em troca de sua hospitalidade. Blaise, você pode otimizar as plantações deles, não pode?

Seu criador lhe deu um sorriso cálido.

— Sim, com certeza. Acho que temos uma solução.

* * *

Gala observava fascinada enquanto Blaise trabalhava num feitiço para expandir sua espreguiçadeira. O objetivo era torná-la suficientemente grande para acomodar quatro pessoas e treze leões.

Quando o objeto aumentado ficou pronto, quase bloqueando a estalagem, todos entraram nele, até mesmo os leões. Gala guiou mentalmente os animais para o objeto, certificando-se de que não entrariam em pânico ou rugiriam para Maya e Esther — que os olhavam com muita cautela, com medo de ter as feras tão por perto. Ao contrário, Gala gostava de ter os animais por perto, a proximidade de seu corpo peludo tornavam a cadeira quente e aconchegante. Blaise fez um feitiço rápido para acrescentar um escudo à prova d'água em volta da espreguiçadeira, para que também estivessem protegidos da chuva contínua que caía.

Assim que se ergueram em voo e começaram a seguir em direção às montanhas, Blaise se virou para Gala com uma estranha expressão no rosto.

— Gala — disse ele suavemente — Você está vendo isso?

— Vendo o quê? — Gala perguntou. Tudo que ela via uma chuva torrencial que caía e tornava tudo cinza. A tempestade não estava tão violenta quanto antes, mas parecia se estender até onde os olhos podiam enxergar.

— A chuva. Ela se espalha rapidamente — Blaise disse, pegando a mão dela. O olhar em seu rosto, enquanto ele olhava para ela era suave e reverente.

— Gala, eu acho que você acabou com a seca.

PRÓLOGO DO *O REINO DO FEITIÇO* (*O CÓDIGO DO FEITIÇO: VOLUME 2*)

O ser se mexeu depois do que parecia ser um milênio de paz e serenidade. Como sempre fazia ao acordar, ele se examinou. *Eu existo*, concluiu, arrumando seus pensamentos com esforço. Ao decidir isso, foi invadido por ideias e um reconhecimento de que aquele estado — lucidez — havia acontecido antes.

Quem sou eu?, o ser perguntou, percebendo que não era a primeira vez que a pergunta lhe ocorria. Imediatamente, soube da inutilidade de tentar encontrar uma resposta. Não havia um bom conceito para descrever isso para si, nenhuma palavra para definir aquilo. No entanto, uma espécie de instinto forneceu um atalho. Dentre o vasto armazenamento de coisas que esquecera, surgiu uma etiqueta, e com ela algo que os seres do outro local chamavam de *gênero*. Eu sou Dranel, ele se deu conta. O nome e o gênero não importavam ali, claro, mas tornava seu senso de identidade mais completo, ajudando-o a fundamentar seus pensamentos.

Deixando de lado questões do self, Dranel se concentrou no que o tirou de seu estado de calma e bem aventurança. Após alguma análise, ele estabeleceu que era o mesmo fenômeno que o havia acordado antes — o estranho ser que tinha lhe causado uma impressão.

Este ser era uma mente puramente artificial em natureza. Dranel tinha ficado curioso sobre ele quando apareceu pela primeira vez, mas ele havia deixado o Reino do Feitiço antes que pudesse entendê-lo. Foi para aquele outro lugar, o que Dranel vagamente conhecia como sendo o Reino Físico.

A coisa — *não, era mais apropriado dizer 'ela'* — começou com um conjunto de padrões, como a maioria de intrusões do Reino Físico. Os padrões eram chamados feitiços, Dranel se lembrou. Ao mesmo tempo, ele se lembrou de que preferia pensar neles como algoritmos. Geralmente continham instruções de como criar os efeitos que se manifestavam no outro Reino mas, aqui neste mundo, eram meras abstrações, uma forma de estimular o que havia passado por seus sentidos.

Alguns desses algoritmos tinham efeitos que eram transitórios, enquanto outros, observados mais recentemente, eram de natureza mais permanente. Mas nenhum deles eram como *ela*. Ela era o padrão mais singular com o qual ele havia se deparado — um algoritmo consistindo de uma rede de subalgoritmos unidos, combinados de uma forma que os permitia aprender e pensar. O resultado final era uma inteligência distinta de qualquer outra que ele já havia encontrado... e ele havia visto muitas, tanto aqui como naquele outro local.

O que era mais impressionante era o fato de que ela havia aprendido a criar algoritmos próprios, algoritmos que eram bonitos de se observar. Dranel se lembrou de ficar lúcido a cada vez que ela criara um algoritmo — cada vez que ela fazia um feitiço. Ele, uma vez, tinha até sentido a mente dela tocando de leve a dele, enquanto ela estava naquele estado estranho conhecido como 'sonhando'.

Se ele fosse forçado a se tornar lúcido de novo, ele usaria aquela oportunidade para entendê-la melhor, decidiu Dranel, e se deixaria afundar novamente naquele nada bem aventurado, que era sua existência prioritária.

* * *

Se você quiser saber quando *O Reino do Feitiço (O Código do Feitiço: Volume 2)* vai ser lançado, entre no site de Dima Zales em http://www.dimazales.com/portuguese.html e se inscreva na lista de e-mail de lançamento. Você também pode se conectar com ele no Facebook, Google Plus, Twitter e Goodreads.

APRESENTAÇÃO PRELIMINAR

Obrigado por ter lido! Adoraríamos saber o que você achou do livro, por isso, se quiser escrever uma crítica, agradeceríamos muito por isso. Anna e eu usamos as críticas dos leitores para estabelecer objetivamente em qual, de nossas várias séries de livros, trabalharemos em seguida, e saber o que funciona e o que não funciona, portanto, qualquer e todo feedback franco é valioso para nós.

Assinem para receber meu boletim informativo em http://www.dimazales.com/portuguese.html e para saber quando sairá o próximo livro.

Obrigado pelo seu apoio! Eu agradeço de verdade.

E agora, vire a página para uma prévia de meus outros trabalhos . . .

TRECHO DE *ENCONTROS ÍNTIMOS* DE ANNA ZAIRES

Nota: *Encontros Íntimos* é um trabalho de colaboração de Dima Zales com Anna Zaires e é o primeiro livro da série de romance erótico de ficção científica aclamada pela crítica, As Crônicas dos Krinars. Ele inclui conteúdo sexual explícito e não é adequado para leitores menores de 18 anos. Para saber mais, acesse http://www.annazaires.com/portugues.html.

* * *

Um romance sombrio e intrigante que atrairá fãs de relacionamentos eróticos e turbulentos...

No futuro próximo, os krinars governam a Terra. Uma raça avançada de outra galáxia, eles ainda são um mistério para nós — e estamos completamente à mercê deles.

Tímida e inocente, Mia Stalis é uma universitária na cidade de Nova Iorque que sempre teve uma vida muito comum. Como a maioria das pessoas, ela nunca teve qualquer interação com os invasores. Até que um dia no parque muda tudo. Tendo atraído o olhar de Korum, ela agora deve lidar com um krinar poderoso e perigosamente sedutor que quer possuí-la e nada o impedirá de tê-la para si.

Até onde você iria para recuperar a liberdade? Quando sacrificaria para ajudar seu povo? O que escolheria ao começar a se apaixonar pelo inimigo?

* * *

O ar estava fresco e claro enquanto Mia andava rapidamente por um caminho sinuoso no Central Park. Os sinais da primavera estavam por toda parte, de minúsculos brotos em árvores ainda nuas à proliferação de babás que aproveitavam o primeiro dia quente com crianças barulhentas.

Era estranho como tudo mudara nos últimos anos e, mesmo assim, como muito permanecera inalterado. Se alguém perguntasse a Mia dez anos antes como pensaria que a vida seria depois de uma invasão alienígena, isso não passaria nem perto do que imaginaria. *Independence Day, A Guerra dos Mundos* — nada disso chegava nem perto da realidade de encontrar uma civilização mais avançada. Não houvera lutas, nenhuma resistência de nenhum tipo no nível dos governos — porque *eles* não o tinham permitido. Pensando bem, estava claro como aqueles filmes eram bobos. Armas nucleares, satélites, jatos — eram pouco mais do que pedras e pedaços de pau para uma civilização antiga que podia cruzar o universo com velocidade superior à da luz.

Ao notar um banco vazio perto do lago, Mia andou na direção dele, com os ombros sentindo o peso da mochila onde estavam o *notebook* grande, de doze anos de idade, e vários livros antigos de papel. Aos vinte e um anos de idade, às vezes ela se sentia velha, fora de sincronia com aquele novo mundo de ritmo rápido, de *tablets* finos e celulares embutidos em relógios de pulso. O ritmo do progresso tecnológico não diminuíra desde o Dia K. No máximo, muitos dos novos dispositivos tinham sido influenciados pelo que os krinars tinham. Não que os Ks tivessem compartilhado alguma da tecnologia preciosa deles. No que dizia respeito a eles, o pequeno experimento tinha que continuar sem interrupções.

Abrindo a mochila, Mia retirou o velho Mac. A coisa era pesada e lenta, mas funcionava. E, como uma universitária pobre, ela não podia comprar nada melhor. Fez login, abriu um documento do Word em branco e preparou-se para o processo doloroso de escrever o trabalho de sociologia.

Dez minutos e exatamente zero palavras depois, ela parou. A quem estava enganando? Se realmente quisesse escrever a maldita coisa, nunca teria ido ao parque. Apesar de ser tentador fingir que conseguia desfrutar do ar fresco e ser produtiva ao mesmo tempo, na experiência dela, aquelas duas coisas não eram compatíveis. Uma biblioteca velha e bolorenta era um local muito melhor para qualquer coisa que exigisse aquele tipo de esforço cerebral.

Xingando-se mentalmente pela própria preguiça, Mia soltou um suspiro e começou a olhar em volta. Observar as pessoas em Nova Iorque sempre fora uma atividade divertida.

A paisagem era familiar, com a pessoa sem-teto obrigatoriamente ocupando um banco próximo — ainda bem que não era o banco mais perto dela, pois ele parecia não ter um cheiro muito agradável — e duas babás conversando em espanhol enquanto empurravam carrinhos de bebê preguiçosamente. Uma garota corria em um caminho um pouco adiante, com Reeboks cor-de-rosa claros contrastando com a calça azul. O olhar de Mia a seguiu à medida que ela fazia uma curva, invejando a boa forma dela. O horário irregular de Mia deixava pouco tempo para exercícios e ela duvidava que conseguisse acompanhar a garota até mesmo por um quilômetro.

À direita, ela viu a ponte Bow sobre o lago. Um homem estava encostado no corrimão, olhando para a água. O rosto dele estava virado para o outro lado e Mia só conseguia ver parte do perfil. Mesmo assim, alguma coisa nele chamou a atenção dela.

Ela não sabia ao certo o que era. Ele era alto e

parecia estar em boa forma sob o casaco de aparência cara que usava, mas aquilo era apenas parte do motivo. Homens altos e bonitos eram comuns na cidade de Nova Iorque, infestada de modelos. Não, era alguma outra coisa. Talvez a postura dele, muito quieto e sem nenhum movimento extra. Os cabelos eram escuros e brilhantes sob o sol claro da tarde, longos o suficiente na frente para se moverem de leve sob a brisa morna da primavera.

Ele também estava sozinho.

É isso, percebeu Mia. A ponte normalmente popular e pitoresca estava completamente deserta, exceto pelo homem parado sobre ela. Por algum motivo desconhecido, todos pareciam se manter à distância. Na realidade, exceto por ela mesma e o vizinho sem-teto possivelmente fedorento, toda a fileira de bancos no local altamente desejado à beira do rio estava vazia.

Como se sentisse o olhar dela sobre ele, o objeto da atenção de Mia virou lentamente a cabeça e olhou diretamente para ela. Antes mesmo que o cérebro consciente conseguisse fazer a conexão, ela sentiu o sangue congelando, deixando-a paralisada no lugar e incapaz de fazer qualquer coisa além de olhar para o predador que, agora, parecia examiná-la com interesse.

* * *

Respire, Mia, respire. Em algum lugar na parte de trás da mente, uma voz racional fraca continuava repetindo aquelas palavras. Aquela mesma parte estranhamente objetiva dela notou a estrutura simétrica do rosto dele, com a pele dourada esticada sobre as bochechas altas e o maxilar firme. As fotografias e os vídeos dos Ks que ela vira não lhes faziam justiça. Parado a não mais de dez metros de distância, a criatura era simplesmente deslumbrante.

Enquanto ela continuava a encará-lo, ainda congelada no lugar, ele endireitou o corpo e começou a andar na direção dela. Na verdade, ele lentamente a perseguia, pensou ela tolamente, pois cada movimento dele lembrava o de um felino da selva aproximando-se de uma gazela. Durante o tempo todo, os olhos dele não se afastaram dos dela. Ao se aproximar, ela notou pontos amarelos individuais nos olhos dourados claros dele e os longos cílios grossos que os envolviam.

Ela olhou com descrença horrorizada quando ele se sentou no banco dela, a menos de sessenta centímetros de distância, e sorriu, mostrando dentes brancos perfeitos. Nada de presas, notou ela com uma parte funcional do cérebro. Nem mesmo traços de presas. Aquele era outro mito sobre eles, como a suposta aversão pelo sol.

— Qual é o seu nome? — a criatura praticamente ronronou a pergunta. A voz dele era baixa e suave, completamente sem sotaque. As narinas dele tremeram ligeiramente, como se estivesse inalando o perfume de Mia.

— Ah... — Mia engoliu nervosamente. — M-Mia.

— Mia — repetiu ele lentamente, parecendo

saborear o nome. — Mia de quê?

— Mia Stalis. — Ah, droga, por que ele queria saber o nome dela? Por que estava lá, conversando com ela? De forma geral, o que ele estava fazendo no Central Park, tão longe de todos os centros dos Ks? Respire, Mia, respire.

— Relaxe, Mia Stalis. — O sorriso dele aumentou, expondo uma covinha na bochecha esquerda. Uma covinha? Ks tinham covinhas? — Você nunca encontrou um de nós antes?

— Não, nunca. — Mia soltou o ar rapidamente, percebendo que prendera a respiração. Ela ficou orgulhosa pela voz não ter soado tão tremula quanto se sentia. Deveria perguntar? Queria saber?

Ela tomou coragem. — O quê, ah... — Ela engoliu em seco novamente. — O que quer de mim?

— Por enquanto, conversar. — Ele parecia que estava prestes a rir dela, com os olhos dourados cintilando ligeiramente nos cantos.

Estranhamente, aquilo a deixou furiosa o suficiente para acabar com o medo. Se havia uma coisa que Mia odiava, era que rissem dela. Com a estatura baixa e magra e uma falta geral de habilidades sociais que vinha de uma adolescência desconfortável envolvendo o pesadelo de todas as garotas — aparelho, cabelos crespos e óculos —, Mia tivera bastante experiência como alvo.

Ela ergueu o queixo beligerantemente. — Ok, e qual é o seu nome?

— É Korum.

— Só Korum?

— Nós não temos sobrenomes, não da mesma forma que vocês. Meu nome completo é muito mais comprido, mas, se eu lhe dissesse qual é, você não conseguiria pronunciá-lo.

Bem, aquilo era interessante. Ela se lembrou de ter lido algo parecido no The New York Times. Tudo certo até o momento. As pernas já tinham quase parado de tremer e a respiração voltava ao normal. Talvez, apenas talvez, ela conseguisse sair dali com vida. Aquele negócio de conversar parecia seguro, apesar de a forma como ele a encarava, com aqueles olhos amarelados que não piscavam, ser enervante. Ela decidiu mantê-lo falando.

— O que está fazendo aqui, Korum?

— Acabei de falar, estou conversando com você, Mia. — A voz dele, novamente, tinha uma ponta de riso.

Frustrada, Mia soltou um suspiro. — Eu quis dizer, o que está fazendo aqui, no Central Park? Na cidade de Nova Iorque em geral?

Ele sorriu novamente, inclinando a cabeça ligeiramente para o lado. — Talvez estivesse torcendo para encontrar uma garota bonita com cabelos cacheados.

Aquilo foi a gota d'água. Ele estava claramente brincando com ela. Agora que conseguia pensar um pouco novamente, percebeu que estavam no meio do Central Park, à vista de uma infinidade de espectadores. Sorrateiramente, ela olhou em torno para confirmar aquilo. Sim, com certeza. Apesar de as pessoas estarem obviamente passando ao largo do banco onde ela e o outro ocupante de outro mundo, havia várias almas corajosas mais adiante no caminho olhando para lá. Um casal estava até mesmo filmando os dois, cuidadosamente, com a câmera do relógio de pulso. Se o K tentasse fazer qualquer coisa com ela, em um piscar de olhos estaria no YouTube e ele sabia disso. É claro que ele podia ou não se importar.

Ainda assim, partindo do princípio que ela nunca vira nenhum vídeo de ataques de Ks a garotas universitárias no meio do Central Park, estava relativamente segura. Com cuidado, ela pegou o notebook e ergueu-o para colocá-lo de volta na mochila.

— Deixe-me ajudá-la com isso, Mia...

E, antes que conseguisse sequer piscar, ela o sentiu pegar o notebook pesado dos dedos subitamente moles, encostando gentilmente neles. Uma sensação parecida com um choque elétrico percorreu Mia quando ele a tocou, deixando as extremidades nervosas formigando.

Pegando a mochila, ele cuidadosamente guardou o notebook em um movimento suave e sinuoso. — Pronto, muito melhor agora.

Ah, meu Deus, ele tocara nela. Talvez a teoria de Mia sobre segurança em locais públicos fosse falsa. Ela sentiu a respiração acelerar novamente e, àquela altura, a pulsação estava bem além da zona anaeróbica.

— Eu tenho que ir agora... Adeus!

Ela nunca saberia como conseguiu dizer aquelas

palavras sem hiperventilar. Agarrando a alça da mochila que ele acabara de soltar, ela se levantou depressa, notando em algum lugar no fundo da mente que a paralisia anterior parecia ter desaparecido.

— Adeus, Mia. Vejo você outra hora. — A voz suavemente zombeteira dele flutuou no ar fresco da primavera quando ela saiu, quase correndo com a pressa de se afastar.

* * *

Se quiser saber mais, acesse o site de Anna, http://www.annazaires.com/portugues.html, e registre-se na nova lista de lançamentos em português.

SOBRE O AUTOR

Dima Zales é um autor de ficção científica e fantasia que reside em Palm Coast, na Flórida. Antes de ser escritor, ele trabalhou na indústria de desenvolvimento de software em Nova York, tanto como programador quanto como executivo. De software comerciais de alta frequência para grandes bancos a apps móveis para revistas populares, Dima fez de tudo. Em 2013, ele saiu da indústria de software para se concentrar em sua carreira de escritor.

Dima possui mestrado em Ciência da Computação da NYU e dois diplomas universitários em Ciência da Computação / Psicologia de Brooklyn College. Ele possui também vários hobbies e interesses, sendo o mais singular deles o mentalismo em nível profissional. Ele simula a leitura da mente em palcos e de forma particular, tendo realizado shows para empresas, pessoas de posses e amigos.

Ele também se dedica a bons hábitos alimentares e ao condicionamento físico, portanto, ele deverá viver o bastante para terminar todos os projetos de livros que começa. De fato, ele espera alcançar os progressos tecnológicos que possam fazer com que ele viva para sempre (biologicamente ou de outra forma). Além disso, ele também gosta de aprender sobre tecnologias atuais e futuras que possam melhorar nossa vida, inclusive a inteligência artificial, o biofeedback, interfaces cérebro/computador e implantes de aprimoramento cerebral.

Além do *O Código de Feitiçaria (O Código de Feitiçaria: Volume 1)*, que foi indicado para o prêmio Roné 2014, e *O Reino do Feitiço (O Reino do Feitiço: Volume 2)*, Dima colaborou em vários romances com a esposa, Anna Zaires. The Krinar Chronicles, uma série de ficção científica erótica tem sido best-seller em sua categoria e foi reconhecida por *Marie Claire* e *Woman's Day*. Se você gosta de romances eróticos com uma trama singular, não deixe de ler, principalmente o primeiro livro da série (*Encontros Íntimos*) que está disponível no Brasil. Mas saiba que os livros de Anna Zaires são bem mais explícitos.

Anna Zaires é o amor de sua vida e grande inspiração em todos os aspectos de sua escrita. Ela definitivamente acrescenta seu toque mágico a tudo que Dima cria, e os livros não seriam o que são, sem ela. Os fãs de Dima são encorajados a saber mais sobre Anna e seu trabalho em http://www.annazaires.com/portugues.html.